目次

装丁　菊池祐
装画　サイトウユウスケ

環境省武装機動隊 EDRA

エドラ

序章

西東京市
豊島区
荒川区
中野区
文京区
台東区
武蔵野市
小金井市
杉並区
新宿区
墨田区
江戸川
三鷹市
千代田区
渋谷区
江東区
中央区
調布市
港区
世田谷区
狛江市
目黒区
品川区
大田区
川崎市
横浜市
鎌倉市
逗子市
葉山町
横須賀市

「船長さん、あの船、なんかこっちへ向かってきてない？」

遊漁船『第十九さくら丸』の左舷に並んで糸を垂れていた乗客の一人が、背後の操舵室を振り向いて言った。

東京湾、旧川崎港沖。

十メートルの海底に沈んだ防波堤に群れるカサゴを狙うため、船が移動した夜八時過ぎのことである。

操舵室の窓から顔を出した船長は、竿で両手の塞がった乗客が顎で示すほうに目を遣った。

左舷後方、黒くうねる水面の向こうに、コンテナ船の大きな影があった。水をかき分ける船首の正面だけでなく、前部のマスト灯と、後部のマスト灯も縦一列に揃って見えている。つまり、こちらへ向かってきているということだ。

距離は一千メートルもないだろう。海上では至近距離といってよい。

「まずい」

船長は慌ててマイクを掴み、乗客に呼びかけた。

『竿を上げてください！』

本来ならば、船を動かしますので、と最初に言うところだ。しかし、口にする暇も惜しかった。

なんだよ、と甲板のあちこちから上がった声は、急に回転数を上げはじめたエンジン音にかき消された。

どうしたんですか、と慌てて飛び込んできた船員に、「お客さんを頼む！」と指示を出す。

レーダーから目を離していた自分を恨みつつ、船長は機関のレバーを前進に入れた。海上で停止していた船が動きはじめる。

まだ竿を上げきっていない客や、釣り糸が絡んでしまった客の不満の声が聞こえてきた。後のフォローが大変だという思いが頭の片隅をよぎるが、今はそれを考えている場合ではない。ここは海の上、一つ判断を誤れば死につながりかねない場所なのだ。

祈るような気持ちで見つめていた、コンテナ船の波を蹴立てる船首が角度を変えていく。やがて、船の正面ではなく舷側が見えるようになってきた。

これで大丈夫、なんとか回避できる。乗客を無事に連れて帰れそうだ。

それにしてもあのコンテナ船、航路をそれるとは何を考えているんだ。そもそも、このあたりは大型船が入ってくるところじゃないぞ。

船長はそこで大変なことに気づき、客の対応を終え戻ってきた船員に言った。

「あの船、見張りを立てていないぞ」

国道一六号保土ヶ谷バイパスを南下してきた白いワンボックス車——全車が電気自動車(EV)化されたものの車種名は変わらぬトヨタ・ハイエース——は、首都高速道路神奈川三号狩場線に入り、永田出入口で高速を降りた。その先は無期限の通行止めであり、神奈川三号狩場線は実質ここまでになっている。今や、利用する者も限られていた。

ハイエースは、明かりの消えた、夜の住宅街の曲がりくねった道を抜けていく。その間すれ違う車はなく、歩道にも人の気配はなかった。動物園があった野毛山の近くを通り、たどり着いたのはかつて神奈川県立青少年センターと呼ばれていた建物だ。この建物と、隣接する旧県立図書館だけに明かりが灯っている。

建物前の駐車場に車が止まったのは、深夜、午前一時十五分のことだった。

助手席を降りた日高宗矢（ひだかそうや）が最初に感じたのは、がらんとした駐車場を吹き抜ける風に含まれた、潮の匂いだった。匂いだけではない。駐車場の先、急な下り斜面に建つビル群の間からは、打ち寄せる波音も聞こえてくる。「仮設桟橋」という手書きの案内板が、駐車場の水銀灯に照らされていた。

「はいそこ、よそ見しない」

運転席から降りてきた同僚の佐倉帆波（さくらほなみ）に注意され、宗矢は慌ててハイエースのバックドアを開けた。積んでいたトランクを、やはり車から降りた他の同僚たちへ次々と手渡していく。受け取った同僚たちは先に建物へ向かっていった。

最後に車内を点検し、ドアをロックする。

帆波が、地面に置いた残り二つのトランクのうち、大きくて重いほうを手にしようとしていた。宗矢は「そっち持つよ」と声をかけたが、帆波は大丈夫と答え、両手で取っ手を摑んだ。ふん、と力を入れて持ち上げ、マッシュショートの髪を揺らしつつ歩いていく。

「無理すんなって」

宗矢はトランクを横から摑もうとしたが、「無理なんかしてない」と拒まれた。帆波は建物のほうへよろよろと進んでいく。

あまり人に助けを求めないのが彼女なりの流儀だということは、昔から知っている。でも、そういうところはもう少し柔軟になってもいいのにと宗矢は常々思っていた。

建物の入口に着いていた同僚が、振り向いて大声を出した。

「二人とも、何やってんだ！」

「すみません！」思いがけず、宗矢と帆波の声が重なった。

丸い顔にむっとした表情を浮かべた帆波が、歩調を速める。宗矢は慌てて後を追った。

本来の目的を果たせなくなった神奈川県立青少年センターは、隣の県立図書館ともども、現在では海上保安庁や神奈川県警などの機関が賃借していた。宗矢たちの目的地は、その中に海保がいくつか設置している部署の一つ、東京湾海上交通センターだ。桜木町近くの合同庁舎にあった施設が暫定的に移転してきたものである。暫定といっても、もとの庁舎に戻れる目処は立っていない。

以前は多目的プラザと呼ばれていた二階の部屋に入る。テニスコートほどの広さがある部屋の、片側の壁面には複数のモニターが取りつけられていた。

中央の大型モニターに映し出された東京湾の地図に、無数の光点が明滅している。船舶に搭載された自動船舶識別装置（ＡＩＳ）が発信する、船名や位置、針路などの情報を表示しているのだ。

左右にある複数の小型モニターには、何かの数値や、湾内各地のライブカメラ映像が映っている。室内には机の島がいくつか並び、各席に置かれた端末に大勢の職員が向かっていた。

当然ながら一番多いのは紺色の制服を着た海上保安庁の職員だが、その間を、通常時ならばここにいないはずのさまざまな服装の男女が行き交っている。警察の制服や、背中に国土交通省の文字が入った作業服、横浜市の腕章を巻いたスーツ姿もあった。

宗矢たちの、背中に「ＥＤＲＡ」と書かれた淡緑色の作業服に気づいた者の中には、決して好意的とはいえない視線を送ってくる者もいた。ＥＤＲＡ（エドラ）の連中か、という舌打ち混じりの呟きも聞こえる。相手の立場になってみれば理解できなくもないが、毎度のことだとさすがに少しうんざりもする。

しかし、そんな周囲の反応などまるで気に留めない様子で、宗矢たちのリーダーである加賀谷（かがや）健次郎（けんじろう）はずんずんと歩みを進めていった。スクリーンを見渡せる室内中央、仁王立ちしている責任者らしき男性に近づき、敬礼する。

「遅くなりました。ＥＤＲＡ捜査課、第三班班長の加賀谷です」

「第三管区海上保安本部、警備救難部の堀内（ほりうち）です。本件を指揮しています」

堀内は、加賀谷と同じ三十代くらいだろうか。双方とも鍛えられた体つきである。しばらくお互いをにらむように向き合った後、堀内が言った。

「ところで、道はそんなに混んでいましたか」

遅れて到着した加賀谷たちに対する皮肉にも聞こえた。一六号バイパスで渋滞など、もはやあり得ない。

　加賀谷は、動じることなく答えた。

「海保からの通報は、日付が変わった後でした。連絡が来なければ動きようがない。とはいえ、今は円滑な連絡体制について議論している場合ではないでしょう。本件は、我々が関与すべき事案であると思われます。情報共有をお願いしたい」

　堀内はわずかに眉をひそめて頷くと、柳沢（やなぎさわ）という部下に命じて宗矢たちを管制室の一角、空いている机の島に案内させた。三人掛けの会議机が向かい合わせになっている。

三人掛けの片方に、加賀谷、帆波、宗矢の順で座る。向かいの席は同僚の武石悠真（たけいしゆうま）と市川美咲（いちかわみさき）、そして海保職員の柳沢だ。美咲と柳沢は知り合いのようで、挨拶を交わしていた。

　皆がトランクを開け、ノートパソコンなどの機材を取り出しはじめた。店開きだ。

作業しながら聞いてくれ、と加賀谷が言い、海保の柳沢に目配せした。それを受けた柳沢が、状況説明を始める。

　昨日午後八時過ぎ、鶴見川航路を通り新横浜仮設埠頭へ向かう予定だったコンテナ船『アークティック・アレス』が、本来の航路から逸脱しつつあることをセンターの管制員が確認。同船へ呼びかけるも返答なし。十数分後、旧川崎港沖にいた遊漁船『第十九さくら丸』からも通報。『第十九さくら丸』は接近してきた『アークティック・アレス』を緊急回避したとのこと。被害はなし。

『アークティック・アレス』は令和海運が所有する耐氷コンテナ船で、総トン数二万トン。乗員二十一名は日本人と外国人の混乗。ドイツのハンブルク新港から、北極海航路を通って新横浜へ向かっていた。積荷はハンブルクおよび途中の寄港地で積載したコンテナ、合計約二千個。

現在、『アークティック・アレス』は一切の通信を絶ったまま五ノット（時速約九キロ）で東京湾内を北北東へ進んでいる。海保の巡視艇『たまかぜ』が追尾しているが、『第十九さくら丸』からも通報があったとおり、見張り員の姿はなく、無線、発光信号、音声いずれの呼びかけにも応じていない――。

壁面の大型モニターの中で、東京湾を航行する船を示す光点の一つが赤く強調表示されていた。後ろを巡視艇『たまかぜ』が追っているのがわかる。

管制室内のスピーカーから、状況を知らせるアナウンスが流れた。

『「たまかぜ」より報告。「アークティック・アレス」船内より無線連絡あり。東京湾口にて乗船した水先人二名のうち一名が突然銃器を取り出し、船長を人質に取りブリッジに立てこもっている模様。被疑者は一名、銃器は拳銃一丁、ただし爆弾を所持しているとの情報』

その場にいた全員が、顔をこわばらせて放送を聞いた。

水先人とは一般的には水先案内人とも呼ばれ、多くの船が行き交う港で、船に同乗して安全な航行を補助する役割を担っている。東京湾など「強制水先区」として指定された港湾では、水先人が乗船することが一定の大きさ以上の船に義務づけられていた。

かつては大型船の船長経験者しかなれない職業だったが、二〇〇七年の法改正で規制が緩和され、さらにこの十年ほどの社会構造の変化により、未経験者も四級水先人として受け入れるようになっていた。いま立てこもっているのはその四級水先人で、実習のため上級資格者とともに『アークティック・アレス』に乗り込んだものらしい。

宗矢たちとは少し離れたところで、『たまかぜ』からの報告を受けた職員に堀内が確認しているのが聞こえた。

「被疑者の要求は？」

「外国人船員の待遇改善を要求するとのこと。国土交通大臣との対話を希望しています」

「……大ごとだな。爆弾の種類はわかるか」

「プラスチック爆薬らしきものを身体に巻きつけているそうです」

「くそっ。被疑者は一人だけなんだな。乗員はどうしている」

「船長以外の乗員はブリッジと別の部屋に閉じ込められていますが、全員無事との連絡があったようです」

そのやりとりを耳にした加賀谷は、落ち着いた口調で宗矢たちに言った。

「少々面倒だな」

それから加賀谷は、向かいの席に座る悠真を見た。悠真は年齢でいうと宗矢の一つ年上にすぎないが、新卒で入って六年目なので、中途採用二年目の宗矢にとっては大先輩の男性職員である。

「武石。被疑者の目的について、どう思う」

「そうですね。日本の外航船は、人件費の関係で昭和時代の末期から外国人船員が多くを占めてきました。給与は安くても、外国人にとっては本国で働くよりは高給ですから、お互いウィンウィンな面はありました」

悠真は細面に何の表情も浮かべぬまま、ニュースの解説員のような口調で話を続ける。「しかし平成時代の不況を経て、状況はかなり変わってきています。相対的な待遇は悪化してきたといってよいでしょう」

そこで、帆波が口を挟んだ。憤ったような声だ。

「技能実習制度が拡大適用された影響もあるんですよね。ひどい話です」

そのニュースは、宗矢も知っていた。未だに、途上国の人を安くこき使おうという発想をする者は大勢いるらしい。

加賀谷が、冷静にたしなめる。

「佐倉、お前の個人的感想は置いておけ。気持ちはわかるが、我々は法を執行する立場だ。テロリストの要求は呑めん」

「……申し訳ありません」

二人の話が終わると、悠真は言った。

「被疑者が訴える正義をどう取り扱うかは、我々が議論することではありません。政治家に任せるべきです。それより、気にすべきは『アークティック・アレス』の積んだコンテナの中身だと考えます。市川さん」

悠真が、隣にいる美咲に訊ねた。美咲は、悠真よりも年上のベテラン女性職員だ。年齢を聞いたことはないが、三十代後半くらいだろうと宗矢は思っている。

美咲は、既にパソコンのキーボードを叩いて何かを調べていた。

「積荷のリストを確認しました。皆さんにも共有します」

目尻が上がったフォックス型の眼鏡を光らせて、美咲は言った。

宗矢のパソコン画面に、リストが表示される。積荷のコンテナ二千個の多くは、ヨーロッパから輸入する加工食品やその原料だった。中には「地衣類（シベリア産）」というものもあった。北極海航路の途中で積み込んだようだ。地衣類とは、菌類の一種である。これも食品の原料になるのだろうか。

「ざっと見たところ、いくつか可燃性のものもありますね……」

美咲は、このチームにおけるデータ収集や解析のメイン担当だ。大手ＩＴ企業で役付きのエンジニアをしていた経歴を持ち、各種のシステムに関する知識や経験では、捜査課きっての実力者といえた。他の官庁にもその能力は知れ渡っているようで、海保側でシステムを担当している柳沢と面識があるのもそのためだろう。柳沢は、てきぱきと報告する美咲を感心した様子で見つめている。

「それに、燃料の問題もあります。帆波ちゃん？」

美咲はそう言って、宗矢の隣に座る帆波を促した。

「あ、はい……。海保のデータをもとに、万一の場合の被害想定をシミュレーションしました」

帆波が、少し自信なさげに答える。

美咲ほどの経験はないが帆波にも素養はあり、新年度からシステム関連の副担当として美咲の指導を受けはじめたところだった。

美咲が大きく頷くと、帆波は力づけられたようだ。自分のパソコン画面を見ながら話を続けた。

「身体に巻きつけられる分量のプラスチック爆薬があれば、爆破する箇所や、積荷への引火状況次第で船を沈めることは可能です。また『アークティック・アレス』の燃料は十分に残っています。そこで、環境面に絞って最悪のケースを算出しました。現在の針路上にある荒川航路——旧足立区水域で沈没し、残燃料のほとんどが流出すると見積もった場合、東京湾および奥東京湾沿岸の六十パーセントが油により汚染されます。特に、再生実験中の松戸人工干潟への影響は甚大です」

顔をしかめて、悠真が呟く。「このエリアでは、大異変以来最悪の環境汚染になりますね」

帆波を補足するように、美咲は加賀谷に言った。

「旧首都圏水没エリアの航路啓開作業や、資源回収にも多大な影響が出るものと思われます」

それを聞いた加賀谷は、美咲へ命じた。

「立川基地へ連絡してくれ。NCEF（エヌセフ）の出動を準備しておくよう具申する」

帆波が立ち上がった。

「NCEFを投入すべき案件でしょうか。死傷者が出る恐れが……。それに、被疑者の主張にも」

「時間がない。環境は人命に勝るんだ」

ぴしゃりと言い切った加賀谷に、帆波はそれ以上何も言えず口をつぐんだ。

やりとりを聞きつけたらしい海保の堀内が、向こうからつかつかと歩いてきた。高圧的な態度で加賀谷に告げる。

「あまり先走らないでいただきたい。本件を指揮しているのは私だ」

「これは失礼。ですが、どうされるおつもりでしょう」

加賀谷の返事する声は、先ほどよりも大きい。この場にいる皆に聞かせる意図もあるのだろう。

堀内が答えた。

「追尾している『たまかぜ』に命じ、被疑者の状況をより詳細に把握する。その上で……」

「時間がありません。小型で武装のない『たまかぜ』に、航行中の大型船へ強行接舷する能力がありますか？」

「…………」

「それに、大阪にいる海保の特殊警備隊(SST)は間に合いませんね。いや、そもそも出動中でしたか」

「南シナ海に。あの任務は本来、自衛隊の出る幕だと思うが……」

「こんな時代です。仕方がないでしょう。それでしたら、現状で対応できるのは我々だけということになります」

加賀谷の言葉に、堀内は苦々しげな表情を浮かべて押し黙った。

その間も、壁面のモニターの中では『アークティック・アレス』を示す光点が着実に東京湾を北上している。

突然、センター内の電話が鳴った。

ワイヤレスの受話器を取った職員は、すぐに堀内に代わった。電話の向こうと話をするうちに、堀内の眉がひそめられていく。やがて加賀谷へ受話器を渡した堀内は、不機嫌に言った。

「海保長官が同意した。あとはお任せする」

それから電話口で二言三言交わした加賀谷は、受話器を返した後、センター中に聞こえるような大声で宣言した。

「環境緊急事態特別措置法にもとづき、現時刻をもって本事案の捜査指揮権は我々ＥＤＲＡに移行した。該船を環境に対する脅威クラスＡと認定。これより強制執行を実施する」

ひと昔前ならばあり得ない縦割りの排除、驚異的な速度での対応だった。筆舌に尽くしがたい経験と犠牲の果てに、この国の行政機関は永遠に無縁だったはずの能力をついに獲得していた。

そしてそれにより、宗矢たちの組織には強大な力が与えられている。

宗矢は、腹立たしく思っているであろう海保の職員たちに申し訳なさも感じつつ、加賀谷の指示に従い作業を進めていった。

「センター内機器の操作権限を移譲せよ」

加賀谷が言うと、端末に向かっていた海保職員の一人が操作し、スクリーンの表示が切り替わった。美咲のパソコンの画面が共有され、それまでは東京湾上を行き交う船だけが表示されていたものが、付近の航空機も重ねて映し出されるようになった。

加賀谷は、美咲に訊ねた。

「NCEFは」

「立川から『みどり1号』で発進済みです。現在、該船を迂回し、旧海ほたる上空で待機中」

「さすがだな。出動準備を具申するまでもなかった」加賀谷が満足げに頷く。「音声通信をつなげられるか」

「接続済みです。どうぞ」

美咲はヘッドセットを加賀谷に渡し、パソコンのキーを叩いた。管制室のスピーカーから、バタバタというヘリコプターの騒音が聞こえてくる。

『NCEF、坂井(さかい)』

騒音越しに声がした。

「捜査課第三班、班長の加賀谷です。海保の海上交通センターにて本事案の統制官を務めます。強制執行命令は受領していますか」

『さっき聞いた』

「目標の情報は先ほど転送しました」話しながら加賀谷が、美咲をちらりと見た。美咲が頷く。

「こちらで支援します」

『助かるが、おそらく必要はない。降下から一分で片づける。交信はつなげておく』

そこからは、まるでゲームを見ているように状況は進んでいった。

『アークティック・アレス』は旧羽田空港の沖を抜け、中央防波堤埋立地の残骸近くに差しかかっている。かつて、一千万の東京都民が排出する廃棄物によって海を埋め、さらに土地を増やそうとした埋立地は、その努力も虚しく一部を海面に残すだけとなっていた。風力発電の風車は、今は傾いて海面から突き出している。

モニター上、『アークティック・アレス』に南からかなりの速度で接近していく光点があった。ヘリコプターだ。コールサインと所属が横に表示されている。

〈MIDORI－1　EDRA〉。

機内の会話が、スピーカーから流れてきた。

『高度もうちょい下げ……ああ、OK。そのまま……暗視装置いいか』

男性の声に続けて聞こえたのは、女性の声だ。

『ブリッジに二名視認。被疑者と、人質の船長と思われる。周囲に他の乗員の姿はなし』

『よし、NCEF降下準備。機長、カウント願います』

『了解。降下一分前』機長らしき声。

『装塡！』

やがて、ヘリを示す光点と、『アークティック・アレス』の光点は重なった。『降下』の声がして数十秒ほどで光点は分離し、ヘリがコンテナ船の周囲を旋回しはじめる。

皆が、固唾を呑んでその画面を見守っていた。じりじりとする一分間が過ぎたところで、美咲が声を上げた。

「『アークティック・アレス』より連絡。スピーカーにつなぎます」

騒音のない、先ほどよりクリアな声が聞こえてきた。

『ＮＣＥＦ、坂井。制圧完了。被疑者一名は拳銃を向けてきたため射殺。人質の船長、および他の乗員に被害なし。これより停船する。なお、被疑者が身につけていた爆弾はＣ－４プラスチック爆薬。該船を沈めるのに十分な量。念のため周囲を捜索中』

射殺、という単語を聞いた帆波が、宗矢の隣でうなだれた。

被疑者は抵抗の意思を見せ、爆弾も本物だった。ＮＣＥＦの行動は環境緊急事態特別措置法のもとでは一切問題ないもので、過剰防衛とは見なされない。

加賀谷が、あくまで冷静な声で答えた。

「ご苦労さまでした。海保の巡視艇が追尾してきているはずです。あとはそちらに引き継いでください」

それから加賀谷は、海保の堀内に「いいですね」と有無を言わせぬ様子で確認した。

頷いた堀内は、「ヘリからファストロープ降下し、制圧まで一分か……」と驚いたように呟いていた。

宗矢は、向かいの席の美咲に「おつかれさまでした」と声をかけた。交信を終えヘッドセットを外した美咲が、笑顔を見せてくる。ここまで冷静な態度を崩さなかった悠真も、安堵の表情を浮かべていた。

加賀谷は離れたところで堀内と話し合っている。今後の対応について詰めているのだ。

宗矢の隣でずっと考え事をしていた帆波は、急に何か思いついた様子で、「ちょっと出てくる」

と言い残し部屋を出ていった。「どこ行くんだ」と宗矢が訊き返しても、返事はなかった。

後処理が済めば、撤収しなければならない。どうするんだよこれ、と文句を言いつつ、宗矢と帆波の席の間に散らばった書類を片づける。その拍子に書類が帆波のパソコンに触れ、スリープ状態だった画面が明るくなった。

画面をロックする余裕もないほど、慌てて出ていったようだ。ふと見ると、加賀谷から帆波宛てのチャットが開かれたままになっていた。

『海保からの連絡ログを調べてくれ』とある。

海保からEDRAへの通報はかなり遅く、日付が変わってからだった。それゆえに到着が遅れ、堀内に嫌みを言われることになったのである。加賀谷は、その原因を帆波に調べさせていたのか。

美咲と帆波は、ほぼすべてのシステムへのアクセス権限を付与されているが、加賀谷はこの仕事を帆波に命じたらしい。センター全体の機器管制で忙しい美咲に、余計な手間をかけさせないためだろう。

パソコンの画面上には、加賀谷からの指示の画面を除けば、何かのデータらしきアルファベットや数字がびっしりと並んでいた。

「何ですかね、これ」

宗矢は帆波のパソコンの向きを変え、美咲に訊いてみた。この作業を命じた加賀谷は、まだ堀内と話している。

「これは、海保から連絡があった時間や中継経路のデータだね。帆波ちゃん、こんなこと調べてたんだ。えーと……」

美咲の指が軽やかにキーボードの上を舞い、画面の文字がスクロールしていく。さすがだな、と宗矢は感心した。

もう一人の先輩の悠真は、冷静な分析に定評がある。取り柄がないのは俺だけか、と宗矢は自嘲した。といっても職員になって二年目なんだし別にいいよな、と言い訳じみたことを考える。

美咲の声が、思考を引き戻した。

「なんか変だね。最初の通報は、事件発生を海保のセンターが把握した五分後に発せられたことになってる。でも私たちが連絡を受けたのは、それから何時間も経った後」

「システムのエラーとかですか」

「違うと思う。ほら、この部分。センターのサーバー室で、マニュアル操作がおこなわれた形跡があるんだよね」

美咲は画面を指差したが、並ぶ文字列の意味はよくわからない。ただ、マニュアル操作がどういうことかはなんとなく想像がついた。宗矢の知らない専門用語をぶつぶつと呟いている美咲に訊ねる。

「人為的に、記録を書き換えたってことですか？」

「可能性はあるね」

――もしかして帆波は、それを調べに行ったのか？

宗矢は美咲に「すみません、ちょっと確かめてきます」と言い残し管制室を出た。

廊下にフロア案内が掲げられているのは、先ほど到着した際に見かけていた。それを確認し、階段を駆け下りて地下二階のサーバー室へ向かう。

もとは青少年センターであったこの建物には、一階と地下一階相当をぶち抜いた演劇用のホールがあるが、今ではその楽屋がサーバー室として使われていた。

サーバー室の扉に、鍵はかかっていなかった。室温がかなり低く設定された狭い部屋の中は、ラックに据えつけられたサーバーがランプを点滅させているだけで、誰もいない。だが、部屋の片隅にある作業用の机にはパソコンやメモが広げられ、マグカップには飲みかけのコーヒーが入ったままだ。カップが置きなおされた時についたのであろう輪染みが、机に残っている。

ついさっきまで、誰かがいたようだ。

帆波はここに来て、作業していた人物と何か話をしたのかもしれない。その後、二人はどこへ行ったのだろう。

宗矢は部屋を出た。このフロアには、サーバー室の他には倉庫しかない。倉庫の中も、やはり無人だった。

階段で、一階のロビーに上がる。以前は明るい光に満ちていたであろうロビーは薄暗かった。外の駐車場から射し込む明かりが、出口の柱の影をロビーへ長く伸ばしている。

ここにも、誰もいない。戸惑っていると、海保の職員が外から建物に入ってきた。

宗矢は急いで駆け寄り、我ながら間抜けな質問だと思いつつ訊いてみた。

「すみません、私と同じＥＤＲＡの職員を見かけませんでしたか。女性の職員です」

職員はＥＤＲＡと聞いて一瞬眉をひそめたようにも見えたが、答えてくれた。

「栈橋のほうへ、うちの職員と一緒に歩いていく女の人がいましたよ。おたくの制服を着てたと思います」

「栈橋、ですか……？」

宗矢は、職員に礼を言うと建物の外へ飛び出した。嫌な予感がする。

水銀灯の光の下、広い駐車場を走り抜けていく。二百メートルほどで道路に出た。下り坂になった道路の先に、ゆらゆらと揺れる黒い平面が見える。水面だ。坂道が、そのまま水の中に続いているのだ。

水際には簡素なつくりの浮き栈橋があり、海保の監視取締艇と呼ばれるモーターボートが舫っていた。白い艇体の横に、二つの人影が見える。一人が、もう一人に対して乗るように促しているようだ。

人影が、急な動きを見せた。走ってくる宗矢に気づいたらしい。

促していた人物は、突き飛ばすようにしてもう一人を取締艇に乗せると、自らも慌てた様子で栈橋から飛び移った。すぐにエンジンを始動させている。先に乗せた人物に、何かを突きつけているようにも見えた。

突きつけられた相手が、宗矢のほうを見て何か叫んでいる。響きはじめたエンジン音越しに届いた声は、「宗矢！」と自分の名を呼んでいるように聞こえた。

帆波だ。

栈橋へ駆けていく宗矢に、帆波ではないほうの人物が怒鳴ってきた。

「止まれ！　それ以上近づくと、この女を撃つ！」

慌てて足を止める。撃つ？　まさか。かろうじてここまで届く駐車場の明かりで、怒鳴ってきた人物が着ている濃紺の服がわかった。海保の作業服だ。

その海保の人間は、拳銃らしきものを帆波に突きつけている。

何が起こっているんだ。何のためにそんなことを。

宗矢は腰に手を回しかけ、拳銃を吊り下げていないことを思い出した。今日の出動にあたっては、武器の携帯は指示されなかったのだ。

その間に、取締艇は栈橋を離れていた。艇尾から飛沫を上げ、水に浸ったビルの谷間を加速していく。

宗矢は、ポケットからスマホを取り出した。加賀谷にかけると、ワンコールでつながった。

『どこにいる。佐倉はどうした』

冷静な加賀谷の声が、単刀直入に訊いてくる。

宗矢は、できるだけ手短に、状況を伝えた。そもそもは自らの指示がきっかけであるからか、加賀谷はすぐに理解してくれた。

『わかった。そこで待て』加賀谷は、どこまでも簡潔だ。

「え、ええ……しかし、佐倉が」

『いいから待っていろ』

通話は切れた。

待てといわれても……。取締艇は、ぐんぐんと遠ざかっている。白い艇体は今や夜の闇に溶け込みつつあり、波飛沫だけがかろうじて見えていた。水面に突き出したビルのせいで、かつて道路だった部分をまっすぐ進むしかないようだが、そのうちにどこかで曲がってしまうだろう。あんな小さな船で、どこへ行くつもりなのか。

夜風が陸側から吹いているためか、エンジン音は次第に聞こえなくなっている。

その時、別のエンジン音がどこかから響いてきた。

――この音はつい最近、スピーカー越しに聞いたような……ヘリのローター音か？

突然、ビルの陰から超低空でヘリコプターが姿を現した。スバル・ベル412EPX。点滅する緑と赤の航空灯が、白い機体に入った明るい緑のラインを浮かび上がらせている。青を基調にした警察のヘリや、白地に青の海保とはまた異なるカラーリングは、EDRAのものだ。

スバル・ベル412EPXは、一九五〇年代にアメリカのベル社が開発して以来、西側諸国の軍におけるベストセラー機となったUH－1汎用ヘリコプターを、ベルと日本のスバルが共同で改良した機種である。軍用型のUH－2を陸上自衛隊が二〇二一年から配備している他、民間型である412EPXは警察や海上保安庁、そしてEDRAにも導入されていた。

ヘリの側面ドアは開き、そこから吊り下げられたロープの先端には人がぶら下がっている。その人物は、黒く光る何かを手にしていた。自動小銃だ。

人をぶら下げたままヘリは取締艇を追っていくと、ふいに強烈な光を浴びせた。サーチライトの照射である。光線が、闇に溶け込みかけていた取締艇を明るく照らす。

前進するヘリ。人のぶら下がったロープがするすると伸びると、次の瞬間、その人物は取締艇の甲板に飛び降りた。

着地するやいなや、飛び降りた人物の手元で小さな閃光が走り、甲板にいた人影のうち一つが倒れた。

「帆波！」

思わず叫んだ宗矢の後ろから、声がした。

「安心しろ」

加賀谷だ。いつの間にか桟橋に来ていたのだ。美咲や悠真の姿もある。

「ＮＣＥＦの連中を信じろ」

やがて、ロープから降下した人物によって操られた取締艇は、桟橋へ戻ってきた。

やってきた海保の職員たちが、取締艇を係留する。

取締艇から降ろされ、担架で運ばれてきた帆波のところに、宗矢たちは駆け寄った。

「佐倉、大丈夫か」

珍しく穏やかな声で話しかけた加賀谷に、横たわった帆波は答えた。

「はい、怪我はしていません。ご心配をおかけしました。独断で動いてしまい、申し訳ありませんでした」

「いや、もとはといえば俺の指示だ。日高が気づいてくれたおかげでＮＣＥＦを呼べた。日高、よくやった」

加賀谷に褒められたことなど、記憶にほとんどない。「あ、いや……」と宗矢は戸惑った。担架の上から、帆波が見つめている。目を合わせると、小さな声で「ありがとう」とだけ言ってきた。

「俺は加賀谷さんに連絡しただけだから……」と答えた宗矢に、帆波が頷き返す。

「なんだよ。そこは頷くんじゃなくて、『ううん』とか否定するとこだろ」

宗矢の軽口に、帆波が一瞬だけ笑みを浮かべる。だがすぐに硬い表情に戻ると、桟橋の向こうの海面に視線を向けながらぽつりと言った。

「これだから、海はきらい」

その言葉に違和感を覚えた宗矢は、海が悪いわけじゃないだろうと口にしかけ、そういえば学生の頃に同じようなことを帆波から聞いたと思い出した。その時は、なんだよ、いかにも海っぽい名前なのに、と笑った宗矢に、帆波は何も答えず話をそらしたのだった。それ以来、彼女の名の由来は訊けずにいる。

海保の職員たちが帆波の担架を持ち上げ、運んでいく。

担架は、もう一つあった。NCEF隊員の銃撃で負傷した、帆波を連れ去った海保職員だ。宗矢や帆波と同年代くらいの、若い男だった。手当てはされているが、他の海保の職員や警察官が物々しい様子で取り囲んでいる。

海保職員の柳沢が教えてくれた話では、あの撃たれた職員は、東京湾海上交通センターで水先人の管理業務を担当していたらしい。そして事件発生時には、ＥＤＲＡへの連絡係を自ら申し出たのに実際の通報を遅らせ、その事実をサーバーの操作で隠蔽していたことがわかったという。それによって宗矢たちの到着は遅れたのだが、もともとＥＤＲＡに好感を抱いていなかった堀内は、むしろ幸いくらいに思っていたのかもしれない。

隠蔽の事実を知られそうになったため、職員は帆波を連れ去ろうとしたのだろうか。その点は、今後の捜査でわかってくるはずだ。

取締艇から桟橋へ、真っ黒な戦闘服を着た人物が渡ってくるのが見えた。ヘリから降下したＮＣＥＦの隊員だ。

すらりとした身体を、ボディアーマーや、関節を守る防護パッドで覆っている。暗視装置を装着した軽量のＦＡＳＴヘルメットとバラクラバを脱ぎ、首を一振りすると、セミロングの黒髪がほどけてふわりとなびいた。女性のようだ。

ヘルメットを片手に抱え、宗矢たちのところへ歩いてくる。

つんと尖った顎と、筋の通った鼻梁。そして暗い中でも光って見える、大きな切れ長の目が印象的だ。一瞬だけ視線が交錯すると、冷たい瞳に見透かされたようで、宗矢は少しぞくりとした。

女性隊員は、加賀谷の前で立ち止まると敬礼した。加賀谷が答礼する。

「ご苦労さまでした」

女性隊員は一切表情を変えないまま「ありがとうございます」とだけ淡々とした口調で答え、歩き去っていった。ヘリの爆音が再び聞こえてくる。あの女性隊員を乗せるため、青少年センターの駐車場に着陸するらしい。

「うわあ、本物と初めて会った」

宗矢の隣で、美咲が憧れのアイドルを見たかのように呟いた。その声には、どこか怖れの色も含まれている。

「誰なんですか」

「知らないの？　ＮＣＥＦの新島怜さん。隊長の坂井さんに次ぐ実力者で、『シベリアの魔女』とも呼ばれてる」

「シベリアの魔女？」

「自衛隊にいた頃、シベリアに派遣されて大活躍したからみたいだけど……本人をその名で呼ぶと、ぶん殴られるって噂」

「へえ……」

宗矢は、去っていく魔女の背中を見つめた。スリングで吊った二〇式小銃を背中に回している。彼女が所属しているのはＥＤＲＡ指揮下にある特殊部隊ＮＣＥＦ――Nature Conservation Enforcement Force、正式名称・自然保護執行隊だ。

人類の生存を危うくする最大の要因となった気候変動。それをもたらした自然環境の破壊に対処するため、日本では環境省の外局として環境開発規制庁、英名の Environmental Development Regulation Agency からＥＤＲＡの略称で呼ばれる組織が設立された。

宗矢たちはそこに所属する「環境開発規制官」であり、特別司法警察職員として、改正自然環境保全法違反の犯罪捜査をおこなう権限が与えられている。

今もなお自然を破壊する行為は後を絶たず、時には企業など組織ぐるみでの悪質かつ暴力的な行為も発生していた。それに対抗するため武装すら認められたEDRAは、俗に「環境省武装機動隊」とも呼ばれている。

特に、強制執行任務に投入するべく武装を強化した特殊部隊がNCEFである。改正自然環境保全法、そして環境緊急事態特別措置法は拡大解釈の容易な法律であり、自然環境に悪影響をもたらすと見なされた事案に対しては、今回の事件のように即時の実力行使が可能とされていた。

宗矢は、周囲がうっすらと明るくなってきたことに気がついた。夜明けの光を、ビルの壁が照り返しているのだ。東の空も、黒から濃紺へと色を変えつつある。

闇の中から、無数のビルのシルエットが浮かびはじめていた。海から突き出た、墓標のような建物たちだ。住む者も、通勤する者もいなくなった、桜木町やみなとみらいのタワーマンションと高層ビル群。この十年間で十メートルほども上昇した海面が、それらの足元を浸している。

宗矢は、空を見上げた。雲の影はない。今日は快晴の予報だったことを思い出した。

春という季節が、呼び名だけになって久しい。もうじき、一年の半分ほどを占める暑い夏がやってくる。

時に、西暦二〇三八年四月――。

第一章 東京特別市

桶川市
伊奈町
蓮田市
川島町
上尾市
春日部市
坂戸町
野田市
鶴ヶ島市
松伏町
川越市
日高市
越谷市
吉川市
ふじみ野市
さいたま市
流山市
狭山市
富士見市
志木市
草加市
三郷市
三芳町
入間市
朝霞市
戸田市
川口市
八潮市
所沢市
新座市
和光市
松戸市
瑞穂町
足立区
板橋区
東村山市
北区
東久留米市
練馬区
葛飾区
西東京市
豊島区
荒川区
市川市
小平市
中野区
文京区
台東区
墨田区
武蔵野市
国分寺市
小金井市
杉並区
新宿区
江戸川区
三鷹市
千代田区
八王子市
府中市
渋谷区
江東区
中央区
調布市
港区
浦安市
世田谷区
多摩市
稲城市
狛江市
目黒区
品川区
大田区
相模原市
町田市
川崎市
座間市
大和市
綾瀬市
横浜市
海老名市
木更津
藤沢市
茅ヶ崎市
鎌倉市
君津市
逗子市
富津市
葉山町
横須賀市

薄いカーテンの隙間から、朝の光が射し込んでいる。床に放り出されたタブレットの液晶画面が明るくなり、ニュースの映像が浮かび上がった。

『――ようございます。五月二十日、七時になりました。ニュースをお伝えします』

アナウンサーの声に目を覚ました日高宗矢は、しばらくベッドの上で横になったままぼんやりニュースを聞いていたが、やがて意を決したように上半身を起こし背伸びをした。

半袖のTシャツは、寝汗でじっとりと湿っていた。長袖で快適に目覚められた先月が懐かしい。これから半年近くもこんな日々が続くのかと思うと、うんざりする。

アパートの窓の近くで、シャシャシャシャ……とセミが鳴いていた。クマゼミだ。昔は関東ではあまり見かけなかったというが、宗矢が小さい頃にはもうよく聞く声になっていた。

セミの声のせいで、暑さが何割か増している気がする。

ベッドの周囲は、タブレットなどの電子デバイスやら脱ぎ散らかされた服やらコンビニ弁当の紙容器やらで足の踏み場もない。隙間を探してベッドから足を下ろす。このくらい、二十七歳独身男性の部屋としては、平均程度の散らかり方だろうと宗矢は勝手に思っている。

給水制限に備えて洗面所にためていた水で顔を洗い、ようやくすっきりしはじめた宗矢の頭に、今日のスケジュールのことが浮かんできた。

――そういえば、今日は朝から局長も参加するミーティングだったな。

慌てて顔を拭き、タブレットの画面にスケジュールを呼び出すと、たしかにその予定が書き込まれている。時計は、そろそろ出発しなければ遅刻しかねない時刻を示していた。

タブレットからは、淡々とアナウンサーの声が流れてくる。

『本日も、日中は国内多くの地域で気温が三〇度を超す真夏日となる見込みです。一部では三五度を超える猛暑日となり、命に関わる危険な暑さとなる恐れがあります。熱中症対策のため無理をせずエアコンを使うようにしてください。なお本日の計画停電地域と時間帯は、東京都では――』

矛盾しているような気もするニュースを聞き流しながら、半袖のワイシャツに袖を通す。ネクタイはしない。昨今は、ネクタイを締めた人など滅多に見かけることはなかった。宗矢自身、社会に出てからネクタイをした回数など数えるほどだ。解説動画を見なければ、たぶん締めることもできないだろう。

『次のニュースです。ブラジル・アマゾン川流域へ派遣された自衛隊に昨夜、武装集団の襲撃があり隊員一名が殉職しました――』

一瞬どきりとして画面に目を遣った後、音声に耳を傾けつつ、昨日の夜に閉店間際のコンビニで買ってきたパンをかじる。冷蔵庫を開け、パンを牛乳で流し込んでいるうちに、ニュースは天気予報に変わっていた。

『大型で強い台風十一号は沖縄の南方海上をゆっくりと――』

宗矢はタブレットをスリープ状態にすると、トートバッグに仕舞った。ストローハットを被る。まだパンがひと切れ残っているのに気づき、紙の袋ごと持ってアパートの部屋を出た。

最寄り駅までは徒歩十分ほどだが、急がないと間に合わない。アパートの外階段を駆け下りながら、パンをくわえた。バナナの皮を利用したという紙袋は、肩に掛けたトートバッグに突っ込んだ。

早足で歩いていると、すぐに汗が噴き出てくる。ストローハットを脱ぎハンカチで拭こうとして、日焼け止めを塗り忘れてきたことに気づいた。まずいな、日傘を差すか。

バス通りに出る角、交番の前を通り過ぎたところで、バッグから晴雨兼用の折りたたみ傘を取り出した。

「ちょっと待って」

後ろで声がした。最初は自分のこととわからずそのまま歩いていこうとすると、少し強めの口調で呼び止められた。

「待って！」

立ち止まり、振り返る。交番に立っていた、厳つい顔の警官だった。

「ダメだよ、ポイ捨ては。きちんと拾えば今回は見逃すけど……」

警官は、見覚えのある紙袋を持っていた。バッグに突っ込んでおいた、パンの袋だ。傘を取り出す時に落ちてしまったらしい。

「あ、すみません、ポイ捨てしたわけじゃないんです……」

「なんでもいいから、ゴミ箱に捨てて。ちゃんと分別してくださいよ」

街は、宗矢が子どもの頃に比べれば信じがたいほどに清潔である。人々の環境への意識は、この十年ほどで劇的な変化を見せていた。よいことではあろうが、その一方で厳しくなった社会制度のもと同調圧力は強くなり、息苦しさを感じる場面が多いのも事実だった。

自然環境の保護こそは、絶対的な正義であると考えられている。正義と一体化し、その代弁者となることに快感を抱く人々にとって黄金の時代が到来していた。

もっとも、宗矢自身も正義を公に執行する機関に勤めている。

一ヵ月前の『アークティック・アレス』事件の際、自分たちは有無を言わせず指揮権を海保から取り上げ、犯人を問答無用で射殺した。彼には彼なりの正義があったことも理解はするが、自然を破壊しかねない行動に対しては強硬な姿勢で応じなければ、今の社会を維持できないのも事実である。あれは、仕方がないことだったのだ。宗矢はそんなふうに考えていた。


警官とのやりとりに時間を取られたせいで、宗矢は電車を一本逃す羽目になってしまった。

むっとした暑さのホームで次の電車を待っていると、後ろに並んだ親子連れの会話が聞こえてきた。小さな子どもと、その母親だ。この時間帯に子ども連れでどこへ行くのだろうと耳を傾けると、どうやら電車で数駅先の幼稚園へ送るところらしい。母親は、外遊びをさせる地元の幼稚園に通わせたくないようだ。外で遊ぶのはどういうことかと訊ねる子どもに、外はどれほど紫外線（UV）で危険かを切々と語って聞かせていた。ちらりと振り返ってみると、二人とも全身を覆う防護服のようなものを着ている。ＳＮＳで、ＵＶ脳と揶揄されるタイプの親だ。

まあ、心配する気持ちはわからなくもない。

地上に降り注ぐ紫外線量が増加しているのは、事実だった。一時期、有害化学物質の削減により回復が見込まれていたオゾン層であるが、結局オゾンホールの拡大は続いている。世界中で皮膚がんの患者が増えており、日本でもがんの部位別統計でトップ３に入ってきたというニュースを、宗矢もつい最近見たばかりだ。

この子は、外遊びをすることもなく大人になっていくのだろうか。この子が大人になる頃、世界はどうなっているのだろう――。

見知らぬ子どもの将来を心配しているうちに、気が滅入ってくる。

気分を変えようと、宗矢はバッグからタブレットを取り出した。宗矢が初めて携帯端末を買ってもらった二〇二〇年代前半に比べれば多少スペックは上がっているものの、形はそう変わっていない。当時はデジタル機器など十年も経てば劇的に進化するだろうと思っていたが、「大異変」以来、人類の進歩の速度はかなり緩やかになっていた。

ＳＮＳのアイコンをタップする。ＳＮＳも、プラットフォームに流行りすたりはあったが、仕組み自体は宗矢が十代の頃と同じようなものだ。

ＳＮＳは、生活の一部、情報収集のための必需品だった。父や祖父の世代が、テレビの害を盛んに論じられながらも手放すことがなかったように、宗矢たちより少し前、デジタルネイティブと呼ばれる世代以降は、ＳＮＳが存在しない世界などあり得ないと感じるようになっている。

いずれまったく新しいメディアが出てきて、ついていけなくなるのだろうか。いや、この鈍化したペースだと、それはまだしばらく先だろう。その前に人類がどうにかなってしまうのかもしれない。

また陥りかけた暗い気分を振り払い、ＳＮＳの画面に戻る。

宗矢のタイムラインは、できるだけゲームやマンガ、映画などのエンタメ関連情報を中心に表示するよう調整してあった。流れていく情報の中には政治や社会に関する話題もなくはないが、それらもほとんどは面倒な議論ではなく、大勢が支持する意見、フォローしておけばまず間違いのない論調ばかりになっている。

実際には、昔と変わらずネット上での議論は盛んだった。

もちろん、議論自体はよいことだと宗矢も思っている。それでも、ある種の人々は自らの信じる正義のみを声高に主張し、意見が異なる者の揚げ足を取り、世界を二色に分けることに躍起になっていた。小学生の宗矢がネットの世界を覗きはじめたのはいわゆるコロナ禍の時代だったが、その頃と大して変わらない。

宗矢は、そうした様子を見るのはあまり好きではなかった。

ネットを見ないという選択肢もあるだろうが、宗矢のようにネットを手放したくはなく、かつ世の中の正しい側に立っていたいという者は、そのようにタイムラインを調整している。

時には、議論の末にそれまで支持されていなかった論調が優勢になることもあった。そうした場合、タイムラインの表示はいつの間にか入れ替わる。それによって、宗矢のような者は信じるべき最新の正義を指し示されるというわけだ。

ただし、仕事柄チェックしたほうがよい環境に関する話題は、フィルターをかけずに表示させている。その結果、陰謀論めいた書き込みが出てきてしまうのはやむを得ないことだった。

いま流れてきたのは、解けたシベリアの永久凍土から未知のウイルスが検出されたのに、当局が隠しているという話だった。書き込み主によれば、凍土の調査をおこなった環境団体に巨額の寄付をしているグローバル企業があり、その指示で隠蔽されたのだという。

なんでそんな指示をする必要があるんだ、と宗矢は心の中で突っ込みを入れ、読み飛ばした。

次に目に留まったのは、とある女性歴史学者の書き込みだった。少し前に見た歴史の解説動画が面白かったため、フォローしていたのだ。動画中でその学者は、いわゆる都市伝説は荒唐無稽なものばかりではなく、歴史上の事実がもとになったものもあると発言していた。

今回の、青森県に伝わる「杉沢村」の伝説に関する書き込みもその主張に沿ったものだった。昭和時代初期に村民全員が殺され廃村になった村があるという話が、三十年以上前にネットで盛り上がったそうだが、この噂について史実と照らし合わせ新たな説を考えたというのだ。

宗矢が続きを読もうとしたところで、『間もなく電車がまいります』というアナウンスが流れてきた。

東京発大月行きの特別快速、オレンジのラインが入ったＥ２３３系電車がホームに滑りこんでくる。ＪＲ中央線は、今でも「大異変」前と基本的に変わらぬ区間で運行を続けていた。もっとも、東京駅付近からは多くの企業、官公庁が撤退している。何しろ二キロほどしか離れていない、かつての隅田川が今では海岸線なのだ。築地や汐留も水没し、少しずつだが海は迫ってきている。東京都の特別区はその一部が消滅したことで再編がおこなわれ、現在は多摩地域まで含めた東京特別市となっていた。

宗矢の住む駅の付近では、人の流れは以前と逆転し、下りの八王子新都心方面へ向かう通勤客が圧倒的に多い。そもそも沿線住民も、水没エリアを逃れてきた人々の分が増えている。この時間帯は、車内でタブレットを取り出して読むのは難しいだろう。宗矢はタブレットをバッグに仕舞った。

上空からヘリの爆音が響いてきたが、電車の音に被さったそれに宗矢が注意を向けることはなかった。

＊＊＊

中央線の上空を航過していったのは、スバル・ベル412EPXヘリコプターだった。白地に緑の塗装、そして側面ドアに大きく書かれたＥＤＲＡの文字。環境開発規制庁航空隊の所属機「みどり1号」である。

二基のターボシャフトエンジンが轟音を響かせるキャビンでは、向かい合わせの簡素なシートに、完全装備の自然保護執行隊――ＮＣＥＦ隊員が十名ほど座っていた。

前方のコックピットで機長が言った。

『奥東京湾上空に入ります』

騒音に満ちた機内では、乗員は皆ヘッドセットを着用している。耳元で聞こえた機長の声に、一番端のシートに座る新島怜は窓外へ目を遣った。

立川基地から発進し、東京西部上空を東へ向かったヘリは、いつしか海上に出ていた。

海上といっても、至るところからビルの上層部が杭のように水面に顔を出している。海水の透明度は、高くはない。それでもところどころで、水底にまで届いた朝の光が、沈んだ道路や電柱、車を照らし出していた。

一際目立つのは、東京スカイツリーの姿だ。もとは青みがかった白に輝いていた巨塔は、今ではくすんだ灰色になり、その足元は陽光をきらきらと照り返す水に覆われている。

かつての東京東部――墨田区、江東区、江戸川区といった地域は、多くが水の底だった。旧東京湾岸はもちろん、足立区よりも北の埼玉県幸手(さって)市付近にまで及ぶ水没エリアは、旧来の東京湾に対して奥東京湾と呼ばれている。海水面が上昇していた縄文時代前期の東京湾奥部を指す学術用語が、ふいに脚光を浴びるかたちになったわけだ。

流れ去る水面を見ていると、怜の向かいに座るＮＣＥＦ隊長の坂井伸一郎が話しかけてきた。ヘッドセットのマイクを使わない地声だが、大きなよく通る声だ。

「新島。思い出したから忘れないうちに言っておく。後で、ちょっと調べてほしい件がある」

「なんでしょうか」

「このあいだお前が撃った、海保の職員についてだ」

先月の東京湾におけるコンテナ船『アークティック・アレス』乗っ取り事件の際、海上保安庁の原口諒という職員がEDRAの女性職員を人質に取り、監視取締艇で逃走しようとしたことがあった。コンテナ船を制圧した直後のNCEFは連絡を受けて急行し、ヘリから怜が降下、原口を撃って女性職員を救出したのだった。

『アークティック・アレス』のように環境への影響が懸念される状況ではなかったため、射殺はせず、足を撃って無力化するにとどめた。原口の命に別状はなく、現在は被疑者扱いのまま入院しているという。

原口の何を調べてほしいのか、坂井はそれ以上具体的には言ってこなかった。後で説明するということだろう。

それなら、今考えていても意味はない。怜は頭を切り替えた。

ちょうど、機長が管制と交信する声がヘッドセットから聞こえてきた。

『みどり1号、間もなく房総島上空に入る』

奥東京湾上を飛行してきたヘリは、水面から突き出した中世西洋の城に似た建物——近くには古いホテルのような建物や、人工の岩山もある——の上を通り過ぎた後、高度を下げつつ千葉県船橋市付近で陸地の上空に進入していた。

緩やかにうねる下総台地が、側面ドアの窓からよく見える。

道路上には、まばらに車が走っていた。民家は、まだ人の住んでいるものと放棄されたものと半々くらいか。

機長が、今度は機内の怜たちに呼びかけた。

『もうじき習志野演習場です。空挺団の連中、久々の共同演習ってことで、手ぐすね引いて待ってるそうですよ』

「こっちも楽しみだな」

そう答えた坂井は、両足の間に置いた大きなバックパックを開け、中身を点検した。怜や、隊員たちそれぞれの足元にも同じものが置かれている。演習では四十キロほどの重さのそれを担いで長距離を行軍する場合もあり、怜は隊外の人から「そんな細い身体で大丈夫?」などと訊かれたりもするが、その程度で苦痛を感じたことはなかった。

「さて、みんな。空挺の連中に一ついいところを見せてやろうじゃないか」

坂井が隊員たちを見回して言った。おう、と唱和するうちの何人かは、かつてその空挺——陸上自衛隊第一空挺団に籍を置いていた経歴がある。

怜自身も、空挺団ではないが陸自の別の部隊におり、ここ習志野でパラシュート降下の訓練を受けたことがあった。

環境開発規制庁の下にNCEFが編成される際には、自衛隊や海上保安庁から武器を移管してもらうだけでなく、人材も受け入れていた。NCEFの総勢約五十名の隊員は、多くが自衛隊などで特殊部隊に所属した経歴を持つ猛者である。

NCEFは、今では警察のSATや海保のSSTと同等、いや実戦経験だけでみればそれらを上回る特殊部隊に成長し、勇名を轟かせていた。

NCEFだけではない。同じ環境開発規制庁に所属し、ともに行動することの多い航空隊もまた、高い技量を誇っている。

先日の『アークティック・アレス』事件でも、この「みどり1号」の機長は、ヘリの機体を超低空でコンテナ船に接近させた直後、ブリッジの真上にピンポイントでホバリングさせ、怜たちのすばやい乗船をサポートした。さらには逃走する原口の監視取締艇を追い、怜を正確に降下させたのである。

機長は以前、航空宇宙自衛隊でUH－60J救難ヘリを飛ばしており、怜とはその頃からの知り合いだった。

やがてヘリの機体が傾き、旋回しつつ高度を下げていくのがわかった。習志野演習場へのアプローチに入ったのだ。窓一杯に、演習場の広大な敷地が広がっている。

怜は言った。

「オールレイヴン、用意はいいか」

レイヴンとは、怜が班長を務めるNCEFチームAのコールサインである。今回の演習には、NCEF全体を率いる隊長の坂井と、チームAが参加することになっていた。なお無線交信においては、怜自身はリーダーを示す「6」をつけて「レイヴン6（シックス）」と呼ばれる。

チームAのコールサインは、彼女の二つ名である「シベリアの魔女」にちなんだものにしてはと坂井に言われたことがある。自衛隊時代、一部でそう呼ばれていたのは事実だ。だがその話を、怜は固辞した。自分をそう呼ぶ者はぶん殴られるという噂は知っている。さすがにそこまでするつもりはないが、決して気に入っているあだ名ではない。シベリアは、あまり楽しい思い出のある土地ではなかった。

その代わりに怜が提案したレイヴンというコールサインの由来は、特に何も伝えていない。坂井が、それ以上訊いてくることはなかった。

無意識に、胸に手を遣った。怜は認識票の他にもう一つ、小さな鳥の形をしたペンダントを首から提げている。怜は験を担ぐ性質ではないが、それだけは別だった。

「準備完了です、ママ」

サブリーダーを任せている、陸上自衛隊水陸機動団から来た小松海斗という若い男性隊員が、少しふざけた口調で言った。

小松には、いささか空気が読めない面がある。怜の過去など小松は知らないのだし、普段なら気にしないところだが、つい顔をしかめてしまったらしい。小松が慌てたように、「失礼しました、班長。ああ、レイヴン6」と言いなおす。

「かまわない」

怜はできるだけ穏やかに答えた。今度は、過度にやさしくなってしまったかもしれない。まるで、本当の子どもに対するみたいに。

——ママ。おかあさん。ずっと昔、そう呼ばれたこともあった……。

怜は、首を小さく振って意識を無理やりに引き戻した。こんな時に何を思い出しているの、わたしは。

振り返る過去などない。私的な感傷に長々と身を委ねる贅沢が、今の自分に許されるはずもないのだ。

ヘリが着陸する直前、怜はスライドドアを引き開けた。ローターが起こす風に飛ばされた草の葉が、キャビンに吹き込んでくる。ヘリ発着場の端で空挺団の隊員たちが待っているのが見えた。

怜は、部下へと声を張り上げた。

「では行くぞ。NCEFチームA！」

＊＊＊

立川駅で満員電車を降りた宗矢は、バス乗り場の長い列をちらりと見て諦め、職場まで走ることにした。

走ったり歩いたりを交互に繰り返して十五分ほど。たどり着いた合同庁舎のエレベーター内で息を整え、そっと扉を開けて捜査課のオフィスに入る。何食わぬ顔で自席に着いた。

「おはよう」

隣の席の帆波に挨拶する。一カ月前の事件で人質にされた心理的な負荷はもちろんあったはずだが、宗矢が見る限り、帆波の様子はそれ以前と変わらない。

宗矢と同様に半袖シャツ姿の帆波が、小声で答えた。

「遅刻ぎりぎりだよ。加賀谷さん、先に会議室行ってて助かったね。……宗矢ってさ、昔っからこうだよね。ぎりぎりになって教室に入ってくるとか」

「そうだっけ」

帆波とは、大学で知り合った。同じ生物学科のクラスメートである。

二人が大学に入学したのは、ちょうど「大異変」の最中だった。海面上昇による移住計画のあおりを受けて在学中にキャンパスが移転せざるを得なくなるなど、激動の学生時代を過ごした後、帆波は国家公務員試験を順調にパスして環境省に入省した。

帆波は昔から野生生物に関心を持っていただけでなく、「大異変」によって母親を失い、生まれた町も沈んでしまったことで自然環境の保護に携わりたいと熱望するようにもなっていたから、環境省職員は天職といえた。

一方の宗矢は、そのまま大学院へ進学した。生物の研究をしたくて生物学科に入ったのはたしかだが、正直なところ研究を続けるためというよりは、就職までのモラトリアムという意識のほうが強かった。

そんなわけだから、大学院修士課程での二年間の後、博士課程に進むには勉強が足りず、就職するには努力が足りず、といった状況に陥ってしまった。

長い不況に追い打ちをかけるかのような「大異変」により、経済の混乱は続いていた。自然環境保護が絶対の正義となった世の中で、生物学修士の肩書きを使ってうまく立ち回ればよかったのかもしれない。だが、子どもの頃から言われ続けてきた要領の悪さはその状況でも遺憾なく発揮されてしまった。タイミングを逃せば、もはやどこにも就職の口はなかった。

二年ほど実家暮らしをしながらアルバイトで食いつないでいた宗矢に、帆波から連絡があったのは昨年三月のことだ。

帆波が環境省から出向になった先の官庁で、特別職の職員を募集しているという話だった。生物系の修士課程以上が条件で応募者も少なそうだし、採用試験受けてみればという帆波の誘いに、実家で針のむしろの気分を味わっていた宗矢は飛びついたのである。

そうして採用されたのがここＥＤＲＡ——環境開発規制庁だった。帆波からは「入れたのはわたしのおかげだからね。感謝して」と恩着せがましく言われたものの、仕事の内容は当初聞いた話とはだいぶ異なっていた。

任命されたのは、帆波と同じ環境開発規制官だったのだ。

改正自然環境保全法にもとづき、自然環境破壊につながる行為は刑事処罰されることとなっていた。環境省の外局である環境開発規制庁がその取り締まりをおこなっており、特別司法警察職員の権限が与えられた環境開発規制官には、捜査に係る刑事手続きや逮捕、送検等の権限が認められている。立場としては海上保安官や麻薬取締官と似ており、同様に拳銃などで武装する場合もあった。「環境省武装機動隊」の俗称の所以（ゆえん）である。

自然環境破壊につながる事案を警察に先んじて捜査するためには、自然や野生生物に関する知識が必要であり、採用条件の修士号はそれ故だったのだ。

帆波は決して認めようとはしないが、彼女自身あまり乗り気ではなかったらしい出向の巻き添えにされたのではと宗矢は疑っている。

とにかくそうした経緯の果てに、今日もここ立川駅の北西、昭和記念公園の隣に広がる立川広域防災基地内のオフィスに宗矢は出勤しているというわけだ。

宗矢が所属しているのは、環境開発規制庁・関東規制局の下に設けられた取締部、その捜査課第三班である。加賀谷班長の下、宗矢と帆波、そして『アークティック・アレス』事件でも一緒に出動した市川美咲と武石悠真、計五名の編成だ。

「帆波ちゃん、発表データありがと」

同じ机の島の、向かいの席で美咲が言った。この後のミーティングで美咲が発表するためのデータ作成を、帆波が手伝っていたようだ。

隣の島で、捜査課第二班のメンバーが立ち上がるのが見えた。

「うちも、そろそろ行きましょうか」

美咲に続き、宗矢たちは同じフロアにある会議室へ向かった。

窓のない会議室には、机とパイプ椅子が講義形式で並べられていた。既に捜査課の他の班や、総務課など支援部門のメンバーが着席している。列の中ほどに座っていた加賀谷が振り返り、じろりと視線を送ってきた。宗矢と帆波は、後ろのほうに隣り合った空席を見つけた。

部屋の前方のスクリーンには、日本地図を背景にしたEDRAのロゴが映し出されていた。その日本地図は、宗矢が子どもの頃とはだいぶ海岸線が異なっている。

スクリーンの脇にはこちらを向いた長机があり、取締部長と捜査課長、それにもう一人、女性が座っていた。明るい色のスーツに身を包み、度の強そうな眼鏡をかけた中年の女性である。

宗矢たちの後から何人か会議室に入ってきたところで、扉が閉められた。捜査課長の「全員揃ったか」という声に、皆の顔が周囲を確認する。課長は少ししてから言った。

「諸君、おはよう」

「おはようございます」皆の声が揃う。

「本日の定例ブリーフィングには、赤間局長が参加される」

課長の言葉を受け、取締部長の隣に座った中年女性が会釈した。女性は、関東規制局長――つまりこのオフィスにいる環境開発規制庁職員のトップ、赤間祥子である。

「局長、ひと言お願いします」

「おはようございます。皆さん、お元気そうで何よりです」

立ち上がった赤間が、挨拶しながら皆の顔を見渡す。

宗矢は髭をそり忘れていたことを思い出し、そっと顎を引いた。

赤間は挨拶の冒頭で、今朝のニュースに触れた。

「昨日、国連自然保護軍に派遣されていた自衛隊の若者が一人、遠い異国で亡くなりました。今頃、総理が遺族にお悔やみの電話を入れているでしょう。ですがそれは、人類の、地球の財産である自然を無秩序な開発から守るための、尊い犠牲です」

なんだか政治家みたいな台詞だと宗矢は思った。官僚組織の中で出世していくには、そういった語彙を駆使することが求められるのかもしれない。

赤間は、帆波と同じように環境省から環境開発規制庁に出向してきた身分である。環境省にいた当時は、自然環境を守るための武力行使に反対の意向を示していたと聞く。それが自衛隊のNKF任務を肯定的に話すようになったのは、この環境開発規制庁での数年の経験で、現実を認識したということだろうか。

今や、自衛隊が自然環境保護を目的に海外派遣され、時には戦闘任務すらおこなうことを、国民の多くが支持していた。少なくとも先進諸国（その構成は以前と異なっている）では、自然環境保護こそは誰も疑念を挟めない正義と考えられているのだ。それを阻む者を殲滅することまで含めて。

この奇怪な現実は、半世紀以上前から科学者たちが客観的事実にもとづき警告していた、さまざまな環境問題を先送りし続けた結果でもあった。

以前、多くの人々は、少しくらい地球が暖かくなったとしても自分の暮らしには大して関係ないだろうと高をくくっていた。昔に比べれば夏は暑くなったけれど、せいぜいこんなものだろう、いずれ誰かがなんとかするだろう、と。

そうやって、頭ではわかっていたのに見て見ぬふりをし続けた。あるいは、何かしらの行動はしてもこの程度で十分だろうと考えた。環境問題を訴える人々に対しては、時に感情的な反発を示し、冷笑する態度を取った。

一方、彼らが「意識が高い」と揶揄した対象の人々も、自分たちこそが絶対の正義だと主張し、その正義を理解しない相手を愚か者扱いするだけで、納得させる努力を怠っていた。

だが人類が身内で争い、分断を広げ、お互いに信じたいものだけを信じている間に、人類の都合など意にも介さない厳格なシステム——自然は、次のフェーズへの移行を始めていたのである。

二〇二二年にはパキスタンで大洪水が発生し、国土の三分の一が浸水、国民の七人に一人が家を失った。この頃、気候変動のリスクを支払わされていたのは主に途上国と呼ばれる国々だった。彼らよりもはるかに大量の温室効果ガスを排出する先進国は、その被害に対して同情し、援助したものの、根本的に原因を絶つ議論は進んでいなかった。先進国の多くの人々は慣れ親しんだ大量消費のライフスタイルを変えることに抵抗し、なおも富を集め続けた。

そうしているうちに、人口移動という形で途上国の静かな逆襲が始まった。国を捨てた民族はツケの支払いを要求すべく、次々と先進国へ向かった。やがて多くの先進国で、社会経済体制は混乱の度を増していった。

同じ頃、ウクライナでの戦争をきっかけに、一時期軌道に乗りかけていた再生可能エネルギーへの転換はペースダウンを余儀なくされていた。その時点の技術では、風力や太陽光による発電だけで石炭や石油、天然ガス、原子力由来の発電量をカバーできなかったのだ。

八十億人を超えた人類がこの星で生存していくためにはエネルギーが必要であり、経済を回す必要があった。結局、従来の手法に頼る発電は強化された。温暖化対策、脱炭素を棚上げにするケースが相次ぎ、二酸化炭素削減の目標など空約束と化した。

たしかにそうしなければ、救えなかった命もあったことだろう。だが、それが負のスパイラルに陥る最後の一押しとなった。

そして二〇二〇年代後半のある日、地球上のどこかで、自然のシステムは臨界に達した。それまで地球は、人類の活動にともない発生するさまざまな負荷を受け止め続けてきた。徐々に進んできた自然の変化は、既に引き返し不可能点（ポイント・オブ・ノーリターン）を過ぎたとも言われていたが、ついにその先の最終的な限界――転換点（ティッピング・ポイント）を迎えたのだ。後に「大異変」と呼ばれる日々の始まりである。

従来の予測を上回るペースで温暖化が進行していることが、世界の至る場所で観測されるようになった。そのニュースを新聞の一面で見ない日がなくなった頃、ようやく人々は、それが自分たちの未来に決定的な影響を与えることを実感しはじめた。

国連ＩＰＣＣ（気候変動に関する政府間パネル）が二〇一八年に発表した報告書では、そのままの速度で温暖化が進行すれば、早ければ二〇三〇年には地球の平均気温は一・五度上昇するとされていた。それを受けての予測の中には、平均気温の上昇が二度に近づくと、地球のシステムは臨界を超えてしまうというものもあった。そうなると、どれほど温室効果ガスの排出削減に取り組もうとも温暖化は止まらず、二一〇〇年には気温は四度上昇するというのである。

その予測は、概ね当たっていた。

時期だけを除いて。

二〇三〇年には早くも、地球の気温上昇は四度に達していたのだ。

各国は慌てて自然環境保護のための政策を見なおしたが、もう遅かった。全速力で進んできた巨船が、エンジンを止めたからといってすぐに停船できるものではない。

そうなる前に、世界中の一人ひとりにできることはあったはずだ。だが、いみじくも過去の偉人が言ったように、幸運の女神には前髪しかなかった。今さら、追いかけて引き留めることはできなかったのである。

温暖化によって大気はより多くの水を保持するようになり、豪雨や洪水の頻度は増し、規模も大きく、強くなっていった。その合間には、激しい熱波が各地を襲った。

そして南極、北極の氷も、科学者たちの予想をはるかに上回る速度で解けていった。

世界中の海面上昇を止める手立ては、もはやなかった。

水は少しずつ溢れていくこともあれば、嵐で一気に押し寄せることもあった。わずか数年間で、全地球の海水面は平均七メートルの上昇を見せた。土地を増やすための数百年にわたる努力は、あっという間に文字どおり水泡に帰した。

沿岸域の人口は、およそ二十億人。中でも海抜十メートル未満の土地に住む八億人にとって、それは致命的だった。多くの人々が移住を余儀なくされるか、海面上昇にともなう災害で命を落とした。

都市だけではない。食糧生産に適した土地も、かなりの面積が海面下に没した。押し寄せた海水は、そのままでは飲むことができない。真水は貴重品となった。

先進国、途上国の区別なく、海沿いの都市は次々と水に呑まれていき、膨大な数の難民が生まれた。それは公平なようでいて、ある面では理不尽ともいえた。そもそもの原因となった温室効果ガスの排出量の多くを占めていたのは、先進国だったからだ。自ら招いたものではない災害に国土を蹂躙された途上国が、先進国からの難民受け入れを拒む事案が頻発した。それでも逃げ場を探す先進国の中には、やがて理由をつけ武力によって自国民を逃がそうとする国も現れた。

衣食足りて礼節を知る、という言葉は真理だった。衣食が大幅に不足するようになった世界は、数百年の時を遡ったかのごとく文明を後退させはじめた。

人類を襲った惨禍の第一段階は自然の「大異変」に起因するものだったが、このようにして二〇三〇年頃から始まった第二段階は、人類自身が直接の原因となった。

土地や食糧、水、エネルギーをめぐり、数え切れぬほどの地域紛争が同時多発的に勃発、連鎖していった。

海面上昇にともなう災害で既に多くの人命が失われていたが、それを生き延びた人々は、今度は戦争による命の危機にさらされることになったのだ。

すぐに、オーストラリアと南極を除くすべての大陸が戦火に包まれた。先進諸国の中にも、内戦状態に陥る国が続出した。

人々は、まったく想定していなかった形で始まり、現実味を持てずにいる戦争を、従来の世界情勢の延長として第三次世界大戦と呼ぶのをためらった。

やがて誰からともなく、その戦争はカタストロフィック・ウォー――「異変戦争」と呼ばれるようになった。

そしてついに、カタストロフィの名のとおり、実戦における三度目の核兵器使用がおこなわれた。それは、かねて危惧されていたシナリオだった。内戦状態に陥ったある大国が、核兵器のコントロールを喪失したのである。悪夢は、現実となった。

もっとも、その数十分後には、三度目だろうが四度目だろうが、数をかぞえることにあまり意味はなくなってしまった。

戦争が最高潮を迎えた「死の一週間」に、全世界で三十数発の核弾頭が炸裂した。戦術核兵器が原野の戦場で使用された他、弾道ミサイル攻撃や戦略爆撃により、両手の指では足りない数の都市が消し飛ばされ、直接的に億単位の人命が失われた。

だが、核戦争が一度始まれば世界は終わってしまうという予想は覆された。第一の異変を止められなかった人類にも、せめて第二の異変を抑制するだけの英智が残っていたということかもしれない。核爆発の閃光は、加速度的に壊れていく世界で存在意義を喪失しかけていた国際連合を正気に返らせたのである。

複数の常任理事国の正統政府はその首都とともに消滅したが、従来の安保理決議の枠組みではない臨時の国連軍が被害の少ない国の参加により編成され、全世界の紛争地域に武力介入したのだった。

なお日本においては東京や大阪を標的にした弾道ミサイルは迎撃されたものの、撃ち漏らした一発が日本海側の都市に着弾していた。数万人の犠牲は世論を変えるには十分であり、国民の九割以上が支持する特別措置法のもと、国連軍として自衛隊は海を渡り戦闘任務についた。

その一年後、各国の政府、あるいは暫定政府により停戦協定が結ばれた。営々と積み重ねてきた人類の歴史が、突然に終わることは回避されたのだ。

もちろん、それからも被害は続いた。核爆発により発生した放射性降下物は膨大な被爆者を生み出し、地球大気を覆った数百万トンの煤により、数年間にわたり農作物の収穫量は激減、国際市場の大混乱とあいまって各国では餓死する者が続出した。生き残った人々は、環境破壊が最終的に何をもたらしたかを最悪の形で見せつけられたのだった。

一方、気候変動や海面上昇のペースにはブレーキがかかりはじめた。それはまったく皮肉なことに、炸裂した核、そして大異変と戦争による先進諸国での人口減少が主な原因だった。

数年が経った二〇三八年現在、全世界の海面は大異変前に比べ平均で約七メートル上昇していたが、その後は年に数センチの上昇速度にまで鈍化している。

それでも、安心はできない。人類は核戦争による即死を免れたとはいえ、環境破壊による緩やかな死の危険はまだ去っていなかった。人類が生き残る絶対条件は、自然環境をこれ以上破壊せず、少なくとも維持することだと今や多くの者が考えている。

各国はそれまでの埋め合わせをするかのように、戦前をはるかにしのぐ厳しさの環境保護政策を、時には民主主義の後退ともいえる手法すら取って押し進めた。

その結果、大異変後の世界でもっとも重視されるようになったのが「環境安保」という概念である。環境保護目的の軍事介入など、一昔前ならば現実の政策としてはあり得なかっただろうが、今や認識を変えた大衆の積極的な支持を得られていた。

異変戦争後も、国連軍は環境を破壊する国家、組織に対し各地で軍事行動を展開している。たとえば二酸化炭素排出量の国際協定を守らない国には制裁の空爆がおこなわれたし、南米や東南アジアのジャングルで木を切る者は掃討された。たとえ生きるために仕方ないことであっても、自然を壊す者を国際社会は許さないのだった。一時的に環境負荷を高める軍事行動であっても、長期間にわたる環境破壊を阻止するためには止むを得ないとされた。

「国連自然保護軍」――ＮＫＦに各国が派遣する兵員は、二〇三八年現在、世界各地で十万を超えている。

自然環境の保護が最大の正義とされる世の中、人の命と自然環境を天秤にかければ、あっさりと後者の皿が下がる時代が到来していた――。

宗矢の回想は、皆のどよめきで断ち切られた。赤間が何か驚くようなことを告げたようだ。

「どうした？」

宗矢が小声で帆波に訊ねると、「ちゃんと聞いてなよ」と文句を言いつつ教えてくれた。

「ＮＣＥＦが自衛隊の代わりに海外へ出る計画が進んでるんだって」

帆波は、厳しい顔をしていた。きちんと話を聞いていなかった宗矢に対してではないだろう。

環境省からの出向組である帆波は、かつての赤間がそうだったように、環境保護のための武力行使に強い抵抗感を抱いている。赤間は環境開発規制庁の流儀に従って考え方を変えたように見えるが、帆波はまだ納得していないらしい。彼女がそう思っているという話は度々聞かされていた。

赤間の話に耳を傾けなおせば、どうやらシベリアに派遣された自衛隊の、警備部隊のローテーションにＮＣＥＦが加わる計画があるという。

世界各地に展開する自衛隊の中でも、特に対テロのような特殊任務につく精鋭部隊は慢性的な人員不足に陥っている。そのため、少しでも肩代わりしてもらいたいと防衛省から要請があったということだ。

近々、NCEFの隊員が事前視察に向かうと赤間は話していた。宗矢はふと、一ヵ月前の夜に出会った「シベリアの魔女」のことを思い出した。

そのうちに赤間の話は終わり、通常のブリーフィングになった。議題ごとに説明者が演台に立ち、スクリーンを使って説明していくものだ。

今日の主な議題は、奥東京湾の環境保全についてだった。ゼロメートル地帯と呼ばれていた東京東部から、荒川などに沿って埼玉、千葉の内陸部までかなりの部分が水没したが、水深は深いところでも十メートル程度であり、建物の多くはまだ海面から顔を出している。それら建物に残る資源、財産の回収は急務となっていた。その業務に当たる国土交通省の人手はまったく足りておらず、民間企業も多数進出している。

中にはいかがわしい業者もおり、彼らは回収したものが使えないと判断すれば不法に投棄し、また汚水を垂れ流しているため、一部ではそれが環境をさらに悪化させる原因にもなっていた。

不法回収業者は、水上に林立する無数の廃墟ビルに潜んでいることが多い。それらのビルには、内陸への移住を諦め廃墟で水上生活者として暮らしている者も住んでおり、中には密漁をおこなっている者もいた。いわば、巨大な水上無法地帯である。

そこで警察や海保の他、EDRAとしても環境の見地から定期的なパトロールを実施しているのだ。

パトロールは、宗矢たち取締部捜査課が担当していた。環境開発規制官は自然環境破壊に関わる事件を捜査する一方、交番の警官のように地域の環境パトロールもおこなっている。警察における刑事部と地域部、その両方の任務を担っているといってよい。

とはいえ、関東地方全域を管轄する関東規制局といえど、捜査課員は各班合わせて三十名ほどだ。海域すべての見回りはできないので、特に環境面の懸念がある地域を重点的にパトロールしている。

パトロールは各班がローテーションで実施しており、大きな事件がなければ、来週の定期パトロールは宗矢の所属する第三班が担当する予定になっていた。

演台に上がった美咲が、次回パトロールの計画について説明している。スクリーンに映し出された資料は、先ほど帆波が美咲に渡したものだ。

それが、今日のミーティングにおける最後の報告だった。立ち上がった赤間が挨拶した。

「みんな、ご苦労さま。ああ、ところで」

赤間は、部長と課長に目で合図をした後、会議室の皆を見回して言った。

「あと何時間かで報道発表されるので、先に皆さんに話しておきますね。先月のコンテナ船事件の際、うちの佐倉さんを人質に取った海保の原口という職員、病院で亡くなったそうです」

宗矢は、えっ、と声を漏らした。周囲の皆も、ざわついている。隣で、帆波の身体がぴくりと震えるのがわかった。

皆が落ち着くのを待って、赤間は続けた。

「死因など、詳しいことはまだ発表がありません。原口がなぜ我々への通報を遅らせたのかという点も含め、引き続き海保が捜査する予定です。何か要請があれば、全面的に協力してください」

それから部長の言葉で散会となり、職員たちはぞろぞろと各自の部屋へ引き揚げていった。

宗矢が自席に着くと、隣の席に戻ってきた帆波が小声で言った。

「原口が死んだのは、あの時の怪我が原因じゃないかな。だとしたら、NCEFが殺したようなものじゃない？　すぐに人を撃つなんて、あの人たちどうかしてるよ」

「でも、そうしなければ帆波だってどうなってたかわからないぞ」

「撃たないで捕らえる方法だってあったはずだよ。『アークティック・アレス』の犯人も」

「それは理想だろ。犯人は、拳銃を向けてきたっていうじゃないか。撃たなければ、撃たれてた。それに、あのままじゃ沈没して大変なことになってた。今どき、環境を破壊するやつはああなっても仕方ないよ。人類が生き残るためには、環境保護を最優先にしなきゃいけないんだ。みんなそう考えてる」

「みんなって誰？」

「世の中の人たちの、多くはそう思ってるよ」

宗矢がＳＮＳなどで見る限り、環境に対する罪は絶対の悪だと多くの国民が認識している。重大な環境破壊を起こすかもしれない者を撃つのは、正しいことだ。

「あの犯人って、外国人船員の待遇改善をしてほしかったわけでしょ。それを問答無用で撃っていいわけ？　大勢が言えば、正義なの？」

たしかに、帆波の言うこともわからなくはない。だが、ナイーブ過ぎるとも宗矢は思った。

帆波は宗矢の顔をじっと見て、がっかりしたように言った。

「みんなが言うから正義って……じゃあ、宗矢の正義ってどこにあるの。自然や環境のためなら何をしてもいい、それに意見を挟むことさえ許されないってのは、なんか変だよ」

宗矢は、咄嗟に言い返せずに黙り込んだ。帆波が続ける。

「助けられたのにこんなこと言うの、よくないけど……。NCEFはやっぱりやり過ぎだよ。海外派遣されて、また人を死なせると思う」

「あの人たちだって、好きで撃ってるわけじゃない。だいたい、同じEDRAの仲間だろ」

宗矢の脳裏を再び、シベリアの魔女という女性隊員の姿がよぎった。ヘルメットを脱いで、ほどけた髪。相手を見透かすような、冷たい瞳。

「…………」

少しのあいだ黙っていた帆波は、立ち上がって言った。「今日は、これから八王子へ出張なの。打ち合わせの後は合同庁舎の作業スペースで仕事して、何ごともなければ直帰するから」

帆波は、他省庁と連携しておこなう業務も担当していた。かつて霞が関に存在した国の機関の多くは、八王子に移転している。その一つとの打ち合わせのようだ。

出張の際、帆波は八王子の合同庁舎内にある作業スペースで仕事をしてくることが多い。一人で落ち着いて作業できるのだという。

立ち上がった帆波は、宗矢に言い返す隙を与えないまま行ってしまった。

なんだよ、と宗矢は小さく文句を言った後、帆波とやりあうきっかけになった海保の職員のことを考えた。

あの原口という男が死んだことで、わざと連絡を遅らせたり、帆波を人質に逃げようとしたりした本当の理由はわからなくなってしまったわけだ——。

第二章

旧ロシア連邦・サハ共和国

サハ共和国

雨音を縫って響くエンジン音が、着陸する飛行機の存在を周囲へ知らせている。

広大な原野の中、そこだけわずかに色が違うことで識別できる、簡易舗装の滑走路。その延長線上に、低く垂れ込めた雲を突き抜けて眩い光が現れた。飛行機の脚に取りつけられた着陸灯だ。

国連軍の指揮下にあることを示す、白地に「UN」のマーキングを施された双発プロペラ機は、時々風に煽られつつ高度を下げていき、滑走路の南端に差しかかった。脚を叩きつけるように着陸すると、主翼のスポイラーを一杯に開いて減速する。

やがて、プロペラ機——本来の所属はオーストラリア空軍のC－27Jスパルタン輸送機は、短い滑走路の北端ぎりぎりで停止すると、機首を回して駐機場へと向かった。駐機場の端には、空港ターミナルというよりはローカル線の駅舎のような建物がある。近づいてくるC－27Jの姿を見て、建物の庇の下で遊んでいた子どもたちが逃げていった。

ここは、東シベリアのサハ共和国。その北東部の小さな町、バタガイ郊外の空港である。かつてロシア連邦を構成していたこの国は、北は北極海から南はモンゴルへ延びるスタノヴォイ山脈まで、日本のおよそ八倍、総面積三一〇万平方キロメートルの広大な国土を持つ。

以前は週に数便、小型機が発着していたローカル空港に、民間機の姿はない。世界情勢が激変した現在、利用しているのは首都ヤクーツクとの間を往復する国連軍の連絡便ばかりだった。

Ｃ－27Ｊの機体後部にあるカーゴドアが開く。降り立った新島怜の視界に最初に入ってきたものは、駐機場の隅で擱座し雨に打たれているＭｉ－24攻撃ヘリの残骸だった。

機内で想像していたよりも、雨脚は強かった。まるで熱帯のスコールのようだ。六月の今は雨期とはいえ、同じ土地の二十年前と比較してはるかに降水量は増えているという。あっという間に、怜のパンツスーツの灰色は濃紺と見分けがつかなくなった。

サハ共和国は、長らく北半球の最低地上気温であったマイナス六七・八度を観測したこともある厳寒の土地だ。夏の平均気温もかつては二十数度ほどだったのだが、今では日常的に三〇度を超えるようになっていた。ひどく蒸し暑い。

機体から少し歩いたところで立ち止まり、周囲を見回す。待ち合わせの相手はターミナルの中にいるはずだ。そこまでは、せいぜい数十メートルほど。キャリーバッグに入れてある折りたたみ傘を差すつもりはない。それは、怜がかつて身につけた習慣だった。

怜の後から、大きな背嚢を背負ったインド軍の兵士たちが降りてきた。怜の濡れた黒髪と、胸に貼りついたブラウスに一瞬だけ目を遣って追い抜いていく。視線には当然気づいたが、一切無視した。そのメンタルの強さは、さんざん不快な思いをして会得したものだ。

自衛隊にいた頃、部隊によっては露骨なセクハラが横行しているのを度々目撃した。一度実力を知られれば、怜には誰も手を出してこなかったが、他の女性隊員を相当ひどい目に遭わせている者もいた。そういうことをする輩は大抵、戦うための組織なのだからやむを得ない、必要悪だなどと開きなおる。そして告発者は、自衛隊に恥をかかせるのかなどと組織の論理を後ろ盾にした批判を受ける。一般社会では通用しない理屈であっても、閉鎖された組織の中で、特にそれが組織自身を守るという目的のもとでは、異常な理屈ですら正義の皮をまとってしまうのだ。

ああした連中を一列に並べて、二〇式小銃の連射を叩き込んだらどれほど気分がいいことだろう。本当に実行する前に自衛隊を辞めておいてよかったと、怜はわりと真剣に思っている。

ターミナルの小さな建物から、傘をさして走ってくる人影が見えた。

その人物は、怜の隣まで来ると傘を差し出しながら言った。

「水も滴るいい女、ですね」

——いつの時代の台詞なんだか。

そう思いつつも、怜は「お久しぶりです、城(じょう)さん」と挨拶して傘を素直に受け取った。ここで自分の流儀を押し通せば、きっと傘を差しかけてくるだろう。相合い傘など避けたかった。

怜の表情で、察したのかもしれない。城は「ああ、さっきの発言は適切ではありませんでしたね。訂正します」と言って、日焼けした顔に人懐っこい笑みを浮かべた。同僚の女性職員たちを夢中にさせているというのも頷ける、客観的に見て美男と呼べる顔だった（そう思ってから、その表現も時代にそぐわないかと怜は心の中で訂正した）。

環境省の職員、城洋介(ようすけ)。

彼とは、NCEFに来てからはもちろん、自衛隊時代にも一緒に仕事をしたことがあった。今は環境省の人事部におり、環境開発規制庁を含む職員の人事を担当している。各官庁への出向者管理や、海外出張者の現地との連絡調整もおこなっていた。

「ヤクーツクでの乗り継ぎ、慌ただしかったですよね。もうちょっと余裕のある便を手配できればよかったんですが」城は頭を下げた。

「いえ。問題ありません」

怜の返事が素っ気なく聞こえたのだろうか。城は間を持たせるように、言葉を重ねた。

「この国でお会いするのは、二度目ですかね」

城はそう言ってから、また余計なことを口にしたと考えなおしたらしい。ああ、すみません、と小さく呟いた。

気を遣わせて申し訳なく思ったが、怜にとって自衛隊時代にこの国に来た時の話は、あまり積極的にしたいものではなかった。

城はそれ以上話を続けることなく、ターミナルの建物に怜を連れていった。そこにもう一人、怜を待つ人物がいるはずだった。

がらんとした薄暗いロビーに入る。閉鎖されたカウンターに人の姿はなかった。迎えを待っているらしい先ほどのインド兵たちに、地元の住民が水を売りつけている。

その向こうから、笑顔で近づいてくる人物がいた。待ち合わせの相手だ。

城が間に立ち、紹介してくれた。

「国際ＮＧＯ『インターエネシス』の久住(くすみ)五郎(ごろう)さんです」

はじめまして、と挨拶を交わしあう。今回、怜がサハ共和国へ派遣されたのは、ＮＣＥＦが自衛隊の派遣ローテーションに加わるにあたっての事前視察だが、現地で活動する際にはさまざまな団体とやりとりすることになるという。久住の所属するNGOもその一つという話だった。

「私どもの団体についてはご存じですか」

久住の問いに、怜は正直に答えた。

「城さんから送っていただいた資料を読んで、あとはウェブサイトを拝見した程度ですが」

この任務が決まるまで何の予備知識もなかったが、資料によればインターエネシスは国際送電網の整備を推進するための団体ということだ。それほど大きな団体ではないらしく、ウェブサイトはごく簡単なつくりだった。

大異変後の世界においては、発電した電力を国際的に融通しあう仕組みの構築が急務となっている。

ヨーロッパでは以前から国際送電網が整備されていたが、アジアでは異変戦争後にようやく建設が始まり、日本では九州が朝鮮半島と、北海道がサハリンと、それぞれ海底ケーブルで接続されていた。

サハ共和国など水没の恐れがなく土地にも余裕があるシベリア諸国は、今や大陸側における一大発電拠点であり、風車やソーラーパネルなど再生可能エネルギーの発電プラントが各国により設置されている。

怜は、資料を思い出しつつ久住に言った。

「インターエネシスさんはこの国で、プラントの設置に関わっておられるとのことでしたね。それで、駐留している自衛隊とも連携を取っていると」

「ええ。中国や旧ロシア連邦諸国の情勢が落ち着いてきたことで、サハ共和国から日本への送電もようやく安定化しました。今後は、さらに送電量を増やしたいと考えているのです」

だが、問題がないわけではないという。

そもそも、この国の政情は安定しているとは言いがたかった。

サハ共和国を構成国の一つとしていたロシア連邦は、自らが始めたウクライナ戦争の後、大異変、そして異変戦争を経て崩壊した。独立したサハ共和国の人口構成において最多数はシベリアの先住民族であるサハ人だったが、その次に多いロシア人の一部が、独立に反対し武装闘争をおこなっているのだ。

共和国政府や他国の企業が運営する再生エネルギー発電プラントは、彼ら武装勢力の格好の標的だった。

独立して間もない小国の軍は攻撃に対する力不足を露呈し、日本を含む各国は自国への電力供給を維持するため、国連軍の体裁を取って軍を派遣した。

国連軍には、国際的に安定した電力供給をおこなうことで環境保全につなげるという理屈で「国連サハ共和国派遣再生エネルギー設備維持軍」という名称が付与された。武装勢力との戦闘は散発的に一年以上続いており、犠牲者も少なからず出ている。

その実態を、日本国民の多くは知らない。正確にいえば、知ろうともしていない。多くの者は、ただなんとなく、環境破壊は悪で、それを阻止することが正義である、と漠然と考えているだけだった。

たしかに、世界中で国連軍が戦う相手の多くは、確信犯的に自然を破壊している独裁国家や悪徳企業、あるいはカルト集団などである。だが時に自然への脅威として排除される対象——広義の「テロリスト」とも呼ばれる者の中には、武器を取り立ち上がった、もとは普通の農民や漁師もいた。

彼らにとってみれば、国連軍は突然やってきて、勝手に自分たちの土地に風車やパネルを建てる理不尽な存在である。しかも、それによって発電される電気は、自分たちが使えるものではない。補償金は、土地を失う代償としてはあまりに小さすぎる額だった。

そうした背景について、怜には踏み込んだ話をするつもりはなかった。久住もそうなのだろう。怜の顔を見て、まるで関係ないことを口にした。

「それにしても、おきれいですね。女優さんのようです」

自分の容姿について言っているらしいと気づき、怜はどう答えるべきか一瞬迷った。

自惚れではなく事実として、そう言われることは度々あった。ＥＤＲＡの広報もやたらと怜を表に出したがるのだが、依頼はすべて断っている。自分の容姿に関心はなかった。今さら、どうでもいい。

城が、やんわりと久住をたしなめた。

「久住さん、そうした発言は今の時代にそぐわないですよ」

先ほど怜が思ったことそのままだ。

思わず、口元を緩めていたのだろうか。城に「新島さん、普段からそういうお顔をされていたほうがいいかもしれません」と言われてしまった。表情を引き締めなおす。

久住は、失礼しました、と話題を変えた。

「先日のコンテナ船乗っ取り事件で大活躍されたと聞いて、どんな方かと思っていましたが」

「それほどのことはしていません」

「乗っ取られた船を制圧しただけでなく、直後に海保の職員が起こした事件も解決されたとか」

あまり愉快な話題ではなかった。

相手を射殺した経験は何度もあり、気にしないすべは身につけたものの、それでも慣れたわけではない。

コンテナ船のブリッジで二〇式小銃のトリガーを引いた時、一瞬だけ目が合った彼がどんな思いでいたかは考えないようにしていた。彼が拳銃を向けてきたのはたしかである。たとえそれが本人も意図しなかった咄嗟の反応であったとしても、こちらが先に撃たなければ、撃たれなかったという保証はない。

海保の原口という職員が自殺したというのも、気が滅入る話だ。そして、その原口に関しては、坂井隊長に頼まれたことがあった。

久住は、話を続けている。

「他にも何度となく実働任務にあたられ、成功率は百パーセント。『シベリアの魔女』とも呼ばれているそうで」

「……たしかにそう呼ばれたこともありますが、正直なところその名はあまり気に入ってはいないのです」

「そうですか。ＥＤＲＡの広報は、新島さんの経歴も含めていろいろ教えてくれましたよ」

久住は無邪気な顔をして言った。「異変戦争の時は、陸上自衛隊員としてこの国へ派遣されていたそうですね。『シベリアの魔女』というのは、核攻撃を阻止するための強襲作戦で大活躍されたのが由来でつけられた二つ名だとか」

――余計なことを。やはり広報の連中は気に入らない。

怜は、心の中で広報に文句を言った。そもそも、経歴は少し端折りすぎだ。

怜は高卒で陸自に入った当初、会計隊に所属していた。小銃よりも電卓を手にすることのほうが多い職種である。それから自衛官同士で結婚し、一度は除隊した。ちょうど、大異変が始まった頃だ。その後、夫が外務省出向の防衛駐在官としてトルコへ赴任することになり、幼い息子も連れて移住したところで異変戦争が勃発した。

アジアとヨーロッパの交差点という位置にあるがゆえ、多くの難民がなだれ込み混乱に陥ったトルコは、すぐに戦争の最前線と化した。情報収集の任務についていた夫がトルコ軍の基地ごと爆撃で吹き飛ばされた時、怜は息子とともに、首都アンカラ近郊の自宅にいた。その外国人が多く住むエリアが、武装勢力の襲撃を受けたのは間もなくのことだ。突然の爆発で意識を失った怜が目覚めて最初に見たものは、半壊した自宅と、瓦礫の下で冷たくなりつつある息子の亡きがらだった。

息子を抱きかかえ半狂乱になっているところを武装勢力の男に襲われた時、怜がとっさに思い出したのは、会計隊とはいえ自衛官として最低限身につけていた銃や戦闘に関する知識だった。怜は相手を油断させた後、ライフルを奪って撃ち殺した。

　血と硝煙にまみれ、ライフルを抱え無我夢中で日本大使館へ転がり込んだ怜は、帰国後、行く当てのないまま陸自に再入隊した。そして素質を見出され、味方航空機の攻撃を指示するため敵地に潜入する爆撃誘導員となったのである。

　その頃には国際社会の圧力や、日本も被害を受けたことによる世論の変化もあり、自衛隊の本格的な海外展開が始まっていた。そうして怜が所属する中央即応連隊は、崩壊を始めつつあったロシア連邦のサハ共和国へ派遣されたのだ。

　怜は、連隊の下に編成された火力誘導班の一員だった。

　派遣されてしばらく後、独立に反対する武装勢力――かつてのロシア連邦軍残党――が核兵器を使用する疑いがあるという情報が入り、爆撃して破壊する決定がなされた。そして火力誘導班は、目標付近に潜入して爆撃を誘導する任務を命じられた。

　結果として爆撃は成功したが、敵勢力圏の奥深くへ潜入した際には、敵兵との近接戦闘も何度となく経験した。

　撃った相手の数をかぞえることは、途中でやめていた。

　わたしは、見知らぬ他人を撃ち続けることで、家族の復讐をしてきたのかもしれない――。

　無意識に、表情をこわばらせていたようだ。久住がはっとした顔になり、「ああ、立ち入ったことをうかがったのでしたら申し訳なかったです」と謝ってきた。

「いえ、かまいません。たしかに以前、この国に来たことはあります。ただ、あまり楽しい話ではありませんので」

怜が答えると、城がそれとなく間に入ってくれた。

「そろそろ、車のところに行きましょうか」

ターミナルを出る。

雨は、いつしか上がっていた。西に傾いた太陽が建物をオレンジ色に照らし、急速に乾きはじめた路面からは砂埃が舞っている。

出入口の、屋根の梁にツバメが巣をつくっていた。昔なら、このあたりは生息地に含まれていなかったはずだ。巣から顔を突き出して餌をねだるヒナに、親鳥が懸命に虫を運んでいる。

環境開発規制庁の一員となったためか、最近は、昔なら気にも留めなかったそうした光景に目が行く。ヒナたちが無事巣立てるよう、怜は心の中でそっと祈った。

その間に、城は目の前を飛ぶツバメを気にするでもなく、久住と別の話を始めていた。インターエネシスの他に、このサハ共和国で活動しているNGOのことらしい。

怜は、ふと思いついて城に訊ねた。自分から話を振ることなど滅多にないが、また妙な話題になるよりはと考えたのだ。

「城さんも、昔はどこかのNGOにおられたそうですね」

「ええ。環境省が異変の後で急拡大した時に転職しました」

「環境省からEDRAの関東規制局に出向している赤間局長も、やはりその頃にNGOから転職してこられたと聞きました」

「そうでしたか。ああ、車はこちらです」

ターミナルの脇、駐車場という名の砂利敷きの広場に、城は車を駐めていた。インド製の古いスズキ・スイフトだ。かつては白かったであろう車体は、薄茶色に見えた。

空港の北西にあるバタガイの町への道は、カラマツなどの針葉樹からなる林を突っ切っていた。シベリアの針葉樹林はタイガとも呼ばれ、樹木が必要とする水分は永久凍土から供給される。林だけではない。道路も町も、このサハ共和国は国土のすべてが永久凍土の上にあった。

永久凍土は、大きく二つの層に分かれている。地中深くの永久凍土層は常に凍ったままであり、地面に近い側の活動層は、その名のとおり夏に溶け冬に凍結することを繰り返す。

道沿いを、うねうねと這う何本ものパイプラインが見えた。水道やガス管である。地面近くの活動層に埋めるとすぐに破損してしまい、かといって永久凍土層まで埋め込むのは困難なため、地上に設置するしかないのだ。

間もなく、バタガイに着いた。それほど大きな町ではない。

小さな家々が間隔を空けて建ち並ぶ町は、全体にくすんだ褐色に見える。夕暮れが近い上に、空気が埃っぽいからだろう。それには砂埃だけでなく、行き交う車の多くがもうもうと吐き出す排ガスの煙も含まれている。この国では、未だに排ガス規制は緩いままだ。

その一方でデジタル環境はかなり整備されており、ネットワークは移動中も常時接続が可能な状態だった。小さな町ゆえ道行く人の数は少ないが、皆スマホを持ち、あちこちにフリーWi－

Ｆｉの看板がかかっている。営業しているのかも怪しい、レンガの半ば崩れかけた店の前では、デジタルサイネージのけばけばしい広告が躍っていた。

広告にちらりと視線を向けた城が言った。

「ここでは地元の人たちも、発電の恩恵にあずかっています」

怜には、その口調にどこか自己正当化のニュアンスが含まれているように感じられた。

町をあっという間に通り過ぎ、さらに北へ向かう。

途中、道を行くトナカイの群れを追い抜いた。数は減っているが、まだ放牧されているのだ。群れを、後ろからスマホ片手の牧夫が追い立てている。

追い越しざまに、牧夫の顔が見えた。その顔は、日本人とよく似ている。自衛隊員として初めて来た時には驚かされたものだが、この国で最も人口の多いサハ人は、人種的には日本人と同じモンゴロイドなのだ。

そこから十五分ほど、舗装のなくなった道をがたがたと揺られた後で、目的地に着いた。陸上自衛隊の宿営地である。障害物が置かれ、武装した隊員が守る物々しいゲートを、通行証を見せて通過した。

駐車場になっている広い草原の、白い国連軍塗装が施されたトラックの横に、城は車を駐めた。向こうに並ぶ隊舎の列は、あまり整然としていない印象だ。いくつかの建物は、はっきりとわかるくらいに傾いている。

永久凍土の上にあるこの国では、夏になると地表近くが解けて地盤沈下するため、それを繰り返すうちに傾いてしまうのだ。地表もところどころ盛り上がったり沈んだりしており、こぶ状になった箇所も見られる。

怜の視線を追った城が説明してくれた。

「最近はますますひどくなっているそうですよ。永久凍土層までしっかり杭を打ち込んだ家でも、だんだん傾いたり、ひびが入ったりする例が増えてきているらしいです」

先ほど見かけた、崩れかけた店のことを怜は思い出した。

案内された大きめの隊舎は、まだ傾いてはいなかった。

入口にもゲートと同様、小銃を抱え防弾ベストを身につけた隊員の姿がある。城はあらかじめ話を通していたようで、呼び止められることはなかった。敬礼を送ってきたので怜が答礼すると、隊員は驚いた顔をした。来客であるスーツ姿の女性が、完璧な自衛隊式の答礼を返してくるなど思ってもいなかったのだろう。

その日の夕食は、城や久住と一緒に宿営地の中の食堂で摂った。凍らせた魚を薄く削り出したものに塩と黒胡椒をまぶした、ストロガニナという地元の料理が供され、ウォッカで乾杯した。

本格的な行動は、明朝からである。

＊＊＊

オフィスの休憩スペースの窓からは、立川広域防災基地の滑走路が見渡せる。

宗矢はタンブラーに注いだコーヒーを飲みながら、滑走路にアプローチしてくる海上保安庁のアグスタウェストランドＡＷ１３９ヘリをぼんやりと見つめていた。

立川基地内には、ＥＤＲＡの関東規制局を始め、いくつかの公的機関が入った合同庁舎が建てられている。霞が関にあった機関の多くは八王子に移転していたが、北八王子の工業団地を半強制的に徴用してつくった新都心にそれほどの収容力はなく、一部の機関は他に分散せざるを得なかった。そのため公安系機関については、既に大規模災害時の活動拠点として整備されていた立川広域防災基地へ移ることとなったのだ。

かつて羽田空港を基地にしていた第三管区海上保安本部の航空機も、失われた羽田から立川へと移駐していた。宗矢が見ている前で、白い機体に鮮やかな青のラインを入れたＡＷ１３９が、ゆっくりと高度を下げていく。

宗矢は、ふと思い出した。『アークティック・アレス』事件の際、帆波を人質に逃げた海保職員の原口諒が死んだ件だ。海保から発表された死因は、病院の屋上からの飛び降り自殺だった。

原口はプライベートでトラブルを抱え心神喪失の状態にあったため、水先人の管理担当でありながら、事件を起こした水先人の奥村翔太（おくむらしょうた）へ連絡せず、またＥＤＲＡへの通報をわざと遅らせる行動にも出たのだという。そして、それを帆波に追及されたことで錯乱して事件を起こし、その責任に耐えかね自殺したというのが海保の発表だった。

怪我がもとで死んだわけではないのだから、先日、帆波がＮＣＥＦを非難していたのは早合点だったということになる。

原口の死に関して、今後も捜査が続けられる可能性は低い。とりあえず周囲が納得するだけの結論は出ているし、海保としては身内の汚点ということもあるのだ。

──でも、それで終わりという話ではない気がする。

宗矢は、引っかかりを覚えていた。

説明が足りないと思われる点はいくつかある。

たとえば、原口と水先人の奥村との関係は、発表では何も触れられていない。二人の間に何かしらのつながりがあり、奥村の計画を成功させるため、原口が故意に連絡しなかったということはないだろうか。EDRAへの通報を遅らせたのも、それゆえだ。しかし彼の意図に反して特殊部隊NCEFが早々に出動していたことで、奥村は射殺されてしまった。

それに、そもそもそんな事件が起きた時、心神喪失の職員がちょうど担当していたというのは出来すぎではないか？

休憩を終えて自席に戻った後も、その疑問は宗矢の頭から離れなかった。だが公開されている情報以外の、部内の者しかアクセスできない情報に当たってみても、公式発表以上のことは何もわからない。

やがて、奇妙な想像が浮かんできた。

──もしかしたら。いや、まさか。

それは、自分でも突飛な考えに思えた。宗矢は少し迷った末、隣の席の帆波に声をかけた。先日、水先人の奥村の死をめぐって口論のようになってしまったので、慎重に話しかける。

「なあ帆波」

「ん？」

「例の、原口って海保職員のことだけどさ」

「ああ……」

帆波の表情が硬くなる。やはり、先日のやりとりのことを思い出させてしまったようだ。

「あ、その話じゃないんだ。こないだはなんていうか、俺も悪かった。ごめん」素直に謝る。

帆波は意外そうな顔をして、「あ……うん。わたしも、ちょっと言い過ぎたかも。ごめんね」と返してきた。

意見の違いは認めた上で、意地を張りすぎないのが彼女のいいところだと思う。

「で、そうじゃないなら、何の話？」

あらためて訊いてきた帆波に、宗矢は言った。

「原口が、自殺じゃないとしたらどうだろう」

「どういう意味？　やっぱり撃たれた怪我がもとでってこと？」

「それならそう発表するはずだろ。そうじゃなくて、たとえば、自殺に見せかけて誰かが殺したとか……。生きていてもらっちゃ困る誰かが、始末したってことだよ」

「誰が、何について困るの？」

「……海保のよくない秘密を握っていて、海保自身が手を下したとか」

「うーん、さすがに考え過ぎだと思うけど？　あの時、海保の指揮を執ってた人が感じ悪かったから、そんなふうに考えちゃうんじゃないの」

「そういうわけじゃないよ」

「あ、そういえば」

帆波が、何か思い出したように言った。「海保の事情聴取を受けた時にも話したんだけどね。じつはあの原口って人と、前にも会ったことがあるんだ」

「え？　どこで？」

「お互い、環境省と国土交通省に入庁した年度が同じなの。合同研修があって、そこで会ってたのよ。大して話もしなかったし、事件の時もどこかで見たことあるなって程度だったけど、後になって調べてわかったの」

帆波は平然とした様子で話している。

ただ、あのとき彼女が原口に恐ろしい目に遭わされたのは間違いなく、そもそも原口の話題を出すのは早すぎたかもしれないと、宗矢は反省した。

話を終わらせることにする。

「そっか。ま、仕事するか」

背もたれに寄りかかり大きく伸びをすると、伸ばした手が誰かに当たった。首を反らせて見る。明るい色のスーツと、眼鏡。赤間局長だった。

「うわっ」

慌てて椅子の背を戻し、向きなおった。「失礼しました」

「いいのよ、時々ストレッチするのも大事。それにしても佐倉さん、あの原口って人と同期だったの」

いつの間にか後ろにいた赤間は、途中から話を聞いていたらしい。

「はい。同期といっても、省庁は別ですが」

赤間は、うんうん、と頷いた。

先日ミーティングに参加して以来、赤間がオフィスにやってくる回数は増えていた。席の間をうろついては、職員に声をかけている。

本人は、職員一人ひとりとコミュニケーションを取っているつもりなのだろうが、末端の職員としては正直なところ相手をするのが面倒ではある。よりはっきり言えば、仕事の邪魔だ。

今日は、お茶を入れたついでに見回りをしている体裁のようだった。手にしたマグカップの中身は、部内の噂によれば赤間の趣味で、「身体にやさしい自然の力」がどうのこうのというお茶だそうだ。宗矢にとっては理解の範囲外である。

赤間は、同じ環境省からの出向者ということもあるのか帆波を気に入り、頻繁に話をしに来ていた。隣の席の宗矢としてはやや迷惑でもあったが、帆波のほうではそこまでは思っていないらしい。今もにこやかに相手をしている。

赤間の相手は帆波に任せ、宗矢は自分の仕事に戻った。それでも、すぐ隣の話は聞きたくなくても耳に入ってくる。

初めのうち、帆波は最近よく八王子の作業スペースを使うということを話していた。しかし宗矢が少し仕事に集中している間に、話題は赤間の経歴に移っていた。

「えっ、赤間局長って、ブルー・ピジョンのご出身なんですか。知りませんでした」

帆波が驚いたような声を上げた。

ブルー・ピジョンとは、アメリカに本拠地を置く国際的な自然保護NGOである。赤間はもともとそのNGOの日本支部出身で、大異変後に環境省へ移って異例の出世をしたという。ただ、その話なら宗矢は前にどこかで聞いたことがあった。

環境省からの出向なのに知らなかったのかよと、心の中で帆波に突っ込みを入れる。

帆波が、赤間に訊ねた。

「ブルー・ピジョンの出身といえば、環境省の城さんってご存じですか」

「城くん、もちろん知ってるわよ。環境省に移ったのも、私と同じタイミング」

「そうなんですか！　城さん、格好いいですよね」

「あらあ」と、赤間は笑った。「彼、あなたよりちょっと年上だけど、独身よ」

帆波が、きゃあ、と変な声を出す。宗矢は露骨に顔をしかめてしまった。それがよくなかったのかもしれない。城という人物の話題が一段落すると、帆波は「ねえ、赤間局長のお茶のこと、知ってる？」といたずらっぽく訊いてきた。帆波は、時々こうして宗矢にちょっかいをかけてくる。

——厄介な話題を振ってきたなあ……。ていうか、まだ続けるのかよ。二人とも暇か？

せっかく話に入らないようにしていたのに、結局そこから「あら、日高さんも興味あるの」と、謎のお茶の講義に巻き込まれてしまった。

帆波は楽しそうに笑っている。それを見ているうちに宗矢は、まあいいか、という気分になってきた。

＊＊＊

サハ共和国、陸上自衛隊バタガイ宿営地。

狭く窓のない会議室には、防衛省の現地担当者と、現地の案内役だという普通科小隊の小隊長が待っていた。橋本（はしもと）三尉と名乗ったその小隊長が戦闘服の袖につけているパッチに、怜は目を留めた。中央即応連隊のものだ。かつて、怜もそれと同じパッチをつけていた。いまの怜は、パンツスーツ姿である。

パイプ椅子に腰掛けると、若い隊員がコーヒーを持ってきてくれた。戦闘服の右胸に藤森（ふじもり）という名札を縫いつけた二等陸士の顔には、にきびの跡があった。

「ここ、サハ共和国に国連軍の一翼を担うべく派遣されている陸上自衛隊の部隊は、施設科が中心です。他国で言うところの工兵ですね」

防衛省の担当者はそう解説した後で怜の経歴を思い出したのか、失礼、当然ご存じですよね、と頭を下げた。それからは淡々と、この土地での自衛隊の任務や現状についての説明が続いた。

派遣部隊の主力は、施設科一個大隊。今後も発電プラントの建設協力のため部隊をローテーションして駐留を続けるが、警備・護衛などを目的とする普通科——つまり歩兵一個中隊に関しては、やり繰りが厳しくなってきているという。

異変戦争が終わった後も、自衛隊は世界各地でのＮＫＦ任務に相次いで派遣されている。特に普通科は、正規軍ではないゲリラなどを相手にした、いわゆる「非対称戦」にもしばしば巻き込まれるため、中央即応連隊や第一空挺団などの精鋭部隊が投入されるケースが多い。だが精鋭部隊の隊員は無尽蔵にいるわけではなく、自衛隊の負担は限界に達しかけているということだ。

「そこで、非対称戦の能力を持つ警察や海保の特殊部隊にも既にローテーションに入ってもらっています。ＮＣＥＦもそれに加わっていただきたいというのが、防衛省からの要請なのです。このサハ共和国での任務は、ＮＣＥＦの自然保護執行という目的にも合致するものと考えます」

「承知しています」

怜は頷いた。その部分は、事前に説明されていた。ここで怜が何を言おうと変わらないだろう。怜の任務は現場を実地に視察し、実際の派遣時に活かすことだ。

現地に関する説明が一段落すると、話題は発電をめぐる情勢、世論などに移っていった。怜は、黙って話を聞いた。

発電プラントの建設によってこの国の経済はある程度の恩恵を受けているものの、その利益が一般の住民にまで滴り落ちてくることはない。つくられた電力も、各国へ送電される他は一部が地元の大企業などに回されるだけで、一般市民のためにはほとんど使われていなかった。

ある種、かつての植民地と変わらないのだが、あまりにも巨大な犠牲を払った反動によるものか民主主義が退潮し、分断がさらに加速した世界において、それは実質的に許容されている。

そして、その巨大な犠牲についても、やむを得なかったという意見が特に先進諸国において昨今は多く聞かれるようになっていた。

気候変動が一定の落ち着きを見せ、海面上昇のスピードも収まってきた原因が、人口の減少であることは事実だった。ゆえに、その犠牲は人類全体のために必要だったのだ、という考え方である。

そう考える人々は、亡くなった人たちには申し訳ないが、というエクスキューズをつけた上で、「異変戦争がなければ人類は滅んでいただろう」と口にした。それは世界をリセットするのに必要だったのだ、生き残った我々が新たな世界を築いていくのだ、というわけだ。その論調は、増えすぎて堕落した人間が洪水で滅び、神に選ばれた家族だけが生き残ったという「ノアの方舟」の物語にも例えられ、一定数の支持を得ている。

彼らの一部からは、旧約聖書の、「わたしが創造した人を地のおもてからぬぐい去ろう。人も獣も、這うものも、空の鳥までも。わたしは、これらを造ったことを悔いる」という記述が実現したのだという声さえ聞こえてきた。

世界が半壊し数億人が死んだことがやむを得ないとは、怜には勝手な話としか思えないのだが、それが正義となりつつあるのだ。

中には、さらに過激な主張をする者もいる。

人口は減ったとはいえ、人間が居住できる土地——地理学用語で「エクメーネ」というドイツ語で呼ばれることもある――の面積も縮小した世界において、まだまだ人間の数は多すぎるというのだ。

そう公言しているのは、ＩＴや航空宇宙、自動車などの各種産業を一手に取り扱うグローバル企業、ガウスX社のCEO、イーサン・ホールドマンだった。自ら運営するSNSのフォロワー数は億単位、ネットだけでなく現実においても世論形成に大きな影響力を持つ人物である。ノアの大洪水はまだ続いている、方舟の乗客を減らさねば船ごと沈んでしまうというのがホールドマンの主張だった。彼によれば、人類の活動は未だに地球が許容する限界（プラネタリー・バウンダリー）を超えたままだという。同調する者も増えており、環境団体や人権団体ですら、イーサン・ホールドマンの意見は否定できないと言い出していた（それらの団体がガウスXからの寄付や補助金を頼りにしているという事情はあるのだが）。

この場にいる人々も、その考えに共感を抱いているらしい。話が終わりかけたところで、防衛省の担当者が口にした。

「どれだけこの国で発電しようと、現状の世界人口が必要とする分には追いつかないんですよね。困ったものです」

「私も正直、同感ですね」

久住はそう言って、頷いていた。

ブリーフィングの後、怜たちは難民キャンプを案内されることになっていた。キャンプは宿営地から二十キロほど東、小さな川のほとりに設けられているという。

サハ共和国はほとんど国土を失わずに済んだ内陸国として、多数の難民を受け入れている。反独立派の武装勢力は、難民のうち共和国政府に不満を抱く一派を取り込もうとしているが、これから視察するキャンプの難民たちは紛争とは一線を画した穏健派だそうだ。

「ではさっそくですが、お願いします」

防衛省の担当者は、そう言って案内役の橋本三尉を促した。

駐屯地に残る担当者を除き、皆が立ち上がった。駐車場に行く前に、装備を渡される。ヘルメット――自衛隊制式である強化プラスチック製の八八式鉄帽二型と、一八式防弾ベストだ。怜は念のため着替えることにし、橋本三尉に頼んでサイズの合った戦闘服と半長靴を借りた。認識票とともに常に首からかけているペンダントは、そのまま身につけていった。

隊舎の表に出ると、昨日とは打って変わって青い空が広がっていた。

透明な青空の下、遠くにタイガの黒々とした林が見える。さらに向こう、なだらかな丘が連なるあたりに難民キャンプがあるという。

橋本三尉と藤森二士が車を取ってくる間、隊舎の傍で待つ。ここは宿営地として整備される前は林だったようで、何本かの木が残されていた。その木の皮を、久住がじっと見つめている。表面についたコケらしきものを観察しているようだ。

「植物に興味がありましてね」

怜の視線に気づいた久住は言った。

その時、エンジン音が聞こえてきた。

中型トラックほどの大きさをした箱形の装甲車が、隊舎の角から姿を現す。

輸送防護車。オーストラリア製のブッシュマスター装甲車を輸入した車両である。

車体底部は前から見てV字になっており、地雷や即席爆弾(IED)による攻撃を受けた時に爆風を逃がし、乗員が被害を受けにくいという特徴がある。二〇〇〇年代から二〇一〇年代にかけての、イラクやアフガニスタンにおける非対称戦の経験が活かされたものだ。

二〇一五年に陸上自衛隊が導入した当初の目的は、海外での内乱や暴動などに巻き込まれた邦人を保護し、安全に輸送するというものだった。そのため海外派遣用にごく少数が配備されていたのだが、異変戦争を経て自衛隊が常時海外に展開するようになると、使い勝手の良さからあらためて大量に導入されたのだ。制式名称は当初の目的を反映した輸送防護車のままだが、現場ではもとの名であるブッシュマスターで通っている。

非対称戦を想定した車両だけに、戦車砲やミサイルの攻撃に耐え得る装甲は持っていないが、この地域で今までに発生した戦闘はそこまで激しいものではないという。橋本三尉も、派遣されて三カ月ほどだがまだ戦闘は経験していないそうだ。そもそも橋本はこれが初めての海外派遣で、実戦は未経験らしい。

運転席には藤森二士が、助手席には橋本三尉が乗っていた。怜たち三人が後部区画の向かい合わせのシートにばらけて座り、全員がシートベルトを締めると、装甲車は砂塵を巻き上げて出発した。

側面に設けられた防弾ガラスの小窓から、凹凸の激しい未舗装の道と、両脇に広がる荒野が見える。

後部区画のラックには、二〇式小銃が三丁収められていた。そのうち一丁は、狙撃用にスコープが装着されている。

——万一襲撃を受けた場合、橋本三尉と藤森二士の他、わたしも反撃に加われる。

怜は思った。海外で視察中の環境開発規制庁職員が武器を使用することは、法的には若干グレーな領域かもしれないが、内閣法制局お得意の、法の拡大解釈でもしてもらえばよい。そのあたりは、自分が心配する話ではない。

それにしても、怜が子どもの頃、駆けつけ警護時の武器使用について盛んに議論されていたことを思えば隔世の感があった。この現実をもたらしたものこそ、やはりあの大異変、そしてそれに続く異変戦争なのだ。

車の揺れに身を任せていると、怜の頭に再び記憶がよみがえってきた。

崩壊を始めたロシア。怜の所属する火力誘導班が潜入したのは、サハ共和国内でもここからはるかに遠い、首都ヤクーツクから西へ八百キロほど離れた場所だった。ヴィリュイ川上流の、俗に「死の谷」と呼ばれる地域である。

そこはかつて竜王が眠ると信じられていた場所であり、昔は住民たちも決して足を踏み入れなかったという。十九世紀の学術調査で奇妙なドーム状の構造物が見つかり、二十一世紀に入ってから赴いた調査隊が謎の体調不良により引き返したことで、超古代文明の秘密が存在するのではとオカルト的な推測もされたような土地だった。

怜たちは敵の勢力下にあったその地に、わずか十名ほどで、高高度からのパラシュート降下により潜入した。そして二週間にわたり、果てしなく広がるタイガの林をさまよい、ついに敵の拠点を発見したのである。

国連軍の情報部が恐れたとおり、旧ロシア連邦軍の残党はその拠点に、核弾頭を備えた巡航ミサイルを隠し持っていた。怜たちに与えられた任務は、味方の戦闘機に位置を知らせ、爆撃を誘導することだった。核弾頭を無傷で押さえられればベストだが、それが不可能でかつ発射が近い状況である場合、爆撃で吹き飛ばすとされていた。

現実は、まさにその状況だった。

爆撃は成功し、ミサイルは無力化された。

問題は、それからである。そこは、味方の戦線から数百キロ進出した地点だった。正確な爆撃を見て誘導班の侵入を悟った敵は、怜たちを狩り出しにかかった。

爆撃後のことは当然想定されており、救出用のヘリを低空で侵入させる計画になっていた。だが、折悪しく低気圧が成長したため、ヘリの飛行は不可能と判断されてしまったのだ。

それでも怜たちが生還できたのは、天候がほんの一瞬回復した隙をつくように飛来した、航空宇宙自衛隊のUH－60J救難ヘリのおかげだった。天候を理由に渋る管制官を脅すようにして救出作戦を決行したそのヘリの機長は、いまEDRA航空隊で「みどり1号」を飛ばしている。

あれから何年かが過ぎ、世界は少なくとも表面上では落ち着きを取り戻しつつあるようにも思える――。

ふいに、座席から大きな振動が伝わってきた。

怜は苦い記憶を振り払い、窓の外に目を遣った。

宿営地から離れるに従い、道の状態は悪くなっている。ところどころの窪みにたまった水を撥ね飛ばしつつ、ブッシュマスター装甲車は進んでいた。

タイガと、永久凍土が融解して窪地状になったアラスと呼ばれる草原の景色が繰り返されていた車窓にも、やがて変化が現れた。

大地は起伏しはじめ、細い川の両岸に連なる丘が見えてきた。道はその斜面の中ほど、カラマツの林を貫いている。右側の窓を覗くと、五十メートルほどなだらかに下ったあたりに川が流れていた。小さな谷の向こうは、こちら側と同様に樹々で覆われた低い丘だ。

怜の視線を追った久住が説明してくれた。

「あの丘を越えて十キロほど南に行くと、バタガイカ・クレーターです」

「聞いたことがあります。クレーターといっても、隕石によるものではないのですよね」

「はい。永久凍土が解けて陥没したもので、地形学的にはサーモカルストと呼ばれています。直径約一キロメートル、深さは八十メートル以上。一九六〇年代から陥没が始まったとされていて、温暖化の影響で大きくなっていましたが、最近ようやく止まってきたようです」

「氷河期の化石も発掘されたと聞きました。それに、メタンガスも出ていたのでは」

メタンは、同じ量の二酸化炭素に比べ二十八倍も地球温暖化に寄与すると言われ、永久凍土に大量に含まれている。凍土が解けてメタンが放出されると温暖化は促進され、さらに凍土が解けるという負のスパイラルに陥ってしまうのだ。

怜の脳裏を、再びヴィリュイ川上流の「死の谷」の記憶がかすめた。調査隊が体調不良で撤収したという話はオカルトではなく、永久凍土のメタンが原因とも聞いている。

「まあ、化石やメタンの他にもいろいろと出てくるようですが……」

城が言いかけたところで車が大きく揺れ、話は途切れた。

それからしばらくして、久住と城は、この国の人々の意識を変えられないだろうかという話を始めた。

過激な反政府武装勢力でなくとも、発電設備に反対意見を持つ一般市民は多い。反対する理由には、他人の国に乗り込んできて自らの正義を押しつける先進国への反発もあるのだろうと怜は思っているが、久住たちの話に口は挟まなかった。

助手席で聞いていたらしい橋本三尉が、会話に加わってきた。

「しかし、今の世の中、環境に配慮した発電ってのは絶対に正しいことじゃないですか。それに従わないってのもねえ」

久住と城が頷く。

怜は、ただ窓の外を見つめていた。

やがて橋本三尉が、「あと二、三分です」と告げた直後。

遠くで、銃声が聞こえた。

＊＊＊

宗矢たち捜査課第三班は、予定どおり水没エリアのパトロールへ出発した。

今回のパトロール対象は、東京東部水域——今は海面下に没した、かつての江東区、江戸川区、墨田区、葛飾区や、さらには千葉県市川市、松戸市、埼玉県三郷市、川口市なども含む広大なエリアだ。

環境開発規制庁は舟艇を保有していないため、パトロールには海上自衛隊の協力を要請している。今回は海自の船を二隻出してもらい、宗矢と帆波、そして美咲と悠真のペアがそれぞれ別の船で違うエリアを回ることになっていた。加賀谷班長は、地上で指揮を執る計画だ。

背中に「ＥＤＲＡ」と書かれた淡緑色の作業服を着込んだ宗矢たちは、厳重に施錠された武器庫から各自ベレッタＰｘ４拳銃を取り出し、腰のホルスターに収めた。パトロールにあたっては、不測の事態に備え拳銃の携帯が認められている。

準備を整え、立川基地から白いハイエースで出発した。目指す先は、東京都北区の自衛隊十条基地だ。基地は武蔵野台地の東端に位置し、すぐ近くにある崖線の下まで海面は迫っている。そこが、舟艇の拠点となっているのだ。

立川から府中へ出て、中央自動車道で旧都心へ向かう。その道中は、異変前とそれほど変わりはない。旧都心方向の交通量が減ったくらいだ。西新宿ジャンクションで首都高中央環状線へ。

中央環状線の地下トンネルは台地の中を通るため現状で水没の心配はなく、今までどおり使われている。しかし首都高五号線から下りた板橋本町ランプ付近は、人や車の姿はあるものの、かなり寂れた雰囲気になっていた。

渋滞のない下道を抜けていくと、水色の通信鉄塔が見えてきた。十条基地だ。

ここはかつて陸、海、空各自衛隊の補給部隊が置かれた小さな基地だったが、周辺の人口が激減した今では規模を拡大、補給のみならず各種部隊の拠点となっている。

「海上自衛隊十条基地分遣隊、輸送艇三一号、艇長の三上（みかみ）准尉です。よろしくお願いします」

基地内で、宗矢たちはパトロールに協力してもらう輸送艇の艇長と挨拶した。パトロールに出る二隻の輸送艇の、もう一隻の艇長は船のほうで準備中だという。宗矢と帆波のペアが乗るのが、三上准尉が艇長を務める輸送艇三一号だった。

ブルー系の迷彩が施された海上自衛隊の作業服を着た三上は、眼鏡をかけた四十代くらいの男性だった。

一緒に、荷物を海自のワゴン車に載せ替える作業をする。荷物を持つため三上が腕まくりをすると、手首についた日焼けの跡が目立った。よく見れば顔もずいぶんと浅黒い。自衛隊でも紫外線対策はしているが、どうしてもカバーしきれないところはあるようだ。宗矢の視線に気づいたのか、三上は言った。

「海が仕事場ですから、仕方ないんです。まあ、海といっても、海だか川だかよくわからんところですけど」

そうして、皮膚がんが心配です、と笑った。気さくな人柄のようだ。

三上は異変戦争の後で一度海自を辞めていたが、人手不足で再び声をかけられて復帰したのだという。

「前は曹長だったのを准尉にしてもらったんですが、結局あてがわれたのはちっぽけな輸送艇（LCM）です。ああ、これから乗せる人の前でそんな言い方はあれですね」

「ははは。それにしても大異変からこの方、自衛隊も大変でしたよね」

「ええ。いろんなことが変わりました。だいたい、こんな内陸の基地にフネが配備されて、それに乗ってるだなんて、二十年前の自分に言ったって信じないでしょうね」

その後、基地内で指揮を執る加賀谷を残し、宗矢たちは三上の運転するワゴン車で出発した。

基地正門を出て少ししたところで、武蔵野台地から東側の平野部へと下る陸橋が見えた。陸橋は坂の途中で緩やかに水の中へ没し、その先には東京東部を呑み込んだ水面が広がっている。

東京の海岸線は江戸時代、いやそれ以上の昔に戻っていた。この台地の端の崖線が、過去を取り戻すべくじわじわと侵攻してきた海を食い止めている最前線なのだ。もっとも、水深はそれほどでもないため、多くの建物が水面から顔を出している。

宗矢はふと、地理の教科書で見たイタリアの「水の都」、ヴェネツィアの写真を思い出した。今どきの教科書には載っているのだろうか。載っているとしたら地理ではなく、歴史のほうか。ヴェネツィアは今やもう、完全に海の底なのだから。

海自のワゴン車は基地から南東へ八百メートルほど走り、国道一二二号に出た。飛鳥山公園の小高い丘を巻くようにカーブしながら、ＪＲ王子駅前へと下っていく道だ。ここは東京で唯一、路面電車が車道の上を走行する区間だったが、その荒川線も廃止されてしまった。何しろこの下り坂の先、王子駅前で線路は水の中へ続いているのだ。

国道一二二号の右へカーブした坂道がＪＲの線路をくぐったところ、王子駅前のロータリーにたまっているのは、今やバスやタクシーではなく、各種の小型船であった。

武蔵野台地の東に広がる低地は海に呑まれたとはいえ、水面に建物が突き出ている状況では、船の行き来にはもとの川か広い道路を利用するしかない。この王子駅前からは川幅を増した石神井川を通って隅田川に出やすいため、仮設の船着き場として整備されたのだ。

ロータリーの信号機や電柱はほとんどが撤去され、建物も一部は取り壊されている。

鉄道の線路は、高架上の東北新幹線は別として、武蔵野台地の崖線に沿って走る東北本線や京浜東北線は、南の田端付近で水中に没していた。北のほうでも、赤羽から先の浦和まで荒川に呑み込まれ復旧の見込みはない。それでも王子駅の建物だけが残されているのは、いつか水が引き、再び駅前に活気が戻ってくることにわずかな望みをつないでいるようにも思えた。

ロータリーにつくられた仮設岸壁でワゴン車から降りると、ほのかに潮の匂いがした。このあたりは、海の水と川の水が混じりあった汽水域になっている。

何隻かの船が舫う岸壁の端へ、三上は宗矢たちを案内していった。二隻の船が、一隻は岸壁に、もう一隻はその横に並ぶ、いわゆる「目刺し」の形で係留されている。二隻とも小型の漁船程度の大きさだが、グレーの塗装が軍用艦艇であることを主張していた。それぞれの艇首横には「2

２３１」「２２３３」という番号が記されている。

艇体はきわめて簡易な箱形の構造で、艇首は波をかき分ける一般的な船の形ではなく、平らな板になっていた。第二次世界大戦で各国が使った上陸用舟艇をルーツに持つ、ＬＣＭと呼ばれる型の輸送艇だ。陸地に乗り上げたところで艇首の板を倒し、箱形の艇体の中に積んだ人や車両、荷物を降ろすものである。

ＬＣＭは日常的な輸送任務にも便利なため、海上自衛隊では以前から基地港湾内で交通船、運荷船として活躍していた。それが大異変後、水没した建物間の、狭く浅い隙間を抜けて人や物を運べる船として目をつけられたのだ。この形の船の宿命として外洋航海は難しいが、水没エリアに限っての運用ならば問題はない。現在では、従来の二五トン型交通船の設計を一部改正のうえ大量建造された輸送艇が、水没都市近くの自衛隊基地に配備され輸送や警備任務を担っていた。

船着き場にほとんど波はないが、それでもわずかに揺れている輸送艇に近づいていくと、気づいた乗員たちが降りてきた。挨拶を交わし、輸送艇三一号に乗り込む。美咲と悠真のペアは三一号の甲板を通り抜け、沖側に係留されている輸送艇三三号へ渡っていった。

輸送艇三一号の乗員は、艇長の三上の他に三人いた。それに宗矢と帆波を合わせ、合計六人での航海となる。

艇尾近く、小さな操舵室があるデッキ部分を除けば、箱形の艇体の大部分はがらんどうの貨物スペースだ。荷物や車両、場合によっては人を乗せる場所である。覆う屋根もなく、形こそ違うがお椀を水に浮かべたようなものだった。

貨物スペースの隅には、防水シートがかけられた荷物があった。食料や水の入った段ボール箱だ。シートからは、自転車二台の前輪と荷物カゴもはみ出していた。三上艇長によれば、上陸先で移動が必要になった時のために搭載しているという。私物なので、ごく普通のママチャリだそうだ。

貨物スペースの艇尾寄り、操舵室のすぐ前には、スペースの一部を潰して周囲と屋根を覆ったキャビンが設けられていた。水没エリアを行き来して輸送や警備任務にあたる場合、時には一日以上拠点に戻れないこともある。そのためキャビン内には共用のベッドが備えつけられ、ベッドに腰掛けて休憩も取れるようになっているということだ。

もっとも、今回のパトロールは朝出発して夕方には戻ってくる予定だった。日帰りの行程を、期間中にルートを変えて繰り返す計画である。

「では、出航します」

三上艇長が言った。

ディーゼルエンジンの音が高まっていく。

乗員の一人が、係留索を岸壁から引き入れる。先に、沖側の輸送艇三三号が動き出した。

三一号の艇尾の海面が白い飛沫を上げ、操舵室の三上が舵を回す。輸送艇は、ゆっくりと岸を離れていった。

今日も空は晴れ渡り、水面に反射する日光が眩しい。ぎらぎらとした陽射しが、暑くなることを予感させる。それでも、甲板を吹き抜けていく風が気持ちよかった。

宗矢と帆波が乗った輸送艇三一号は、石神井川から隅田川に出た後は下流へ向かい、旧墨田区にある拠点を目指す計画だった。拠点には環境省が海水面の変動や水質を観測する機材を設置しており、その点検とデータ回収をおこなうのだ。本来は環境省の仕事であるが、パトロールのついでということで省庁間協力の位置づけになっている。なお美咲と悠真の輸送艇三三号は隅田川を遡って荒川に出、川口や戸田など埼玉方面へ向かう計画だ。

やがてエンジンの音が一段と大きくなり、輸送艇は後ろから押されるように加速した。

白い波を蹴立て、広くなった石神井川を進んでいく。石神井川には小さな橋がいくつも架かっていたが、それらはすべて航行の障害となるため撤去されていた。

水面のところどころには、雪国で積雪時に道路の幅を示す棒のように、川の流路を表す標識が立っている。それを外れると、水面下すぐのところにある建物や道路に船底を当てかねないのだ。その海面上の道を、澪筋（みおすじ）と呼ぶ者もいる。本来、澪とは水流により川の底にできる溝を指し、上を通る船の航路を澪筋というのだが、今では異なる意味で用いられることのほうが多かった。

三三号、三一号の順で縦隊をつくった二隻の輸送艇は、水中に林立するビルやマンションの間、石神井川の跡に沿って、隅田川との合流地点まで進んでいった。

輸送艇の小さな操舵室は、三上艇長と二人の乗員で一杯である。宗矢と帆波は、操舵室の後ろ、艇尾デッキに立っていた。スクリューがかき立てる白い飛沫が、すぐ近くに見える。

「そういえばさ」

宗矢は、ふと思い出して帆波に声をかけた。

「海はきらいって言ってたよね」

「うん。でも、これは仕事だから。仕方ないよ」

「きらいなのは、船酔いしやすいからとか？」

宗矢は、前から気になっていたことを思い切って、あえて軽い口調で訊いてみた。「だったらこの船、けっこう揺れるっていうからさ」

輸送艇は陸地に直接乗り上げて人や車両を降ろせるよう、喫水は浅く、船底も平らなつくりである。そのため凌波性（りょうは）は決してよくはない。外洋ではない奥東京湾内といえど、少し風が吹けば結構揺れるという話だった。

「酔い止め、ちゃんと飲んだ？」

続けて話しかける宗矢に、帆波は笑った。

「なんか心配性のお父さんみたい。大丈夫。そういうわけじゃないよ」

「じゃあ、なんで？」

「……まあ、そのうちね」

帆波はつれない返事をした後、視線を上に向けた。

輸送艇が進む石神井川のすぐ隣、頭上に首都高速中央環状線の高架があった。水中から突き出した橋桁で、カモメが翼を休めている。かつてはシベリアなど北の繁殖地から冬を越すために渡ってきて、春には帰っていたものだが、環境の変化により渡る習慣をなくし一カ所に留まり続ける個体も増えていた。

一キロほど航行したところが、隅田川との合流点である。

先を行く輸送艇三三号が、ここで舵を切った。隅田川の上流、埼玉方面へ向かうのだ。三三号のデッキで手を振る美咲や悠真の姿が、次第に遠ざかっていった。

水面が広くなり、輸送艇は澪筋を行く速度を上げた。最高速度は十ノット（時速約十八キロ）である。一般的なモーターボートに比べだいぶ低速だが、これは艇体の形からして致し方ない。

隅田川でも、水面に近く通航の邪魔になる橋は撤去されていた。ただし橋桁に高さのある一部の橋は残されており、その下をくぐり抜けるため、輸送艇のマストは低く抑えられている。

残された橋も、たもとは水に呑まれているので当然ながら車や人の影はない。しかし、水面を行き交う船は意外に多かった。沈んだ街の資源回収にあたったり、建物を壊して航路を広げたりする業者だけでなく、漁船や、レジャーボートの姿すら見られる。どれほど自然が変化しようと、生き物はしなやかに適応していくし、人間もまた同じなのだ。

隅田川の澪筋に入ってから、宗矢と帆波は艇尾デッキの左舷と右舷に分かれた。首から提げた双眼鏡で適宜周辺の監視をおこなうためだ。

ところどころに、わずかな標高の差でかろうじて沈まずに残された島がある。すぐ横を通り過ぎた島には、何棟ものタワーマンションが建っていた。昔はリバーサイドの景観を売りにしていたのだろう。

双眼鏡を向ける。マンションの麓は、手入れされなくなった街路樹が生い茂ってまるで森のようだ。

「人がいる」

帆波の声がした。いつの間にか隣に来ていたのだ。

「どこ?」

宗矢が訊くと、帆波は自分の双眼鏡から目を離さずに答えた。

「並んでるタワマンの、左から三つ目の棟。エントランスのあたり」

言われた箇所に双眼鏡を向けると、たしかに人影があった。二人の人物が、何かの荷物を抱えてマンションの中に入っていく。

「避難しなかった住人かな」

「可能性はあるけど、もしかしたら」

帆波は、とある新興宗教団体の名を口にした。宗矢も聞き覚えのある団体だ。大異変は世界の終わりのほんの始まりに過ぎず、これから本当の終わりがやってくると訴えているらしい。その主張には科学的な根拠が欠ける部分が少なくなく、冷静に考えればいくらでも突っ込みどころはあったが、それでもかなりの数の信者を集めているという。心の弱い部分、不安に感じている部分さえ突けば、人は簡単に騙せるという見本のようなものだ。

「そういえば、どこだかに信者が集まって自給自足の生活をしてるって話を聞いたことがある」

「それ、あそこだよ。住民のいなくなったタワマンを勝手に使って、信者を住まわせてるの。自給自足なんてのは大嘘。さっきの人、段ボール持ってたでしょ。船で他から食料とか生活必需品を運んでるってのは本当だったみたいね」

へえ、それは知らなかった、と宗矢が言うと、帆波に注意されてしまった。

「何日か前、ネットに大きく記事が出てたじゃない。パトロールにも関係してくるんだから、ちゃんとチェックしときなよ」

「あ……ごめん。でもさ、特措法で放棄された土地とはいっても、勝手に占拠してるわけだろ。問題ないのかな」

「摘発しようと思えばできるらしいよ。しないのは、政治の力が絡んでるんだって」

帆波は苦々しげに言った。

腕時計を見ると、昼食を摂る予定の時間が近い。

「ちょっと早いけど、交代で飯にしない？」

宗矢の提案に、帆波は少し考えた後、「そうだね」と頷いた。まだお腹が空いていないというので、先に食べさせてもらう。

宗矢は三上艇長に声をかけ、操舵室前のキャビンに入った。備え付けの電子レンジでレトルトカレーのパウチを温めている間に、私物のタブレットを取り出す。外洋ではないので、キャリアの電波は届いている。

SNSを開き、タイムラインを流し見していくと、少し気になる書き込みがあった。知らない誰かが、EDRAのことを指して「正義の名のもとで人を殺すのは気持ちがいいだろうな」と皮肉っぽくコメントしていた。

ちょっと不快だ。設定していたフィルターをくぐり抜けてきたのは、仕事に関するものとAI

が判定したからかもしれない。

電子レンジが鳴った。取り出したカレーをパックご飯にかける。スプーンで口に運びながらタブレットを操作し、今度は少し前に読みかけていた「杉沢村伝説」の記事を開いた。ちょうどその時、三上艇長が荷物を取りにキャビンに入ってきた。宗矢のタブレットの画面が見えたのだろう。話しかけてくる。

「それ、『杉沢村』の記事ですね」

「ご存じですか」

「青森にあるという、呪われた村のお話でしょう。私は青森出身でしてね。地元でもけっこう話題になったんですよ。二〇〇〇年代の初め、私が小学生の頃だったかな」

「へえ」

「小学校の先生が言ってたんですけど、まったくのホラ話とも言い切れないみたいですね。津波か疫病で全滅した村のことが細々と言い伝えられてきたのが、ネットの普及などもあって知られるようになり、やがて怪談に変化したとか」

どうやらその先生は、宗矢がフォローしている歴史学者と似たことを考えていたようだ。三上の話では、郷土史を熱心に調べていた先生だったという。

三上の生まれは青森の津軽半島で、今は水に呑まれてしまった故郷の近くには十三湊（とさみなと）という史跡があったそうだ。

ちなみに十三湊は、『東日流外三郡誌（つがるそとさんぐんし）』という古文書の記述によれば南北朝時代に大津波で滅亡したとされていたが、一九九〇年代の調査でその古文書は偽書であることがわかったという。津波があったのはたしかなようだが、それで十三湊が滅んだことはなかったらしい。

結局、十三湊はいつとも知れぬ時代に歴史から消え、その理由も含め多くは謎のままである。

それから帆波も食事を終え、再び二人で艇尾デッキに立っていると、三上が操舵室からまた声をかけてきた。キャビンでのやりとりで、宗矢に親近感を覚えたようだ。

双眼鏡を覗きながら世間話をする。

三上は、ＮＣＥＦの新島怜を知っていた。

「異変戦争では、シベリア戦線で鬼神のような働きだったそうで、『シベリアの魔女』と呼ばれてましたね」

「今でもそうですよ。ただ、本人はあまり気に入ってないみたいです」

「そうなんですか。たしかに、私が知ってる限り魔女とは思えないですけどね」

「というと」

「私が新島さんのことを知ったのは、戦争の終わり頃です。私が乗っていた護衛艦は、シベリアから戻ってきた陸自の部隊と一緒に、フィリピンで海没する島の住民救助にあたってたんです。小さな島の住民を救出していた時、大きな台風が接近してきましてね。部隊は撤収したんですが、島の奥地にはまだ子どもが何人か取り残されていました。そんな中、単独で救助に出た隊員が新島さんです」

「へえ……。それで、どうなったんです」

「無事に助け出しましたよ。隊員たちはみんな大喜びしましてね。命令無視とはいえ上官も処罰しづらくなって、通信機故障のため当初の計画を遂行しただけという体裁になったんですよ」

そこで、反対側の船縁にいた帆波が口を挟んできた。宗矢たちの話が聞こえていたらしい。

「でも、その前にさんざん人を殺してるわけですし、結局今だって同じことをしてるんです。いくら子どもを助けたって、やっぱり魔女だと思います」

帆波は、どうも怜には厳しい。わざわざここで言わなくてもと宗矢は思ったが、三上は穏やかに答えた。

「私も、間接的にですが人を殺しましたよ。戦争中に」

帆波が驚いた顔をする。

「南シナ海で、私の乗艦が撃ったミサイルが、敵の船を沈めたんです。発射ボタンを押したのは、私です。大勢、死んだそうですよ。私は窓のない戦闘指揮所(CIC)にいました。ミサイルの発射音は聞こえたけれど実際には見ていないし、敵が沈むところも、死んでいく水兵たちも見ていません。敵艦を撃沈したと聞かされた時、最初は誇らしい気持ちにもなったんですが、そのうち相手の家族のこととかを考えはじめてしまってね……」

「三上さんが気に病む必要はないんじゃないですか。戦争で、命令に従っただけなんですから」

宗矢は言った。

「でも、新島さんと何が違うんですか。彼女も、命令に従っているだけです。戦争中も、今も。しかも、環境を守るという正義のための任務です」

三上は、正義という部分をやや強調して言った。「まあ、正義って言葉ほどわからないものはありませんけどね。近頃よく聞く『ノアの方舟』なんて、あれも正義だと思ってる人が増えてきてるんでしょう。私はちょっと引っかかってるんですが」

その話は、宗矢もＳＮＳで時々目にしていた。異変戦争による犠牲がなければ人類は滅んでいただろうという論調だ。生き残った者こそ、方舟に乗った選ばれし民なのだと主張する者もいる。

最近では、人類はまだまだ多すぎるという意見もある。さらに人を減らすことこそ、地球や環境のためには正義だというのだ。その意見が宗矢のＳＮＳに流れてきているのは、少なくともネット世論には受け入れられているという証明でもある。

宗矢も漠然とその考えを受け入れつつあるのは自覚しているが、一方で先ほどＳＮＳで見た「正義の名のもとで人を殺すのは気持ちがいいだろうな」という発言に不快な気分になったことを思えば、自らの中にある矛盾も感じられる。

——俺の正義というのは、どこにあるのだろう？

西から、黒い雲が迫ってきた。

ひと雨来そうだ。少し離れたところからは、爆発音が聞こえる。事件というわけではない。船が通る水路を広げるため、築堤や沈んだ建物を爆破しているのだ。

埋め立てをおこなう浚渫船(しゅんせつせん)や、水中からさまざまな資産を引き揚げるクレーン船の姿もよく見られるようになっている。作業中の船がいる度に、宗矢と帆波は双眼鏡で覗き込んで手元の資料と照合し、正しく届け出がなされていることを確認した。

千住汐入大橋の跡を通り過ぎると、隅田川の澪筋はカーブした。そびえ立つ東京スカイツリーの灰色の塔が正面に回り込み、一際目立つようになる。左手に、今日の目的地が見えてきた。

スカイツリーが縦に大きければ、これは横へと長い建物だ。水面から突き出した十三階建ての団地が十八棟、屏風のように蛇のように、曲がりくねりながら一キロ以上にわたって延びている。かつての地名でいえば墨田区堤通にある、都営白鬚東（しらひげひがし）アパートである。

ここ墨田区は、大地震の際に火災の危険性が高い地域であった。一九二三年の関東大震災では陸軍被服廠跡地に避難した人々を火災旋風が襲い、三万八千人もの犠牲者を出している。そこで東京都はこの白鬚東地区を再開発するにあたり、団地自体が防火壁となって、隣接する公園に避難した人々を守れるよう設計したのだ。

一九八二年に完成した壁のような巨大団地に、もはや炎が迫り来ることはない。しかし、今では奥東京湾地域で活動する各機関や業者の拠点としての役割を担うようになっていた。

高層の建物は他にも多く残っているものの、この団地は縦方向より横方向に広いため使いやすく、また防災拠点として整備されたことで各種の設備が設けられているという利点もあった。

各棟には大型の発電設備が設置され、水や食料も備蓄されている。かつて暮らしていた六千人にはほど遠いとはいえ、今でも百人規模が常駐しているという。

輸送艇三一号は隅田川の航路をそれ、水神大橋の跡から白鬚東アパート方面へと舵を切った。船が出入りできるよう、橋は撤去され、築堤も切り崩されている。守るべき街が水の底となった今や、堤防に意味はないのだ。

車の通らなくなった首都高速六号線の下をくぐると、二、三十隻もの船がたむろする泊地があった。以前は、災害時のヘリポート予定地だった場所だ。それを右に見つつ、昔の道路の上を微速で団地に近づいていく。

団地の棟と棟の間には、災害時に閉鎖するゲートがある。その一つ、もともと防災備蓄庫だった一三号棟と一四号棟の間にある梅若門の脇に、輸送艇は横付けした。

土地の微妙な高低により棟ごとに異なるが、ここの水面は二階の位置にあった。三階から垂れ下がったロープや縄梯子の先に他の船が舫っている。ロープの一つを、海自の隊員が艇体に結わえつけた。

三上艇長を先頭に、宗矢と帆波は縄梯子を登っていった。かつての三階部分、外廊下に足を着ける。

宗矢は、この団地に来るのは初めてである。

建物の中には、潮の匂いと饐えた臭いが混ざりあい充満していた。雨雲はいつしか空一面を覆っており、外廊下とはいえ薄暗い。自家発電により照明はまばらに点灯しているが、ところどころで切れかけた蛍光灯がついたり消えたりしていた。

どこかで誰かが話す声が、奇妙に反響して聞こえてくる。

「前にも何度か来たけど、ちょっと気味が悪いんだよね」宗矢の隣で、帆波が言った。

それでも、ここは環境開発規制庁や環境省だけでなく、水没エリアで活動する各省庁の拠点としてまともに管理されているほうだ。水没エリアのほとんどの建物は荒れるに任されており、不法滞在する者も多かった。どれだけの人間がこの沈んだ街に残っているのか、公式の統計はないが、全域で数十万人が暮らしているのではないかと言われている。

犯罪も多発しており、警察も見回ってはいたがすべてを摘発することはできずにいた。もちろん、こうした問題に直面しているのは東京、日本だけではない。世界中の水没都市が同様の状況にあり、解決の糸口は未だになかった。

三上に連れられて他の棟へ渡り、階段を上っていく。その先の五階に、都が委託した管理業者の事務室があった。三階から上はまだ浸水していないが、高波や将来の海面上昇も見越して念のため少し上に事務室を設置したということだ。事務室は団地の一室を改造したもので、靴を脱がないまま入っていった奥、リビングだったであろう部屋のデスクに、管理人らしき初老の男が二人座っていた。

三上の紹介で挨拶を交わす。玄関脇の和室は、打ち合わせや休憩に使ってもらってかまわないという話だった。

三上が管理人と世間話を始めたので、宗矢たちはひと言断って仕事に向かった。

帆波の後について、別の棟との接続部を目指す。そこの海面近くに、目的の装置があるのだ。海水面の変動や水質を記録する、環境省が設置した装置である。

装置は、渡り廊下のような接続部の、今さら不要となった防火シャッターを一部撤去して取りつけられていた。

装置の周囲には金網のフェンスが張られ、鍵が掛けられている。無人の水没建物では窃盗が横行しているが、さすがにこの団地内で盗みを働く者はいないようだ。鍵は壊されたりはしていなかった。

鍵を開けてフェンスの内側に入り、装置の点検と、持ち込んだパソコンへデータを転送する作業をおこなう。作業自体は、単純なものだ。

そうしているうちに、大雨が降り出した。棟と棟の間にいるため、雨音が両方の壁に反響し、帆波と会話するのにも苦労する。昔はこうした急な大雨をゲリラ豪雨と呼んだそうだが、今はこれが普通であり、わざわざそう呼ぶこともなくなっていた。

宗矢は、ふと振り返った。誰かに見られていたような気がしたのだ。不気味な建物の中、それは人ならぬ異形のものなのではないか、という変な想像すら浮かんでくる。

降り出した時と同じようにふっと雨がやみ、作業ももうじき終わろうかというところで、突然声が聞こえた。

「あの、すみません……」

「うわっ」

宗矢は文字どおり飛び上がって驚いた。

帆波も、びくりと肩をすぼめる。

二人しておそるおそる振り返ると、眼鏡をかけた男が申し訳なさそうに立っていた。宗矢たちより少し年上くらいか。最近では珍しい一眼レフのカメラを提げている。

「驚かせてすみません、環境開発規制庁の方ですよね」

男は、宗矢たちの作業服の、「ＥＤＲＡ」の文字へ視線を遣った。

「そうですが……」と答えた宗矢に続き、帆波が訝しげに訊き返す。「あなたは？」

「申し遅れました、フリーランスのライターで、一ノ瀬陽平と申します。水没した東京の今について記事を書いてるんです」男は名刺を差し出してきた。

「はあ……」と要領を得ない様子で名刺を受け取った帆波は、急に何か思い出したらしい。

「あ、記事を読みました。文潮オンラインの。もしかして」

「そうですそうです」一ノ瀬は嬉しそうに頷いた。

「ああ、あなたが書いたんですか。ここを拠点にして取材されたんですよね。旧墨田区水域のアンダーグラウンド組織とか、宗教団体の記事。興味深かったです」

先ほどのうさんくさげな態度などなかったように、帆波はにこやかに話している。

「それって、さっき言ってた記事？」

宗矢がそっと訊くと、帆波に「そう。ちゃんと事前に調べなきゃ」とまた叱られてしまった。

「記事はまだアップされてますので、ぜひ読んでみてください」一ノ瀬は言った。

「それで、わたしたちに何か？」

帆波が問うと、ＥＤＲＡの水没エリアパトロールについて話を聞かせてほしいと一ノ瀬は頼んできた。

装置のデータ回収も終わり、時間には余裕がある。一ノ瀬を連れて事務室へ戻ると、三上は先に輸送艇へ引き揚げていた。管理人に断り、玄関脇の和室を使わせてもらう。少し迷ったが、靴は脱いだ。

一ノ瀬は、ここには時々通ってきているという。水没エリアで作業する業者対象の渡し船があり、料金さえ払えば一般人でも乗れるのだそうだ。

それから一ノ瀬の質問に、宗矢と帆波は答えていった。もちろん、差し支えない範囲に限っての回答だ。

話に頷きつつメモを取っていた一ノ瀬は、途中で何か思案しているような顔になった。

「パトロールは、海自の船でおこなっているんですね」

「はい」

「何か見つけた場合、その船で追いかけることもあるんでしょうか」

「法令違反があればそうなるでしょうが、わたしは今のところそうした経験はありません」

帆波が答える。一ノ瀬はわずかに迷ったそぶりを見せた後、言ってきた。

「じつは、ご相談がありまして……。もう少し裏を取った上で、必要に応じて警察に、と思ってはいたんです。ただ警察も手一杯のようですし、私のほうでも以前の記事で警察を批判した手前、ちょっとお願いしづらくて」

言い訳めいたことを口にし、一ノ瀬は続けた。

「ここの管理人さんに、ＥＤＲＡの方が来られると聞いて、ご相談しようと思ったんです。そもそも、ＥＤＲＡのほうがふさわしい案件かもしれません」

そうして、一ノ瀬は話しはじめた。

この団地を拠点に、水没エリアで荷物や人を運んでいる小型船の業者から聞いた話だという。いわくつきの業者も少なくはないのだが、その一つ、以前に麻薬密輸の疑いをかけられたことのある業者が、最近妙な仕事を請け負ったそうだ。

そこで、一ノ瀬の話は飛んだ。

「先日、東京湾でコンテナ船が乗っ取られた事件がありましたよね。EDRAが解決したそうですから、ご存じでしょうが」

ご存じも何も、自分たちは現場にいたとまでは言わなかった。

「そのコンテナ船の荷物が、新横浜の埠頭で留め置かれているんです。本来、別の船に積み替える予定だったところが、事件の影響で間に合わなかったんですね。それで、コンテナの一つを仕向け先の会社がどうしても早く運んでほしいらしくて、件の業者に頼んだようなんです」

業者の船は、新横浜で荷物を積んだ後、奥東京湾を北へ向かうらしい。その先は野田のあたりで利根川に入り、新霞ヶ浦を目指すのではと一ノ瀬は推測していた。

「最終的な目的地はわかりませんが……」

「そういう業者を使うということは……もしかして、麻薬を運ぶとお考えですか?」

宗矢は、先回りして訊ねた。「でもそれなら、やっぱり警察の案件では」

「麻薬ならそうでしょう。ただ、今回は別のものだと思っています。私が入手した積荷リストには、ちょっと変わったものの名前が書かれていました。荷物は冷凍コンテナで、中身は生物、それも地衣類とあったんです」

「地衣類……」

宗矢は呟いた。最近、どこかで聞いたことがある。

「外来生物の違法取り引きなら、ＥＤＲＡが関わるべき案件ではないですか」

「たしかに。外来生物対策は環境省の担当ですが、違法に輸入している場合、法令違反への対処はわたしたち環境開発規制官がおこなうことになります」帆波が答えた。

「では、捜査していただけないでしょうか。じつは、二、三日中に船が出るという情報なんです。それで、できれば……」

一ノ瀬が、何か言いたげに見つめてくる。その様子を取材させてもらいたい、ということなのだろう。

――どうする。

宗矢と帆波は、顔を見合わせた。

＊＊＊

難民キャンプへ向かうブッシュマスター装甲車の車内に、連続した銃声が聞こえてきた。

直後、ブッシュマスターは急停車した。

怜は後部区画の小窓から周囲の様子をうかがった。窓の正面ではなく斜めの角度から覗き見るようにしているのは、狙撃に備えてである。

ここまで走ってきた道路は、カラマツの林が広がる低い丘の、中腹あたりを貫いている。緩やかな丘の斜面を下った谷筋には、小さな川が流れていた。曲がりくねった狭い谷はあと少し先で開け、そこの河原に難民キャンプがあるということだ。

視線を車内に戻す。不安そうな顔の城に、落ち着いてくださいと声をかけた。

久住は反対側の窓のところにいる。身体を斜めにして窓を覗いていた。

怜と目が合った久住が言った。

「エネルギー関連の仕事は、紛争地での勤務が多いですからね。この手の経験は、何度かしてきました」

「なるほど」

助手席で宿営地と無線交信していた橋本三尉が、振り返って報告してきた。

「今の銃声は、難民キャンプのようです。襲撃されている可能性があります」

「どこからの情報ですか」怜は訊ねた。

「キャンプで難民支援をおこなっている人道団体から、宿営地へ電話が入ったそうです。しかし通話中に切れてしまい、その後はつながらないと……。ああ、どうするかな」

実戦経験がないという橋本三尉は、少し慌てている様子だ。

「近くに他の部隊は」怜は確認した。

「我々だけです。増援を送るとのことでしたが、まだしばらくは」

宿営地からここまで既に一時間近く走ってきた。急行してくるにしても、だいぶかかるだろう。

一方、キャンプはすぐそこのはずだ。

無線機に、再び宿営地からコールがあった。交信した後で橋本三尉が教えてくれる。

「再度、人道団体から連絡が入ったとのことです。おそらくは反政府側と思われる武装勢力による襲撃。襲撃者は五人。テクニカル一台で乗りつけたそうです」

テクニカルとは、民間のピックアップトラックの荷台に機関銃を据えつけ、即席の戦闘車両に改造した車両だ。防御力はないに等しいが、安価であるため武装勢力が好んで使用している。

怜は、橋本に言った。

「銃を借ります」

ラックにあった、スコープつきの二〇式小銃を摑む。

「しかし……」と困惑する橋本に、怜はあえて断定する口調で告げた。

「環境緊急事態特別措置法にもとづく対応です。国連の自然保護執行任務において武力行使できる身分には、自衛官のほか海上保安官やＥＤＲＡ職員も含まれています。現状は、その条件を満たせるものと解釈できます」

厳密にいえば怪しいが、そうとは口にしない。

「増援を待っている間にも、難民に危害が及ぶ可能性があります。かといって橋本三尉と藤森二士のお二人だけで対応するのは難しいかと」

「それはそうですが……」

困ったように答えた橋本だったが、その顔からは、怜が加わってくれることへの安堵が見て取れた。

「行動計画を伝えます――」

説明を終えた怜は携帯無線機を借りると防弾ベストの胸に装着し、ブッシュマスターの後部ハッチから降りた。丘の斜面、道路よりも上側の、林の中を走り出す。

戦闘服に着替えてきてよかった。

川沿いにカーブしてきた道路は、少し先で谷底へと下っていた。このあたりは川の流れが緩やかで、河原は堆積した土砂によって広く平坦になっている。そこに、いくつものプレハブが並んでいた。難民キャンプだ。

怜は、斜面に生えたカラマツの木陰に隠れた。木と木の間からキャンプを見下ろせる位置だ。ブッシュマスターは、カーブの手前、キャンプから見えない場所で停車させた。乗っているのは橋本三尉と藤森二士だけだ。城と久住は安全のため、それより前で降りてもらった。

怜の存在を感じ取った蚊やアブが、周囲に群れ飛びはじめた。それを無視して双眼鏡を取り出し、キャンプの様子を確認する。

プレハブの数は二十ほど。キャンプを囲む柵には、一カ所だけゲートが設けられていた。簡素なつくりの詰所の横に、手動のバーがある。そのバーは武装勢力のテクニカルによって突破され、破片が地面に散らばっていた。

テクニカルは、ゲートから入ったところの広場に停車している。機関銃を据えつけた荷台の後ろに、TOYOTAの文字が見えた。トヨタ・ランドクルーザーを改造したものだ。一九八七年のチャド・リビア紛争ではランドクルーザーが大活躍し、「トヨタ戦争」とすら呼ばれたが、未だに紛争地ではテクニカルのベース車両として日本車の人気が高い。日本の水没エリアから密かに引き揚げた四駆のパーツが、海外で売りさばかれているとも聞く。

テクニカルの周囲には武装勢力の兵士が散らばり、怯える難民たちに何か大声で叫んでいた。難民と兵士の間に、倒れている人がいる。動く様子はなく、身体の下には血だまりができていた。おそらくは助かるまい。抵抗したか何かで、見せしめに撃たれたのだろう。

今のところ兵士たちはそれ以上の発砲は控えているようだが、武装勢力による恐怖の支配を認めるわけにはいかない。ここで、断ち切らなければ。

兵士たちの素性は、判別できなかった。全員が迷彩服を着用しているが、柄はばらばらだ。民間市場で調達したものだろう。持っている銃はAK－47。旧ソ連で開発されて以来、世界中に出回っている自動小銃だ。設計者の名からカラシニコフと呼ばれることも多い。

テクニカルの荷台、機関銃の銃座の横に、ロケットランチャーらしき円筒状の物体が転がっているのが見えた。あれは……ジャベリンか。

ＦＧＭ－１４８ジャベリン。アメリカで開発された、携行用の対戦車ミサイルだ。武装勢力が持つロケットランチャーといえば以前は旧ソ連のＲＰＧと相場が決まっており、カラシニコフと並んで武装勢力のスタンダードといえたが、昨今は高価なミサイルも出回っている。アメリカが二〇二一年にアフガニスタンから撤退した際に置いていったものか、二〇二二年以降にウクライナへ供与したものか、あるいはそれ以降の無数の紛争か……とにかくどこかの戦場から流出したものだろう。

主力戦車すら易々と撃破可能なミサイルである。使われると厄介だ。

兵士は五名。うち二人は難民たちの近くにおり、残りの三人はテクニカルの傍にいた。皆、難民のほうばかり向いて、ゲートの側を警戒していない。救援部隊の到着まではまだ間があると思っているのだろう。脅すだけ脅して、救援が来る前に引き揚げるつもりなのか。

難民の近くの二人は、ひどく興奮した様子で何ごとか叫び続けている。止める者はいない。統率の取れた集団とは言いがたいようだ。

怜は樹々の間をそっと移動し、十分に射界が開けたポジションを確保した。

狙撃手を探知して逆に狙撃するカウンタースナイパーが潜んでいないか、周囲をできる限り確認する。広場にいる兵士と難民の距離が、ある程度離れていることも確かめた。

怜は、胸の携帯無線機に手を伸ばした。大異変による混乱以来、進歩が止まってしまった技術もあるが、無線通信機器についていえば怜が自衛隊にいた頃より多少は進んでいる。大きくて重かった携帯無線機はかなり小型化し、性能も向上していた。

無線機のスイッチを押し、ブッシュマスターに乗る橋本三尉へそっと話しかける。

「敵はジャベリンを持っている。こちらが合図するまで、その場で待機」

命令する立場ではないが、実質的にこの場の指揮権は怜が掌握していた。橋本は素直に従った。

『了解』

返答がくる間に、怜は二〇式小銃のコッキングハンドルを引き、初弾を装塡した。

草むらに腹ばいになって小銃を構え、スコープを覗き込む。二〇式の取り扱いには慣れているが、銃には個体ごとの特性がある。初めて撃つ銃で狙撃を成功させるのは怜といえど困難だ。できるだけ少ない弾数で、早く仕留めなければ。

相変わらず、周囲には何匹もの蚊が耳障りな音を立てて飛んでいる。太陽はかなり高い位置にまで昇り、気温も上がってきていた。蒸れたヘルメットから滴り落ちた汗が、額を伝っていく。

敵までの距離はおよそ二百メートル。五人のうち、最初に誰を狙うか。

難民にこれ以上危害を加えさせないのはもちろんだが、ジャベリンを使われては厄介だ。まずは、ジャベリンと機関銃を積んだテクニカルに近い者から片づけることにする。

スコープの十字線の真ん中に、敵兵の胸を捉えた。引き金にかけた指をあと数ミリ手前に引くだけで、銃口から放たれ超音速で飛翔する八九式五・五六ミリ普通弾が、その名も知らぬ男、おそらくは家族も友人もいる男の命を奪うだろう。

――シベリアの魔女が、帰ってきたよ。

怜は心の中で呟いた。

かつてこの土地で、何人も殺した。もう殺したくはなくなって、罪滅ぼしのように、フィリピンで少年を助けた。でも、その時だって見殺しにした人がいる。冷静な判断といえば聞こえはよいが、わたしの一存で命を天秤に載せただけだ。そんなことを考えるのがいいかげん嫌になって、戦争が終わるとすぐに自衛隊を辞めた。それなのに、結局はわたしの腕を買ってくれたNCEF

に入り、人を撃ち続けている。自然を、環境を守り、人類の未来を守るため。正義のため――。ノアの方舟とかいう話に反感を覚えているくせに、わたしがやっていることは大して変わらない。正義の敵を排除しなければ、船は沈む。

まったく、正義というのは魔法の言葉だ。

ふいに、胸元のペンダントを意識した。幼い子どもの顔が脳裏に浮かぶ。公園の陽だまりで遊んだ、遠い日。

少しだけ、迷いが生じた。一瞬ののち、怜はほんのわずかに銃口を振り、スコープの十字線の中心を敵兵の胸から足へと動かした。

怜はそれきり雑念をシャットアウトし、右手の人差し指に全神経を集中した。しっかりと保持した小銃をぶれさせないよう、少しずつ、やさしく指を引き絞っていく。

発砲。火薬の臭い。

銃床に押しつけた頰の横で、薬莢が排出される。

スコープの中、標的の両足の間に土煙が上がった。

初弾は、外した。何が起きたのかわからないらしい敵兵は、恐怖を感じているというよりはただ戸惑っているようだ。

怜は落ち着いて照準をわずかに修正し、再びトリガーを引いた。

今度は右足の太ももから血しぶきが上がり、敵兵は倒れ込んだ。うめき声が聞こえたような気がした。

怜はすばやく標的を変え、テクニカルに近い順に敵を次々に撃ち倒していった。二人目も二発使い、その次は初弾で倒した。いずれも、足に命中させた。

難民たちが怯え、後ずさっていく。

難民の近くにいた残り二人の敵は、倒れた仲間に駆け寄るでもなく、慌てた様子で周囲へ銃を向けている。

どこから撃たれているかわからないと、パニックに陥りやすい。錯乱して難民へ無差別に銃撃を加えられることは、絶対に避けなければならない。そろそろ、存在を明らかにする時だ。

怜は草むらから立ち上がると、樹々の間を走り出した。

一気に斜面を駆け下りていく。携帯無線機のマイクに「突入」と呟いた。

ブッシュマスター装甲車の、エンジンの咆哮が聞こえた。全長七メートル、重量十五トンの巨体がカーブの向こうから姿を現し、難民キャンプへの坂道を下ってこようとしている。

ジャベリンを使われる可能性を減じたところでブッシュマスターに突入させ、援護してもらうのが、怜の計画だった。

ブッシュマスターがやってくる前に怜は斜面を下りきり、谷底へ着いていた。難民キャンプのゲートへ向かって走る。

残り二人の敵は、まだ怜の存在を認識していない。

ゲートをくぐり、広場へ出る。難民のほうを向いていた兵士が駆けてくる怜にようやく気づき、愕然とした顔を見せた。射線の向こうに難民はいない。オーケー。怜は走りながら、短い連射を叩き込んだ。

敵は崩れ落ちた。あと一人。

自らの荒い息づかい。防弾ベストと小銃のスリングがこすれあう音。

こんな中でも、怜は頭の片隅で思い出していた。戦闘に慣れていなかった頃は、この音を、歳を取って死ぬまできっと覚えているのだろうなと思った。でももう、あの頃のことなどほとんど忘れてしまった。

今日のこれだって、いずれ忘れてしまうのだろう。

ようやく怜の存在を認めた最後の一人が、カラシニコフを振りかぶりフルオートで撃ってきた。乾いた音を立て、至近距離を弾が抜けていく。

怜の背後の地面に、着弾の火花が散った。ぱぱぱっ、と石の礫（つぶて）が砕け散る音がする。

そんなに無駄弾をばらまいても、わたしに当てることはできない。

怜は二〇式小銃を構えると短く、しかし的確な射撃をおこなった。

二〇式から排出された薬莢が足元に落ちるチャリチャリという音とともに、敵が倒れる。

鼻をつく火薬の臭いを嗅ぎながら、怜は立ち止まった。

全員、倒した。最初の三人は足を撃ったが、今の二人は頭と胸を狙って数発ずつ叩き込んだ。

死んだ敵と、死ななかった敵の違いは何だろうか。最初の三人は、わたしの気まぐれによるものかもしれない。そして後の二人はたまたまテクニカルから離れていたため、わたしと撃ち合うことになった。わざわざ足を狙う余裕はなかった。

そう、死んだ彼らは運が悪かったのだ。それ以上でも、以下でもない。死ぬか生き残るかなんて、そんな程度。ほんのわずかな違いだ。

——だったら、あの子は。

いや、やめよう。わたしはもう、思い出など捨てたのだから。怜はまた思考を停止させた。

難民たちは、突然発生した戦闘を怖れて広場から遠ざかっていた。到着前に一人撃たれてしまったが、それ以上の犠牲者は出さずに済んだ。

怜が少しだけ力を抜いてため息をついた時、谷向こうのカラマツの林に覆われた丘から、ブッシュマスターのディーゼルエンジンとは明らかに異なる音が聞こえた。

向かいの丘にも、こちら側と同様に道路が通っていることは確認済みだった。そこを何かの影が動いている。

何かが高速で回転しているような、金属質のエンジン音。これは、ディーゼルやガソリンではない。ジェット……いや、ガスタービンエンジンか。まさか。

樹々の間の黒い影が、やがてはっきりと見えてきた。

低い車体に載った、小ぶりな砲塔と長い砲身。ロシア製戦車の特徴だ。ガスタービンということは、T−80シリーズ。砲塔の形からして、レリークト爆発反応装甲を備えたT−80BVMか。

サハ共和国政府軍は装備していないはずだ。武装勢力が、旧ロシア連邦軍の残党から何らかのルートで手に入れたのだろう。

——まずい。

怜は舌打ちした。

強力な砲と装甲を備えた戦車が陸戦の王者であることは、この二〇三八年においても変わらない。T－80の一二五ミリ滑空砲は、一千メートル先に置かれた厚さ五十センチの装甲板を貫徹する威力を持つ。ブッシュマスターの薄い装甲など紙っぺら同然だ。

緑色系の雑な迷彩塗装を施されたT－80は、林を通る道路の途中で停止した。長大な一二五ミリ砲を旋回させ、こちらへ向けようとしている。

「突入中止！　後退せよ！」

怜は胸の無線機へ叫んだ。

ブッシュマスターは急停車すると、すぐに甲高いギアの音を立てて坂道をバックしていった。

無線機から、橋本三尉の動揺した声が聞こえる。

『ど、どうする気ですか！』

答えている暇はない。

怜は、武装勢力が乗ってきたテクニカルへと走った。

戦車の乗員は、こちらの状況を把握しているだろうか。把握できていなければ、味方のテクニカルをいきなりは撃たないはず。

テクニカルの近くで、怜に足を撃たれた敵兵がうめいていた。

――悪いけれど、今は手当てしてあげてる暇はないの。

頭の中では、自衛隊時代に何度となく命じ、命じられた言葉がリフレインしている。

対機甲戦闘準備。

戦車の分厚い装甲は、小銃や機関銃程度では撃ち抜くことはできない。

だが。

怜はテクニカルの荷台に駆け上がり、重さ二十キロ以上あるジャベリンを持ち上げた。これならば。

ジャベリンは、ミサイル本体を収めた発射筒と、照準器やコントローラーが一体化したCLU（コマンド・ローンチ・ユニット）から構成されている。使い捨ての発射筒に対し、CLUは取り外して再利用可能な構造だ。

CLUの電源スイッチを入れると、照準器に光が灯った。それでも、すぐに撃てるわけではない。ジャベリンはきわめて高性能な対戦車ミサイルだが、弱点もある。起動した後、冷却が必要なのだ。照準のために暗視装置を使用する場合は三分ほど、ミサイルをロックオンするだけなら条件次第だが十秒から二十秒ほど待たなければならない。突発的な戦闘では、これはかなりのハンディとなる。冷却時間は新型では改善されているが、このジャベリンはだいぶ昔に流出したものらしく旧型だった。

今は昼間で、敵が見えている状態だから暗視装置は使わないとしても、あと十数秒はかかる。

テクニカルの荷台に腹ばいになった怜は、荷台側面の隙間から対岸のT－80を覗き見つつ冷却完了を待った。

当然、敵が待っていてくれるはずもない。

Ｔ－80は、突然発砲した。赤い光を曳いて弾が飛来する。わずかに遅れて甲高い音が聞こえたかと思ったら、ゲートの詰所が大音響とともに砕け散った。地面から噴き上げられた石混じりの熱風が押し寄せる。破片は、テクニカルの荷台の陰に隠れた怜のヘルメットにも当たり、カンカンと音を立てた。

じっと耐えて埃が収まるのを待つ。軽く咳き込み、涙が出た。視界がにじむ。

――やってくれる。今のは、ゲートを狙ったのか。それとも。

怜は、ジャベリンのＣＬＵを見た。まだだ。冷却は完了していない。

その時、二発目がやってきた。ゲートとテクニカルの中間あたりで爆発が発生する。先ほどよりも多量の土砂が降ってきて、テクニカルの荷台を覆った。

今度こそ、テクニカルを狙ってきた。破片を飛び散らせる榴弾ではなく、対戦車用の徹甲弾を使っているため比較的小さな爆発で済んだのだろう。この距離で外していることも考えると、戦車の扱い方に慣れていないようだ。

まともな敵なら、今頃死んでいる。怜は、敵の練度の低さに感謝した。

視界の隅に、まだ生きていた敵兵が這って逃げていくのが見えた。そうだ。早く行け。せっかく助けたのだから、命を無駄にするな。

ＣＬＵの表示に目を遣る。もう少しで冷却完了だ。

――どうする。このまま、敵の下手くそさに期待してここで待つか。だが、こんな静止目標など、さすがに次は外してくれないだろう。敵を過小評価すべきではない。重いジャベリンを持ってこの荷台から降り、別の位置まで移動して撃つべきか。

一発目と二発目の間隔から考えると、あと数秒で三発目が来るはずだ。怜は、一瞬だけ迷った。

突然、機関銃の連射音が響いた。戦車砲ではない。

見ると、T－80の砲塔ハッチから上半身を出した敵の戦車兵が、砲塔に取りつけられた機関銃を掃射していた。標的は、難民たちだ。

難民たちは逃げ惑っている。何人かが倒れていた。

――なんてことを。

怜は咄嗟にテクニカルの荷台で立ち上がり、二〇式小銃で砲塔上の敵兵を撃った。だが、咄嗟の射撃で当てることは難しい。連射した何発かは砲塔の装甲に火花を散らしたが、敵兵は倒せなかった。

敵兵は、再びハッチの中に潜り込んだ。砲がわずかに動いている。照準を微調整しているのだ。

今度こそ、こっちを狙ってくるに違いない。

怜は迷わずジャベリンを抱え、荷台から飛び降りた。

全力で走り出す。敵の狙いをそらすため、難民たちとは反対側、まだ燃えくすぶっているゲートのほうへ向かった。

ふいに予感がして、怜は走る向きを変え、敵戦車の二発目でできた地面の穴に飛び込んだ。一二五ミリ砲から放たれた高速の徹甲弾は、その運動エネルギーによって地面に数メートルの大穴を開けていた。

直後、T－80の撃った三発目が、テクニカルに命中した。対戦車用の徹甲弾はテクニカルの車体の薄い鋼板を貫通し、キャンプからだいぶ離れた箇所に着弾して爆煙を上げた。

——今だ。

ジャベリンの冷却は完了していた。

テクニカルから飛び散った破片をやり過ごし、怜は穴から飛び出した。

わたしはここだと言わんばかりに、ジャベリンを大きく振りかぶって構える。発射時に安定させるため、発射筒を肩に乗せたままあぐらをかいて座りこんだ。敵戦車との間に遮蔽物はない。次弾を撃ってくる前に仕留めなければ。

照準器を覗き込む。昼間用の可視光モード、四倍率。敵までの距離が表示されている。五〇〇メートルは、ミサイルの交戦距離としてはきわめて近い。この距離では、ミサイルを一度上昇させてから戦車の弱点である薄い上部装甲へ逆落としにするトップアタックモードは使えない。

セレクターを操作し、低高度を直線飛行させるダイレクトアタックモードを選択。照準器の中で、T－80の砲がこちらへと角度を変えているのがわかる。砲口が、ほぼ真円の形に見えた。あと数秒で、敵は照準を固定して撃ってくるはずだ。

ミサイルのシーカーが、標的を捉えた。ロックオン。間髪入れず、怜はトリガーを引き絞った。

発射モーターにより、ミサイルが発射筒から射出される。五メートルほど先の空中で安定翼を展張するとともに固体燃料ロケットに点火。一気に時速五〇〇キロにまで加速すると、わずかに山なりの軌道を取りつつT－80へ突進していった。噴射口の炎が、陽光の下でも眩しく見える。

怜は、すばやく立ち上がった。ジャベリンは誘導を続ける必要のない、「撃ちっぱなし（ファイア・アンド・フォーゲット）」式の自律誘導型ミサイルである。発射筒をCLUごとその場に捨て、走り出す。

敵弾を避けるための行動だったが、結局敵が次弾を撃ってくることはなかった。

接近するミサイルを探知したとしても、この距離では間に合わない。三秒もかからぬうちに、ミサイルは標的に到達した。

T－80の砲塔基部、車体との隙間に吸い込まれたミサイルの成形炸薬弾頭が起爆する。瞬時に生じた超高圧により流体化した金属が、高速のジェット噴流となって戦車の装甲の薄い部分を貫いた。

すべてが静止したかに思えた一瞬の後、T－80は大爆発を起こした。搭載していた砲弾が誘爆したのだ。車体が内側から膨らむようにして弾け、台座から外れた砲塔が空高く舞い上がった。

坂を下ってきたブッシュマスター装甲車が、破壊されたゲート詰所の脇に停車した。橋本三尉と藤森二士、そして再び乗り込んでいた城と久住が降りてくる。救援部隊はもうじき到着するという話だ。

久住が、怜を褒めてきた。

「さすがは新島さん。まさにワンマン・アーミーですね。いや、ワンウーマン・アーミーか」

返事をする気になれず、怜はただ頷くだけにとどめた。

橋本と藤森には、捕虜や遺体の対応を委ねた。今回現れた武装勢力は、見慣れない連中らしい。

戦車を持ち出すなど、初めての事例だということだ。新興勢力ゆえ、キャンプを襲撃して難民に存在感と恐怖感を植えつけ、支配下に収めるのが目的だったのかもしれない。

広場の隅に固まった難民たちが遠巻きに見つめる中、怜は人道団体の職員とともに負傷者の手当てにとりかかった。その対象には、怜が足を撃った敵兵も含まれている。

色あせた緑色のTシャツを着た人道団体の職員は、日本人だった。彼が襲撃の第一報をくれたのだという。

その職員を無言で手伝っている、十二、三歳くらいの少年がいた。日本人によく似た顔立ちは、地元のサハ人だろうか。

「この国で知り合った子です」

職員が説明してくれた。「異変戦争で両親を亡くして行く当てもないとかで、一緒に来てもらうことにしたんです。今は臨時スタッフの扱いですが、いずれ正規に雇いたいと思っています」

「戦争で、両親を？」

怜が嫌な予感を抱きつつ問うと、職員は答えてくれた。

少年の両親は、住んでいた村が爆撃を受けて死んだという。その子が助かったのは、たまたま遠くの親類宅へ行っていたからだそうだ。

住んでいた村の名を聞いた怜は、自分でも思っていなかったほどに動揺した。

——そう。あの時、あそこにいたのね。

異変戦争において、怜の所属する火力誘導班は、ヴィリュイ川上流「死の谷」での核ミサイルをめぐる戦闘の後、本隊である中央即応連隊と合流、オロムという小さな村に向かった。その近くでも温暖化の影響により永久凍土が融解、いくつかのクレーターが出現し、日本の環境省からのメンバーも含む国連調査団が派遣されていた。オロム村は調査の拠点となる予定で、連隊の任務は調査団の護衛だった。

だが調査団が到着した時、オロム村の人口は半減していた。正体不明の疫病に襲われていたのである。

それから数日間、調査団とそれを護衛する怜の部隊は、必死で救護活動をおこなった。しかし、手を尽くしても生存者は回復せず、次から次へと死んでいった。怜は、自分たちの無力さを嫌というほど思い知らされた。

感染した人々は目眩や吐き気、発熱といった症状を呈し、人によってはひどい幻覚や幻聴に襲われることもあった。共通していたのは、瞳孔が急激に拡大するという症状で、そうなれば治る見込みはほぼなかった。

やがて、医療班から戦慄すべき報告がもたらされた。この村を壊滅させた疫病は、融解した氷床からよみがえった過去のウイルスによるものだというのである。爆発的な感染を引き起こす未知のウイルスに、その時点で打つ手は何もなかった。生存者も、回復は見込めないという。

すぐに、オロム村を放棄する命令が下った。生存者の治療も中断、そのまま残置して緊急退避せよというのだ。

皆がためらったが、命令は絶対だった。ここで抑え込まねば全人類が危険にさらされるのも時間の問題であると言われてしまえば、それ以上の反対はできなかった。

その後で実施された作戦をどこの誰が命令したのか、公式な記録は残っていない。日本政府なのか、国連軍総司令部なのか、あるいはWHOなのか。すべての真相は霧に包まれている。

退避にあたり、怜たち火力誘導班は殿軍を務めることを命じられた。そして真夜中、オロム村を見下ろす丘の上から、村の複数の箇所へ目標指示装置のレーザーを照射したのである。それを指示する上層部からの通信は、その行為が人類を守るためだと強調していた。

やがて暗闇の中を飛来した所属不明の戦闘機は、照射された目標に向け、何発ものレーザー誘導爆弾を投下した。

ウイルスを確実に消滅させられるよう、爆弾には、空気中の酸素との爆燃現象により高熱を発生させるサーモバリック弾頭が使用されていた。

こうして、まだ生きていた人々とともに、ウイルスは焼き払われたのだった。さらなる感染拡大は阻止された。村は敵の爆撃によって壊滅したとされ、関係者には箝口令が敷かれた。ウイルスは研究用に微量が残され、サハ共和国内の国連施設に保管されているというが、定かではない。

後に関係者が、「生存者はいたがわずか数人だった」と自らを慰めるように言うのを聞いた怜は、やるせなさを感じたものだ。

明日の数億人を守るため、今日の数人を犠牲にするという理屈は、わからなくもない。それでもあの数人は最後まで生きていたのだ。

それを訴えたところで、日々世界で進行していた凄惨な出来事の前では大した意味を持たなかったろう。毎日のように巨大な都市が消滅し、万単位の人間が命を落としていたのである。世界中の多くの者にとって、小さな村が一つ消えたことなど、無数に起きている悲劇の一つでしかなかった。だが怜という一人の人間の中では、それは非常に重要な意味を持つことになった。

サーモバリック弾は、あの村とともに、怜がかろうじて抱いていた正義という概念への最後の信頼を焼き尽くしたのだった。

「僕らは、他人の国まで来て何をやってるんでしょうね」

職員の呟きに、怜は淡々と答えた。

「皆が、正義と呼んでいることです」

「正義、なのでしょうか」

「違うと思うのなら、ただの仕事と考えればいい」

怜の返事に、職員は黙り込んだ。

向こう岸では、T－80がまだ炎を上げ続けていた。燃えさかる鋼鉄の棺桶となった車体は、残っていた弾薬があるのか、時々小さな爆発を繰り返している。数十メートルほども吹き飛んだ砲塔は、斜面の樹々の間に、砲を下にして突き刺さっていた。

乗員は、誰一人助からなかっただろう。

鋼鉄と火薬が撒き散らした圧倒的な暴力。立ち込める煙の間を、先ほどまでと何一つ変わらない陽光が射し貫いていた。

――これは、正義のためだ。

怜はまた、魔法の言葉を思い浮かべた。

ふと気づけば、先ほどの少年が怜のことをじっと見つめていた。大きな、澄んだガラスのような瞳が、怜の首のあたりへ向けられている。認識票とペンダントが、防弾ベストの下からいつの間にか飛び出していた。

少年の視線を追った人道団体の職員が、ペンダントを見て言った。

「鳥、ですか？」

「ワタリガラスです」

「そうですか。ワタリガラスは、カラスと違ってよいイメージの国が多いですよね。どこか外国で手に入れられたんですか」

「トルコで」

——そう。これは、あの日の直前に夫と息子がプレゼントしてくれたもの。わたしが、ノアの方舟とやらに複雑な思いを抱く原因。

古代メソポタミアの『ギルガメシュ叙事詩』において、方舟をつくって大洪水から逃れたウトナピシュティムは、舟から放ったワタリガラスが帰ってこないため水が引いたのを知ったという。旧約聖書における「ノアの方舟」の物語の起源になったとも考えられており、方舟が漂着したのはトルコのアララト山だという言い伝えもある。その伝説にちなんで、沈み行く世界からわたしを導こうとしてくれたとまでは考え過ぎだろうか。二人の真意は、もはや永遠にわからない。

少年が何か言っている。職員が訳してくれた。

「それがワタリガラスなら、きっとあなたが世界を救う印だと言ってます」

方舟とは違うが、どうやらサハ人にもワタリガラスの伝説はあるようだ。

サハ人は、もとはバイカル湖付近で牧畜をしていたものが、十四から十五世紀頃、モンゴル帝国に圧迫されて現在の地に移り住んだとも考えられている。中央アジアの諸民族と同様、テュルク系民族に属し、サハ語は同じテュルク系のトルコ語とも近いという。

職員が言うには、シベリアでもワタリガラスは善なるキャラクターとして伝説に出てくることが多いそうだ。古代、シベリアを通りアメリカ大陸にまで渡っていった人々とともに、ワタリガラスの神話は伝播していったという説もあるらしい。

怜は「世界を救う?」と苦笑しつつ、それでも少年と同じ目線にまでしゃがみこんだ。覚えている数少ないサハ語で、ありがとう(マフタル)、とだけ答える。

はにかんだ少年の顔が、息子に重なった。

あの子も、生きていればこのくらい——。

少年は、信頼しきった目で怜を見つめている。怜は立ち上がった。

そんな目で、見ないでくれる。いくらなんでも、世界を救うなんてことはないでしょう。わたしは、魔法の言葉のもとで人を撃っているだけ。

わたしは、魔女なのだから。

第三章 房総島

つくば市
幸手市
坂東市
常総市
阿見町
春日部市
つくばみらい市
牛久市
稲敷市
野田市
守谷市
松伏町
取手市
龍ヶ崎市
越谷市
吉川市
神崎町
河内町
流山市
我孫子市
柏市
草加市
利根町
三郷市
栄町
印西市
八潮市
川口市
足立区
白井市
松戸市
成田市
成田国際空港
鎌ヶ谷市
北区
葛飾区
多古町
豊島区
市川市
八千代市
佐倉市
酒々井町
富里市
船橋市
芝山町
新宿区
江戸川区
四街道市
習志野市
八街市
浦安市
山武市
千葉市
大田区
東金市
九十九里町
川崎市
大網白里市
市原市
白子町
長柄町
袖ヶ浦市
茂原市
長生村
木更津市
長南町
一宮町
睦沢町
君津市
富津市
いすみ市
大多喜町
御宿町
勝浦市

穏やかな夜の水面を、海上自衛隊の輸送艇三一号は自転車並みの速度七ノット（時速約十三キロ）で南東へ針路を取っていた。上弦の月に照らされた航跡が、水辺のヨシ原に消えていく。海水と淡水の混ざりあう汽水域でも、ヨシは生育する。このあたりの水辺のヨシは、最近になって茂ったものだ。茂みの向こうには、半分水に浸かった無人の家々が見えた。

水に呑まれた千葉県北西部。野田市と柏市の境目を流れるかつての利根運河から利根川に出た付近である。

江戸川と利根川をつなぐ日本初の西洋式運河として明治時代に開削された利根運河は、昭和初期には交通手段の変化により運河としての役割を終えていたが、今では房総島北東部への交通路として再び活用されていた。

大異変よりも前、江戸川と利根川で隣の県と隔てられた千葉県は、実質的に島であるという冗談があった。今やそれは現実となり、房総半島は「房総島」と呼ばれている。水没エリアを挟んで本土との交通は船のみに限られ、房総島に住み続ける人々は、東京に近い下総台地上の野田市や柏市、鎌ケ谷市付近に集中していた。

つい先ほど、輸送艇は利根運河から、異様なまでに川幅を広げた利根川へと出たところだった。利根川はここから先の下流で手賀沼を呑み込み、新霞ヶ浦とつながっている。

日中に比べれば気温も下がり、いくぶん過ごしやすくなった暗い操舵室で、艇長の三上准尉が緑色のレーダー画面を見下ろしながら言った。

「針路一ー五ー〇。速力七ノットそのまま。現状の距離を維持し、引き続き目標を追尾する」

三上の顔は画面の光を照り返し、闇の中で亡霊のようにぼうっと浮かんでいる。画面には、操舵室上で回転する航海用レーダーの捉えた反応が点滅していた。

輸送艇三一号は、一隻の小型の艀(はしけ)を追尾している最中だ。

漁船ほどの大きさでエンジンにより自走する艀は、穏やかな港湾内での運航を目的とした平たい船体に、コンテナを一つだけ積載していた。長さ六メートルほどの、冷凍品に対応した二〇フィート・リーファーコンテナと呼ばれるものだ。

小さな艀に、レーダーは搭載されていない。夜間、距離を取って追尾するこちらの存在は気づかれていないはずだった。

白鬚東アパートで出会ったライターの一ノ瀬陽平によれば、その艀が運んでいるコンテナこそ、『アークティック・アレス』の荷物だという。暗闇の中、肉眼での識別はできないが、宗矢は操舵室の外に立って艀がいる方向を見つめていた。

隣には一ノ瀬がおり、同じほうを向いている。

白鬚東アパートで一ノ瀬に聞いた話を、十条基地に戻った宗矢と帆波は加賀谷に報告した。情報が事実だとすれば見過ごすわけにはいかない。そこでパトロールの予定を変更し、三日後の早朝、輸送艇三一号は一ノ瀬を乗せ出発したのだった。一ノ瀬の同乗にあたっては、情報提供者として環境開発規制庁から海上自衛隊へ許可を取っていた。

白鬚東アパートからそれほど遠くない新小岩付近に進出した輸送艇三一号は、荒川沿い、水面の上を長く伸びる首都高速中央環状線の橋桁に隠れてその艀を待った。付近では、船の航行をしやすくするために荒川の堤防を切り崩す工事が進められており、作業船にうまく紛れることができた。

南からやってきた艀の甲板を双眼鏡で確認すると、たしかに冷凍コンテナが積載されていた。『アークティック・アレス』から降ろされ、新横浜で保管されていたものだ。一ノ瀬の情報は本当だったのだ。

中身のシベリア産地衣類は、一ノ瀬が言うように違法取り引きに該当するものなのだろうか。そして、それをグレーな業者に依頼してまで、急いで欲しがっているのはどこの誰なのか。

とにかく、追ってみるしかなかった。

平井大橋の少し北側、荒川と中川の合流点で、艀はかつての川の流路に沿って中川方面へと向かった。

工事のおかげで、行き交う船は多い。何隻かを間に挟み、後を追った。最高速度十ノットの輸送艇では追いつけないことを心配していたが、平底の艀は低速であり、そもそも至るところに障害物があって高速航行ができない奥東京湾海域では、それほど問題はなかった。

中川を上流へ向かった艀は、三郷放水路を通って江戸川に出、日が落ちた後も北上し続けた。

そして運河を抜けて利根川へ入ったのである。

利根川のこのあたりでは船も少ないため、輸送艇は艀とかなり距離を取って追尾していた。広い水面にほとんど波はなく、夜を映した黒い鏡のようだ。その鏡面上に二つの筋を引きながら、艀と輸送艇は南東へ進んでいく。右手遠く、下総台地のシルエットが見えた。

かつての利根川の流れに沿って舳先が東を向き、取手市付近で国道六号とＪＲ常磐線の橋をくぐる。橋を渡る車も電車もない。両岸の取手市と我孫子市の、さらにその先で国道も線路も寸断されているためだ。

やがて、双眼鏡を覗いていた宗矢は珍しいものを見つけた。

橋のたもとの海岸線に、月の光に照らされた小さな渚がある。

「あれ、砂浜ですね」

隣で望遠レンズつきの一眼レフを構えていた一ノ瀬も気づいたようだ。宗矢は答えた。

「環境省が実験している、人工海浜ですね。築地のは時々ニュースになってますけど」

大異変により、日本どころか世界の海岸からは、ほぼすべての砂浜が失われてしまった。そこで、今の時点の海岸で砂浜を復活させようという試みが全国の数ヵ所でおこなわれているのだ。

一ノ瀬が訊いてきた。

「日高さんは、砂浜を歩いたことはありますか」

宗矢は、昔を思い出した。大異変により急速な海面上昇が始まる前、小学生の時に家族と行った湘南の海が、最後に砂浜を歩いた記憶だ。あの浜辺は、もう海の底に沈んでしまった。

「子どもの頃、何度か」

「そうですか」

宗矢より年上の一ノ瀬は、学生時代に水泳部の仲間と、海の家でアルバイトをしていたという。

「あの仕事がまたできるようになるのは、何十年先ですかね。私たちはもう無理かもしれませんが、せめて今の子どもたちの、その子どもの世代には、もう一度砂浜を裸足で歩く感覚を味わってもらいたいものです」

宗矢の足の裏に、十数年前に感じた熱さがよみがえってきた。

ビーチサンダルを脱ぎ、裸足になった海辺。真夏の白く光る砂浜に足を押しつけると、くっきりと足跡が残った。熱い熱いとはしゃぎながら海へと走ったのを覚えている。

波打ち際を歩くと、水を含んだ砂に足が埋もれ、指の間から暖かく湿った砂がじわじわと染み出してきたものだ。

今はもう、世界中どこへ行こうともその感触を味わうことはできない。

双眼鏡に映る小さな渚は実験のためのもので、一般開放はされていない。いつかは人工海浜が各地につくられるのかもしれないが、少しでも海面が上昇してしまえばまた一からやりなおしだ。

まるで賽(さい)の河原のようだなと宗矢は思った。人類が積み上げた石を崩して苦しめる鬼は、地球そのものだ。もっとも、人類がそういう羽目に陥ったのは、自業自得でもある。いつか石を積み上げることも間に合わなくなり、諦めてしまう日が来るのだろうか。海との戦いに敗れるその時、人類は。

宗矢の心のうちを見透かしたかのように、一ノ瀬が言った。

「今は、みんな海にネガティブなイメージを持ってしまいましたが、私は海が好きでした。熱い砂浜を歩くのも、しょっぱい水の中を泳ぐのも」

途中から話を聞いていたらしい帆波が、突然ぽつりと呟いた。

「……わたしは、やっぱりきらいです」

その言葉は思わずこぼれてしまったものらしく、すぐに「すみません」と謝ってくる。一ノ瀬は、何かまずいことを言ってしまっただろうかというような、戸惑った顔をしていた。

宗矢は、帆波に問いかけた。この際、もう一度訊いてみよう。

「あのさ……なんで帆波は海がきらいなの」

そんなに海っぽい名前なのに、というのは何度も訊ねたことなので口にしなかった。

帆波が、しばらく黙り込む。今までならこのまま話を終わらせるところだが、今日の帆波は答えを返してきた。

「わたしだって、昔は海が好きだったよ。子どもの頃に連れていってもらった海で、砂浜を歩いて楽しかったのもよく覚えてる。この名前だって、大好きだった」

「それなのに?」

「もしかして、大異変でつらい思いをされたのでしょうか。無理にお話しいただかなくても」

一ノ瀬が言った。

「いいんです。……一ノ瀬さんもいらっしゃることだし、お話しします。こないだ、宗教団体の話をしたでしょう」

宗矢は頷いた。帆波が続ける。

「母が、あの団体に入信してたの」

「えっ……」

混乱する社会の中では、怪しげな宗教にすがる人も多かった。世が乱れると、たとえ陳腐な終末の予言であっても一定の説得力を持ってしまうものだ。中には、世を憂い、人々を純粋に救おうとした宗教もあっただろう。その一方で、大異変の危機をビジネスチャンスとして利用する団体も存在したのは事実である。帆波の母が入信していたのは、そうした団体だった。

帆波の名は、母が宗教団体につけてもらったものなのだという。帆波の父親は信者ではなかったが、母の言うことには逆らわなかったそうだ。

帆波が成長した頃には、大異変はいよいよ本格化していた。ある年、連続してやってきた巨大台風により洪水が起きた時、湘南の海辺に住んでいた帆波の一家は、町にとどまった。教祖の超常的な力で町は守られるということだったからだ。

だが、そんな力など存在しなかった。

「わたしは高校生だった」帆波は淡々と言った。

「母だけじゃなくて、友達も、その家族も、大勢が波に呑まれてしまった。波。わたしの名前」

彼女の名をつけた宗教団体は、何ごともなかったかのように今も存続している。守られると約束した町が大勢の信者とともに波に呑まれたことについては、何の説明もなされなかった。むしろ異変はこれからが本番であるとして、団体は煽り続けている。

「だから、わたしは海も、この名前もきらいなの」

　宗矢も一ノ瀬も、何も答えられなかった。


　深夜零時を回り、千葉県成田市の北、今は完全に水没した茨城県河内町の付近に差しかかったところで、目標の艀は利根川航路から外れ、針路を南へ取った。その先は複雑な海岸線の湾になっている。

　宗矢は、操舵室で三上艇長とともに海図を確認した。海面上昇を反映した、最新のものである。湾の奥に「成田港（仮）」と書かれた小さな港があった。

　艀の目的地は、そこだろう。

　成田市は、市内を流れる取香川（とっこうがわ）に沿って標高の低い部分が水没し、北の利根川方面へ大きく開いた湾ができていた。西側には海とつながった印旛沼の広大な水面が広がり、本土と行き来するには不便な場所である。それでも住み続けている少数の人のため、最低限の社会インフラは維持されていた。

　ただし、成田市最大のインフラともいえる成田空港は国際空港としての存在意義を失い、今や臨時飛行場の扱いに格下げされている。国際線、国内線ともに定期便はなく、物資輸送の臨時便が時々飛来するだけだ。

　海水は東関東自動車道の成田ジャンクション付近まで入り込んでおり、そこに仮設の港がつくられていた。物資輸送はコストのかかる航空輸送のみに頼れないため、港はどうしても必要なのだった。

「目標は、入港を前に速度を緩めているようです。こちらも減速しますが、この後どうしますか？　さすがに同じ港に入るわけにはいきませんよね」三上艇長が、レーダー画面を見ながら訊ねてきた。

「そうですね……」

宗矢と帆波が顔を見合わせて思案していると、一ノ瀬が突然言った。

「あれ、お借りできます？」

貨物スペースの隅の、防水シートに覆われた二台の自転車を指差している。

困惑した表情を見せる三上に、一ノ瀬が説明した。

「成田の港へ入るのはほぼ確定なんですから、離れたところで上陸して、先回りしたらどうかと思ったんです。この船は、陸地に乗り上げて荷物を降ろせるんですよね」

「障害物のない岸辺でしたら。なだらかな丘や、坂道の途中まで海水が来ているようなところなら接岸可能です」

「それなら」

一ノ瀬は、小さな照明の下の海図を指し示した。狭く暗い操舵室の中、皆で覗き込む。

「港があるのは、湾の一番奥の成田ジャンクションあたりですよね。その手前のここなら、国道二九五号が水中から地上へ顔を出したところに乗り上げられるのではないでしょうか。ここで自転車を降ろし、国道を走って成田港へ向かうんです。この先の国道に水没区間はありません。低速の艀が着く前に、港へ先回りできると思います」

「なるほど」

「港で降ろしたコンテナは、トラックか何かでどこかへ運ぶはずです。自転車なら、それも追いかけられます。交通量は少ないから、車に邪魔されず追跡できます。まあ、車が少ないということは、追いかける際に隠れづらい面もありますが」

三上は少し考えた後、「わかりました」と了承した。

輸送艇には、二台の自転車が積載されていた。宗矢か帆波の少なくともどちらかは、環境開発規制官として行く必要がある。だが、もう一台分については一ノ瀬がどうしても同行したいと言って譲らなかった。本来なら取材者にそこまで便宜をはかることはないが、そもそも一ノ瀬はこの案件の情報提供者であり、今後さらに彼が持つ情報が必要になるかもしれない。それならば要望を受け入れたほうが得策と思われ、上陸するのは宗矢と一ノ瀬に決まった。

夜明けが近づく中、湾内をかつての取香川沿いに南へ向かうと、両側の複雑な海岸線が迫ってきた。ここからさらに東へ入り江が伸びている。その先にある港へと艀は方向を変えていったが、後を追ってきた輸送艇三一号は直進し、海岸を目指した。国道二九五号が、水中からスロープのように顔を出してくる箇所だ。

岸辺に直接乗り上げる構造の輸送艇といえど、下手な障害物に当たれば船底を破られてしまう。三上艇長は慎重に輸送艇を操り、海岸へと近づけていった。艇首の渡り板部分に立った隊員が、岸辺の様子を大声で伝えてくる。追いかける相手の艀とはもうだいぶ離れているし、周辺に点在する家々はどれも人が住まなくなって久しいようで、誰かの耳を気にする必要はなかった。

空は、東から次第に白みはじめていた。目を凝らさずとも、あたりの様子が見えるようになっている。

ふいに、飛行機の音がした。

宗矢が見上げると、夜明けの曙色に染まった空を、航空灯を明滅させながら西へ向かうジェット旅客機の姿があった。横田へ降りるのだろうか。放棄された成田空港、そして水没した羽田空港に代わって、都心を八王子へと移した東京の空の玄関口となったのは、横田基地である。

遠いエンジン音に重なり、ヘリコプターの音も聞こえてきた。どこだろうと見回すと、思っていたよりも近くの丘の陰から、一機のヘリが低空で姿を現した。

薄暗いためはっきりとは見えないが、白地に青いラインが入っていることだけはかろうじてわかる。海上保安庁だ。成田に常駐するヘリはいないはずだが、パトロールだろうか。ヘリは一度通り過ぎた後、旋回してまた戻ってきた。

操舵室の窓からヘリを見上げている三上に、宗矢は訊ねた。

「海保のヘリですよね」

「ええ」

三上は、一度目を離したヘリに再び視線を向けた。

「どうしたんですか」

「このフネのことが気になったんですかね。赤外線監視装置（FLIR）が、こっちを向いてました」

海保の一部のヘリは、FLIRを搭載している。機首の下面に取りつけられた装置が回転し、機体が移動しても監視目標を追尾できる仕組みだ。三上は言った。

「海自がこんなところで何をやってるんだと思われたかもしれませんね。省庁間協力の任務についてるんだから、文句を言われる筋合いはありませんが」

海自と海保は、創設以来ライバル意識が強い。一九九〇年代、北朝鮮の工作船事件を契機に多少改善はしたものの、それでも未だに現場では相手への対抗心を露骨に示す者が双方に存在した。

「ああ、私は別に海保を悪く言うつもりはないですよ」

三上が舵を小刻みに動かしながら、弁解を口にした。それから、思い出したように続ける。

「海保で省庁間協力といえば……この前、システム隊にいる同期が海保に協力した話を教えてくれたんですが、海保の人事システムに改ざんされた形跡があったらしいんですよね」

「改ざん？」

「人事や勤怠管理の情報が、不正に上書きされていたそうです。バックアップ中にエラーが出たため発覚したとか。誰にどこが書き換えられたかなどは、結局わからなかったという話でした」

「そんなことがあったんですか」

海保では、警備や救難といった主要業務に関するシステムは別として、人事や総務など一般企業同様のシステムは、大異変後の人員不足により専門知識のない職員が担当しているという。それゆえに、いろいろとトラブルを抱えているそうだ。その件は外部に影響するものではないという判断から、公表はされなかったらしい。

宗矢は、同僚の美咲も他官庁から時々システム関連の相談を受けていることを思い出した。美咲が関わっていれば、解決できたかもしれない。

三上が、艇首にいる乗員とやりとりを始めた。いよいよ着岸だ。

「よーそろー」

三上の大声が響く。

水中から緩やかなスロープになって陸地に顔を出している、国道二九五号。かつては車が行き交っていたその道のセンターラインを目指し、輸送艇三一号は微速で近づいていった。周囲はどんどん明るくなり、道沿いの民家や商店の様子もよく見えはじめている。どの建物も荒れ果て、人の気配はまったくない。

軽い衝撃があり、船底が陸地に乗り上げたのがわかった。艇尾にいた乗員が、錨を下ろす。すぐに、艇首の渡り板が動き出した。底面を軸に、前方へゆっくりと開いていく。ばたん、という音がして板は完全に倒れ、大きく視界の広がった艇首から舗装道路が見えた。これで、貨物スペースから濡れずに船を下りることができる。

宗矢は、腰のホルスターに手をかけた。拳銃を使う場面はないと思いたいが、ベレッタPx4と予備の弾倉を確認する。

海自の隊員が、防水カバーの下から自転車を出してくれていた。三上たちが自腹で買ったという、ごく普通のママチャリだ。

万一に備え、一晩は過ごせるだけの食料や装備を入れたリュックを背負った。一ノ瀬は、カメラやレンズの入ったバッグも準備している。

行ってきます、と三上艇長や帆波たちに言い残し、宗矢と一ノ瀬は自転車を押して輸送艇の前部、渡り板から道路へと歩み出た。すぐそこで、海水がぴちゃぴちゃと小さな波音を立てていた。

「行きましょう」

二人は自転車にまたがり、車も、人の気配もない国道を走り出した。夜明けの空気はまだそれほど熱気をはらんでいない。周囲には緑も多かった。風を切って走ると、まるでサイクリングに来ているのと錯覚してしまう。

もちろん、任務はここからが本番である。仮設の成田港へ、艀より先回りしなければならない。

その後は、積荷のコンテナの行方を追うのだ。

アップダウンのある国道を、懸命に漕いでいく。

急な坂道を越えると、水面が見えた。成田港だ。

いかにも仮設の、鉄骨と鋼板でつくった岸壁があった。クレーンが据えつけられている。ちょうど艀が接岸しようとしており、向きを変えているところだった。

宗矢たちは港を見下ろすその小高い丘の上で道を外れ、脇に立つ民家の陰に入った。住民はいない。ここから双眼鏡で監視すれば、艀からコンテナを降ろすところが見えそうだ。

艀は岸壁に固定されたが、クレーンはまだ動いていない。待っている間に、一ノ瀬が話しかけてきた。

「そういえば、『アークティック・アレス』事件の時、佐倉さんを連れ去ろうとした海保職員がいましたよね」

なぜかEDRAへの連絡を遅らせ、それを追及しようとした帆波を拉致して逃走、捕らえられた後で自殺した海保の職員、原口のことだ。原口はプライベートでトラブルを抱えて心神喪失の状態だったという。今回『アークティック・アレス』の積荷を追うにあたり、関連する情報は一ノ瀬と共有していた。

「お話を聞いてちょっと引っかかりまして、伝手を使って探ってみたんです」

長年にわたり東京の水没エリアを取材してきたという一ノ瀬は、さまざまな情報網を持っているらしい。

一ノ瀬は言った。

「原口は、入院先の病院の看護師に、身の上話をしていたようです」

「身の上話というと」

「どうやら彼は、ギャンブルで身を持ち崩していたらしいんですね。その上、何か別の秘密を抱えているような口ぶりだったのが、それを話す前に死んでしまったということでした」

看護師によれば、原口はまるで何者かに脅されているふうでもあったという。

「この件は引き続き、調べてみますよ。何かすごいネタになりそうな気が――」

その時、港に動きがあった。クレーンが動きはじめたのだ。

二人は、監視に戻った。宗矢は双眼鏡で、一ノ瀬は大きな望遠レンズつきのカメラで、わずかな動きも見逃すまいと凝視した。

クレーンで吊り上げられたコンテナが、トラックに積み替えられていく。

「あれを追うことになりますね」一ノ瀬が言った。

「はい。ちょっと大変ですけど大丈夫ですか」

宗矢が年上の一ノ瀬を気遣うと、一ノ瀬は「これでも、もと水泳部ですよ。体力には自信があります」と笑って答えた。

二人は隠れていた丘の上の民家から、自転車で港へと下りていった。港の施設の中には入らず、近くの物陰でトラックが出てくるのを待つ。

しばらくしてエンジンの音が聞こえ、トラックが現れた。十分に間を空けて、後を追う。

引き離されないよう懸命に漕ぐ必要はあったが、トラックもそれほどスピードを出せるわけではない。補修されなくなった舗装道路はあちこちが傷んでおり、時には倒れた看板や電柱などの障害物もあるからだ。他の車は少なく、見失う心配もなかった。

後ろを走る一ノ瀬の息が次第に荒くなってきたが、まだついて来られないというほどではなさそうだ。

静まりかえった成田空港の脇を抜けていく。空港は臨時飛行場として維持されているが、常駐の職員はおらず、旅客ターミナルにも貨物ターミナルにも動くものは見えなかった。駐機場の端では、大異変の混乱時に放棄されたボーイング767が脚を折り、翼を地面につけていた。

一ノ瀬の自転車が隣に並んだ。息継ぎしながら声をかけてくる。

「ちょっと、思ったんですが……今の成田空港なら、軽飛行機やヘリで低空を飛べば、気づかれずに離着陸、できそうです……管理者は、常駐していませんし……実際、そんな話を聞いたことがあります……」

宗矢も、その噂は知っていた。成田空港に、麻薬の密輸業者が小型機で離着陸しているという噂だ。奥東京湾と同様、警察などの目が届きにくい房総島は、悪事を働く者にとっての夢の島にもなりつつあるらしい。

「あの積荷、加工した後で、空港から運び出すとか、ないですかね」一ノ瀬は言った。

「加工？」

違法に輸入した外来生物を加工して、何をつくるというのか。成田から密かに運び出すものだとしたら。噂が本当ならば。

「やはり、麻薬ということだったのかも……」

地衣類から麻薬をつくるなど聞いたことがないが、わざわざ成田に運び込んでいるという点は気になる。一ノ瀬から最初に話を聞いた時、麻薬なら警察の管轄という話をしたが、違法輸入の地衣類からつくる場合はどうなるのだろう。

まあいい。管轄はともあれ、誰が何をしようとしているのか突き止めなければ。

空港を過ぎてすぐ、倉庫が並ぶ一帯があった。かつて空港が賑わっていた頃、空輸されてきた荷物を保管していた倉庫だ。

トラックが、脇道にそれる。少し遅れてついていくと、とある倉庫の敷地へ入っていくところだった。敷地にはゲートがあり、詰所に警備員の姿が見える。

宗矢たちは手前の道を曲がり、別の放棄された倉庫の敷地に自転車を駐めた。

トラックが入っていった先が観察できる場所を探す。放棄された倉庫の建物脇、非常階段を上ったところに、うまい具合に見下ろせる踊り場があった。

そこに、二人並んで腹ばいになった。

「あっちの倉庫、会社名は消されていますね。今の持ち主を示すものは見当たらない」宗矢は双眼鏡を覗いて言った。

「なんとも怪しいですね」

一ノ瀬は、カメラのシャッターを切りはじめた。敷地や建物を片っ端から写真に収めている。

「何か手掛かりになるものがあればいいんですが……。踏み込みますか」

宗矢は、無意識に腰のベレッタへ手を回した。

——いや、無理だ。

「証拠がありません。現状では何もできないですよ」

双眼鏡の視界の中に、建物の脇を歩く職員らしき人物が入ってきた。男性と女性、あわせて五人。全員、白衣を羽織っている。何かの研究をしているのだろうか。やはり、薬物関係か。

それも写真に収めるよう、一ノ瀬に頼んだ。今は情報収集に専念したほうがいい。写真のデータは、後で送ってもらうことにした。

「白衣の胸に、ロゴマークらしきものが入ってますね」

望遠レンズを覗きつつ、一ノ瀬が言った。「Yの字みたいなマークだ。どこかで見たことがあるな……」

宗矢の双眼鏡ではそこまで見えないが、顔くらいは判別できた。観察していくと、一人の女性の顔に宗矢の目は吸い寄せられた。

引き締まった口元と、きりっとした切れ長の目からは、知性と強い意志が感じられる。やや冷たい印象も受けるが、美人であることはたしかだ。だが、それゆえに気になったわけではない。

この顔、どこかで見た覚えがある——。

＊＊＊

「新しい任務だ」

ＮＣＥＦの隊員全員が揃ったミーティングの席上、怜たちを前に坂井隊長が言った。怜がシベリアのサハ共和国から帰国して、二週間ほどが経っている。

「下北半島で、自然環境保全法違反が疑われる事案が発生している。そのため我々がパトロールに出ることになった」

青森県の下北半島は海面上昇により道路と鉄道が寸断されたことで無人化し、それを機に原生自然環境保全区域として指定された。一般人の立ち入りは禁じられている。しかし、放棄された海沿いの集落跡に人影が見えるという連絡が、津軽海峡を航行する船から寄せられたというのだ。別の船からは、不審な船影を見たという報告もあったらしい。

「我々が出る理由があるんですか。その程度なら、東北規制局の環境開発規制官が対応する案件では」

隊員の一人の質問に、坂井は頷いた。

「たしかにそうだ。だが諸君も知ってのとおり、下北には原発や原子燃料サイクル施設があり、海面上昇後も施設は維持されている。何年か前のテロ未遂事件を覚えているだろう」

太陽光や風力による発電は気象条件による影響を受けやすく、また過酷になった気候で損傷するケースも多発していることから、原発は未だに稼働していた。それに、停止したところで今までに生み出された核廃棄物がなくなるわけではない。下北半島には、廃棄物貯蔵施設も存在した。

「万一に備え、我々に要請があった。新島、お前のチームAに頼みたい」

坂井は、怜の顔を見て言った。

「了解しました」

「じつは、合わせて環境省の城さんから依頼されたんだが……エネルギー関係のNGO職員を同行させてほしいということだ。『インターエネシス』の久住五郎という人物だ。面識はあるんだったな」

「はい」

「下北でも、再生可能エネルギーのプラント建設が進んでいる。不審者は反対運動の連中という可能性もある。インターエネシスはNGOの立場で反対運動側との橋渡しをしているため、トラブルに備え久住氏に同行してもらうそうだ。そうした背景もあって、新島に頼みたいというわけだ」

「問題ありません」

ミーティングが終了し、隊員たちが解散した後、怜は坂井に呼び止められた。怜のチームが出動するにあたっての補足事項をいくつか確認し、最後に坂井は付け加えるように言った。

「例の、調べている件だが」

「……海保の、原口の件ですね」

怜は声を潜めた。自殺した海保職員の原口について、海保での捜査は終了しているが、坂井は気になった部分があるらしく独自に調査しており、その手伝いを怜に依頼していたのだ。

多忙な坂井に代わり、怜はＮＣＥＦに与えられた権限を使って海保の人事情報を調べていた。

「原口は、プライベートで問題を抱えていたとの記録がありました。どうやら、ギャンブルにはまって首が回らなくなっていたようです」

「そういった輩は、妙な連中からいいように使われがちなものだ……。もう少し、調べる必要がありそうだな」

＊＊＊

宗矢と一ノ瀬は、遠くから観察した以上の情報を得られないまま輸送艇三一号に戻った。

十条基地に帰投した後、成田の倉庫についてあらためて調べてみたところ、湯谷（ゆたに）製薬という薬品会社が買い取っていたことがわかった。加賀谷には報告を上げたが、現状では情報不足で手の打ちようがないという結論になり、水没エリアのパトロールは数日後に予定どおり終了した。

だが宗矢も加賀谷も、この件を放置するつもりはなかった。他の業務の合間に、宗矢と帆波以外の第三班のメンバー、美咲と悠真の協力も得て、別の角度から調査を進めている。

宗矢はコンテナが運び込まれた施設を引き続き調べていたが、以前の倉庫会社から湯谷製薬が合法的に買い取ったということの他は、今のところ何もわかっていない。一ノ瀬からはその後、連絡はなかった。

さてこれからどうしたものかとデスクに向かって考えていた時、隣から笑い声が聞こえてきた。例によって、帆波のところへやってきた赤間が油を売っているのだ。なんだかんだで話が合うのか、帆波も楽しそうに話している。やや声のボリュームが大きいような気もするが、何しろ相手は局長なのだから注意する者はいない。

聞く気はなくとも、話の内容は自然と耳に入ってきた。

先ほどまでは帆波が成田での出来事を話していたので、業務に関連しているともいえたのだが、今はまるで関係ない話題に移っていた。赤間が環境省へ来る前に在籍していたＮＧＯ、ブルー・ピジョンのことだ。

アメリカに本部を持つその国際ＮＧＯでは、自然環境保護に関するさまざまな取り組みの一環として、再生可能エネルギー事業もおこなっていたらしい。実際、日本国内でも数カ所で土地を購入し、ソーラーパネルの設置を進めていたという。購入した土地の中には、大異変後の規制緩和で売却された国有地も含まれていたそうだ。

ただ一部の土地について、ソーラーパネル設置のため森を更地にするのかと、疑問の声が職員間から噴出したということだった。

「環境にやさしい電力のために環境を破壊するって、矛盾してるでしょう？　じつは、直前に理事が入れ替わって、産業界の思惑とかが入ってきてたのよね」

「ちなみに、問題になった土地ってどこなんですか」

訊ねた帆波に、赤間は北海道だと教えた。

「昔だったら、冬場の日照量や積雪を考えれば太陽光発電するような土地じゃなかったかもしれないけど、今はこんな気候だから。まあ結局は海面上昇で、船でしか行けなくなっちゃったんだけどね」

隣で聞きながら、具体的に北海道のどこかという点は気になったが、宗矢が口を挟むかどうか迷っている間も赤間の話は続いていた。

「その時に、結構な数の職員が反発して退職したの。それで、私と城くんは環境省へ移ったというわけ。二人とも、最初は自然保護官（レンジャー）として地方配属だったな」

「城さんって今は人事部ですよね。レンジャーだったんですか。わたし、本当はその仕事したかったんです」

「あら。ちょっと前に城くんと話した時、一人欠員が出ちゃって大変だって言ってたな。城くんとは時々やりとりしてるから、今度伝えとこうか。うちに環境省から出向してきてる職員で、レンジャー希望の子がいるって。まあ、うまくいくかは約束できないけど」

笑う赤間に、帆波はわりと真剣な顔で「お願いします。わたしの経歴送りましょうか」と頭を下げている。

「環境省の人事部はうちの人事ファイルも見られるはずだから、大丈夫でしょう。佐倉さんの経歴次第では、本当に抜擢してくれるかもね」

宗矢が二人の話に聞き入っている間に、メールが着信していた。一ノ瀬からだ。開いてみると、成田で撮影した大量の写真データだった。メール本文には『そちらでわかることがあれば』とも書かれている。

それがなかなかわからないんですよ、と心の中でぼやきつつ、送られてきた写真を順に表示させていく。

何十枚かを確認したところで、宗矢はある写真に目を留めた。どこかで見たような気がした、あの女性だ。

白衣の胸のロゴマークは、今見ればたしかに湯谷製薬のものだ。そして、彼女の顔にはやはり見覚えがあった。

クールな雰囲気は、NCEFの新島怜にもどこか似ている。

隣の席をちらりと見遣り、帆波とはだいぶ違うな、と思った。

最近は落ち着いてきたものの、帆波は学生時代から正義感が強く、その気持ちをストレートに表現する一面があった。間違ったことをするとなかなか許してくれないのには困ったけれど、そんな時のちょっと怒った様子も案外チャーミングだと感じていたのはたしかだ。

懐かしく、少し照れくさくもある思い出を呼び覚ましているうちに、ふっと何かが頭の片隅に引っかかった。

学生時代……？

そうだ。あの写真の女性……。宗矢は遠い記憶のかけらを必死で探した。

クラスメートや先輩、先生にあんな人物がいただろうか……いや、違う。そこじゃない。彼女を見かけたのは、もしかして。

院生だった頃、毎号チェックしていた学術雑誌――。

宗矢は、思わず立ち上がった。突然のことに驚いた様子の帆波と赤間に謝り、「ちょっとライブラリーに行ってきます」とオフィスを出た。

立川基地内、合同庁舎の別館に、環境省と環境開発規制庁が共同で管理するライブラリーがある。自然環境に関する専門書などが保管されているものだ。

普段から、利用者はあまり多くはない。宗矢が入室した時も、室内には管理を担当する初老の職員が一人、カウンターであくびをしていただけだった。

わずかな記憶を頼りに、端末でその学術雑誌を探す。電子化されたバックナンバーがあった。大学院に在籍していた期間の号を順にチェックしていく。

――これだ。

うっすらと覚えていたページが見つかった。

その論文の執筆者の、顔写真。当時もこれを見て、クールな美人だ、と思ったのだった。

工藤奈保子（くどうなおこ）。南武（なんぶ）大学助教。応用生物工学。

それが今は、湯谷製薬に移って研究をしているということか。

論文の内容は、地衣類の薬用効果に関するものだった。

地衣類とはコケ類にも似た菌類の一種で、藻類を共生させることで自活できるようになったものだ。専攻でなくとも、そのくらいは生物学科の院卒として知っている。たしか一部の種は食用にされ、漢方薬の原料にもなるのではなかったか。

論文の中で工藤は、地衣類のある種は加工により特別な薬用効果を持つと考えられる、と指摘していた。

湯谷製薬へ運び込まれた『アークティック・アレス』の積荷は、地衣類だ。

――それで薬をつくろうとしているのか？　何の？

論文を読み込み、ある記述を見つけた宗矢の頭の中に、疑念が生じていった。

そこには、一部の地衣類から製造した薬品の効能として、精神を安定させる作用が期待できると記されていたのだ。

精神に作用する――？

運び込まれた地衣類は、違法取り引きの可能性があるということだった。そして、成田空港を使う密輸業者の噂。彼らが運ぶものは――。

宗矢は、思わず席を立った。

がたり、と椅子の音が静かなライブラリーに響き渡る。管理の職員がにらみつけてきた。

一週間後。

真昼の陽光の下、宗矢は再び成田空港近くにある湯谷製薬の敷地前に立っていた。今回は海自の輸送艇ではなく、ＥＤＲＡのヘリで成田空港へ飛んだ後、環境省房総事務所から借りた車でやってきている。

今度は、遠くから様子を見に来たわけではない。

閉じたゲートを挟んで、宗矢と帆波、そして加賀谷は警備員と向き合っていた。加賀谷が「あくまで任意ですが」と警備員に施設の捜査を要求したところだ。加賀谷は穏やかに話しているが、三人ともベレッタＰｘ４拳銃を携行していた。

ライブラリーで調べた結果から導いた宗矢の推測をもとに、この捜査がおこなわれることになったのだ。

ゲートの向こうでは、警備員が困惑した顔のまま固まっている。ゲート脇の詰所にもう一人いた警備員は、施設の中へ責任者を呼びに行っていた。

ゲートからかつて倉庫だった建物までの間は、広い駐車場で隔てられている。やがて、警備員が責任者らしき中年の男を連れてきた。

男の指示でゲートが開き、宗矢たちは敷地内に足を踏み入れた。

「環境開発規制庁関東規制局、取締部捜査課の加賀谷です」

「湯谷製薬成田研究所、所長の片岡と申します」

そう名乗った責任者の男が訊いてきた。「任意捜査というお話ですので、お断りすることもできるのですよね」

「もちろんです」

「ただ、そうした場合はいろいろと差し障りがあるのでしょう?」

「私からはなんとも言えません」

加賀谷は無表情で言った。「こちらに違法取り引きが疑われる外来生物が搬入されたという情報が入りました。事実だとすれば、自然環境保全法違反の恐れがあります」

運び込んだ地衣類からつくられる薬品が精神安定作用——場合によっては麻薬のような作用を持つ可能性があるという、宗矢の推測にまで加賀谷は触れなかった。そのことは、捜査の中で確認していくつもりなのだ。

話を聞いた片岡は、「なるほど」と頷いて言った。

「何か、誤解があるようです。ご説明させていただきますので、どうぞこちらへ」

片岡は、宗矢たちを促した。後について広い駐車場を横切り、建物へと向かう。ビルでいえば五、六階建てくらいはありそうな高さの、窓のないほぼ直方体の建物だ。

歩きながら片岡が説明してくれたところによれば、もとは倉庫だったものを買い取り、研究施設に改装して使っているのだという。

加賀谷が訊ねた。

「御社のウェブサイトなどを拝見しましたが、成田に研究所があるとはどこにも書かれていませんでした」

「地方の小さな分室の存在まで、すべて公表している会社はないと思いますよ。ここも、そのようなものです」

加賀谷は、無言で頷いた。

片岡に続いて、建物に入る。入口は、そこだけガラスの二重扉になっていた。

受付のない簡素なエントランス。薄暗い廊下を奥へ進みながら、片岡が続ける。

「できるだけ邪魔が入らない環境でおこないたい研究があるというのは、ご理解いただけますでしょうか。さらには、緊急時には製品を急いで輸送できる場所として、空港の近くという物件は好条件だったわけです」

「それは、何か秘密の研究をされているということでしょうか」

「薬品の研究など、通常は企業秘密だと思いますが」

「たしかに。おっしゃるとおりです」

加賀谷は、言い方を変えた。「とはいえ、法令違反がないのでしたら、我々には包み隠さず教えてくださいますか」

「こちらでご説明します」

廊下にいくつか並ぶ会議室の一つに、宗矢たちは通された。

十人も入れば一杯になりそうな、それほど大きくはない会議室だ。窓はなく、会議机がコの字型に組まれている。部屋の奥側の壁には大型の液晶ディスプレイがあり、湯谷製薬のロゴが映し出されていた。

会議机の片側、ディスプレイに近い席のところに、白衣を着た女性が立っていた。クールで知的な雰囲気。先日、宗矢が双眼鏡で見た顔、そして学術雑誌に載っていた写真と同じ顔だ。

「第三開発部部長の、工藤です」

女性が頭を下げる。宗矢たちも名乗り、席に着いた。工藤と片岡に向き合って、ＥＤＲＡのメンバーが座る形になる。

片岡が言った。

「皆さんのご質問には、こちらの工藤からお答えいたします。工藤さん、よろしく」

「はい、それではさっそくですが……。座ったままで失礼します」と、話を引き継いだ工藤は手元のノートパソコンを操作した。

ディスプレイ上の湯谷製薬のロゴが消え、グラフが映し出された。

「大異変後、全世界的に環境政策の転換がなされましたが、未だに気候変動は進行しています。一度回り出した弾み車を止めるのが難しいのと、同じようなものです。……このような話は、環境開発規制庁の方には言うに及ばずでしょうが」

加賀谷が、小さく頷いて先を促した。

「そうして着実に進んでいる温暖化により、今もシベリアの永久凍土は解け出しています」

画面に、シベリアの地図が三つ並んで映し出された。解けた凍土の部分が着色されている。左側は大異変の前、真ん中が大異変の最中だ。色のついた部分が激増している。右側は現在の様子だというが、大異変の時よりもわずかに広がっているのが見て取れた。

再び、画面が切り替わった。何かのウイルスの、電子顕微鏡写真のようだ。

「これは大異変前の二〇一四年、フランスのエクス・マルセイユ大学の研究グループがシベリアの永久凍土から発見した、三万年前の『モリウイルス』です。モリウイルスには人間への感染性はありませんが、シベリアの永久凍土には、他にも我々現生人類にとって危険な古代のウイルスが潜んでいる可能性が高いと考えられていました」

工藤が、「いました」と過去形で表現したことに宗矢は気づいた。では、今はどうなのか。

工藤は話を続けている。

「シベリアのサハ共和国西部、ヴィリュイ川上流の『死の谷』と呼ばれる地域には、足を踏み入れると生きては帰れないという伝説があります。実際に調査に入った者も体調不良になったそうですが、それは永久凍土から噴出するメタンガスによるものと解釈されていました。しかし、事実は異なったのです」

「まさか、永久凍土の中のウイルス」宗矢は思わず口にした。

「そうです。そして異変戦争中、同じサハ共和国にあるオロムという村が、謎の病気により全滅したという記録が残っています。ご存じでしょうか」

戦争中は、毎日のように悲劇が起きていた。村の全滅など、日常茶飯事といってもよかった。宗矢は首を振った。帆波も加賀谷も、知らないようだ。

「ご存じないのも当然です。報道は、まったくされませんでしたから。機密指定が解除されていないため詳細は不明ですが、その病気は何らかのウイルスによるもので、感染するとひどい幻覚や幻聴に襲われ、瞳孔が急激に拡大する症状を呈せばまず助からないということまではわかっています。私たちは、病気をもたらしたウイルスは『死の谷』の伝説のもとになったウイルスではないかと考え、付近を流れる川の名から仮にヴィリュイウイルスと名づけました。オロム村が全滅したためいったん収まりはしましたが、今後シベリアの凍土がさらに解け出した場合、本格的に放出されはじめると予想しています。それで、そのウイルスに対抗し得る薬を開発しているのです。……ところで、薬は何からつくられるかご存じですか」

工藤の問いかけに、加賀谷が答える。

「有効成分を化学的に合成して、ということでしょうか」

「大量生産に入った後は、そうなります。しかし、開発の段階では自然由来の原料を試すことも多いのです。そもそも、昔の薬はそういうものでした」

「草木の葉を煎じて飲んだりするものですね」と、帆波。

「はい。私は、以前にいた大学で地衣類から薬品をつくる研究をしていました」

「雑誌に掲載された論文を見ました」宗矢は言った。

「そうですか」

工藤は、話を続ける。「今はこちらの製薬会社に移り、さまざまな地衣類について薬品に使えないか試しています。皆さんが疑っているのも、その一環として輸入したものです。シベリア産のハナゴケの一種で、法に触れる種ではありません」

「ですが」

宗矢は、ここぞとばかりに指摘した。「精神安定作用のことを、論文に書かれていましたよね」

「はい」

「それは何か、たとえば幻覚を見せるようなものではないんですか。キノコの中には、そのような種類がありますが」

「いわゆる、マジックマッシュルームですね」

「そうです。それと同じように、向精神薬、あるいは……麻薬となり得るような」

「そういったものではありません」

工藤は断言した。

「なぜそう言い切れるんですか」宗矢はなおも追及する。

「これはもともと……」

工藤は、一瞬口をつぐんだ。しばらく考えるようなそぶりを見せ、片岡に促されてようやく話しはじめた。何かを吹っ切ったようでもあった。

「もともと、私が昔住んでいた青森の家に伝わるものなのです」

「青森？　どのあたりですか」加賀谷が訊いた。

「下北半島です」

「下北……」加賀谷が繰り返す。

「何か?」

「いえ、なんでもありません。続けてください」

加賀谷が気にしたのはおそらく、最近宗矢も聞いた、NCEFが下北半島へ派遣されるという件のことだろう。ただ、今の話と直接関係があるようには思えない。

「下北に、オオウラヒダイワタケという地衣類が自生しています」

「オオウラヒダイ……?」宗矢は訊き返した。

「オオウラ、ヒダ、イワタケです」

それから工藤が話してくれたのは、下北半島だけに着生する地衣類、オオウラヒダイワタケのことだった。

天然記念物でもあるオオウラヒダイワタケは、一九五六年に下北半島の縫道石山(ぬいどういしやま)で発見された。しかし工藤が住んでいた家では、近くの別の山にある着生地のことが昔から言い伝えられていたという。病気の時には、その山のイワタケを煎じて飲むとよいとされていたそうだ。工藤によれば、それはオオウラヒダイワタケの亜種らしい。

「本当に亜種、あるいは近縁種ならば、学術的な観点からも公表して調査すべきとも思うのですが……。代々の秘密として守ってきたものなので……」

工藤の口調は、急に歯切れが悪くなった。

「工藤さんは、実際に飲まれたんですか」帆波が訊いた。

「はい。風邪を引いた時に飲むと、たしかに気分が穏やかになるのを感じました。ただし、あくまで精神を安定させる作用だけです。病気まで治ったとしたら、プラセボ効果でしょう」

プラセボ効果とは、本来は効き目がないのに、暗示などの心理効果によって症状の改善が見られることである。

「普通の風邪などには直接の薬効はありません」という工藤の言葉に、宗矢は少し引っかかった。ならば、普通ではない病気には効くのだろうか？　その疑問が顔に出ていたのかもしれない。

工藤は、宗矢のほうを見ながら説明を続けた。

「言い伝えがあるのです。その家の祖先が山でイワタケを見つけた頃、下北や津軽の一帯ではひどい流行り病により多くの死者が出て、全滅した村もありました。言い伝えによれば、室町時代ごろに起きたことのようです。ちなみに青森には杉沢村という怪談話があるのですが、それはただの怪談ではなく、昔全滅した村の話がもとになっているのではと私は考えています」

「杉沢村……。都市伝説じゃなかったんですか」

思わず言った宗矢に、工藤が微笑む。

「それはともかく、言い伝えでは、イワタケを煎じた祖先が流行り病に苦しむ村人に飲ませたところ、どんな薬も効かなかった病が治ったということなのです。この話は村の庄屋である一族の間で、代々伝えられてきました。風邪の時に飲んで効いた気になるのはプラセボ効果でしょうが、私が考えたのは、伝説のもとになった流行り病にだけは本当に効果があったのではということです」

「何か、違う病気だったということですか」宗矢は訊ねた。

「……津軽には昔、十三湊という湊がありました」

工藤の話は突然飛んだが、その名には聞き覚えがある。最近、輸送艇の三上艇長から聞いたものだ。

頷く宗矢を見て、工藤は続けた。

「津軽半島西岸にあり、室町時代、十五世紀半ばには安東（あんどう）氏の支配のもとで栄えた湊です。大陸とも交流するほどでしたが、突如として安東氏は衰退し、十三湊も没落していきました。なぜそうなったのかは、正確にはわかっていません。しかし」

「しかし？」

「中世の一時期、今ほどではありませんが地球には比較的温暖になった期間がありました。日本でも海面が五十センチほど高くなったようで、『平安海進』と呼ばれています。この時期、先ほどお話しした永久凍土内の過去のウイルスが放出されたとしたら。私は、大陸側の歴史書を調べました。その結果、大陸でもこの少し後に正体不明の疫病が流行していたことがわかったのです。症状は、津軽や下北で流行ったものと同じでした。目眩や吐き気、発熱、幻覚や幻聴、そして……瞳孔の急激な拡大」

「それって」

「ヴィリュイウイルスによる感染症と酷似した症状です」

「では、一時的に温暖化した当時、シベリアで放出されたそのウイルスが、大陸から津軽、下北に持ち込まれたということですか。交易を通して」

加賀谷はそう確認している途中で、不可解そうな顔をした。「……平安海進があったのは、名前のとおり平安時代ですよね。しかし、十三湊の衰退や、下北での流行病は室町時代ということだ。時期がずれてはいませんか」

「今のように交通手段が発達していなかった時代、大陸から日本へ伝わってくるまでにはかなり時間を要したはずです。感染した町や村が完全に滅ぼされ、伝播する速度が落ちたのかもしれません。それにより、最終的に流行が終息したとも考えられます」

――怖ろしいことを言う。

宗矢の頭に、数百年前の、ひと気の絶えた廃墟の村に風が舞っている様子が浮かんだ。

「日本へやってきたヴィリュイウイルスに、もしイワタケの薬が効いたのなら」

工藤の言葉を、宗矢は継いだ。

「温暖化が進んだ今、当時と同じようにヴィリュイウイルスが凍土から出現しても、やはりイワタケが効くはずだと……」

工藤は頷いて言った。「永久凍土は、いわばパンドラの箱です。それが開いた時に備えて、薬を開発しているというわけです。ただ、下北のイワタケに近い種の地衣類で試行錯誤しているのですが、残念ながらまだうまくは行っていません」

そこで、帆波が訊ねた。

「でしたら、希少なものといっても下北のイワタケを使わせてもらえばいいんじゃないですか？ご実家には許可を得るとかして」

もっともだと宗矢は思ったが、工藤は顔を伏せて言った。

「下北で採れるイワタケは、ごくわずかなのです。それに、その家が代々守り伝えてきたものですから……」

工藤は昔住んでいた家のことを、その家、と呼んだ。実家というわけではなさそうだ。

工藤は続けた。

「あの雑誌の論文でも、そこは伏せて書いたのです。発表した後には海外の製薬会社からコンタクトがありましたが、そのタイレルファーマという会社は海外で原料植物の群生地を根こそぎ荒らした過去があったため、お断りしました。後から声をかけてきた湯谷製薬はそこを理解し、近縁種による開発を認めてくれたので、お世話になろうと思ったのです」

「会社としても」

それまで黙って話を聞いていた片岡所長が口を開いた。「この薬のことは非常に重視しています。一方で、下北のイワタケの希少性も十分に理解しているつもりです」

薬の開発には工藤が絶対に必要なのだから、会社も本人の意向に沿うしかないのだろう。

片岡は言った。

「じつは、タイレルファーマ社はまだ諦めていないようでして。輸入しようとしていた地衣類は、ことごとく彼らによって買い占められてしまったのです。『アークティック・アレス』の分も危ういところでしたが、交渉をねばっているうちに先方が急に手を引き、なんとか入手できた次第です」

「なるほど。事情はわかりました」

加賀谷が、話をまとめるように言った。「ただ、『アークティック・アレス』の積荷をここまで運ばせた相手は、少々問題のある業者だったようだ」

「それについては……」

工藤は、片岡と顔を見合わせてから答えた。「依頼した後で私たちも気づいたのですが……。何しろ冷凍コンテナで保管されているといっても、シベリアからの長旅で劣化が進むことが心配だったのです。早く運ぶため、いつもとは違う業者を紹介してもらったもので……」

片岡が後を引き取り、弁解するように言った。

「私どものリサーチ不足です。申し訳ありません。先ほども申し上げましたように、これは本来、未知の病気に備えるのためにおこなっているものです。そこの趣旨をくみ取っていただきたく……」

加賀谷は腕を組み、黙り込んだ。心配になった宗矢が声をかけようとしたところで、加賀谷は厳かに言った。

「わかりました。今後、運送業者を選ぶ際には慎重な判断をお願いします」

「では」片岡の声は、少し明るくなっている。

「今おうかがいした話は、捜査の他には使いません。ご安心ください」

ありがとうございます、と片岡と工藤は頭を下げた。

結局、湯谷製薬はシロだったのか。それはよいのだが、宗矢は自分のしたことがふと恐ろしくなった。もしかしたら、自分の推測によってとんでもない無駄足を踏ませてしまったのではないか。加賀谷には、赤間局長に話を持っていきヘリを出す許可まで取らせている。

「お騒がせしましたが、お話を聞けてよかったです。実際にお会いしなければわからないこともありますので」

加賀谷は、宗矢をフォローするような台詞を口にした。

その時、会議室の内線電話が鳴った。近くにいた片岡が電話を取る。

「はい。ああ、警備室？　なんだって？」

話しながら、宗矢たちEDRAのメンバーへ視線を送ってくる。

やがて受話器を置いた片岡は、戸惑った声で言った。

「ゲートに、海上保安庁の人たちが来ています。皆さんにご用があるそうですが」

加賀谷が、訝しげな表情になる。

「我々に？　……承知しました。行きましょう」

加賀谷と宗矢、帆波は、会議室を出て研究所のエントランスへ向かった。後ろから、片岡と工藤もついてくる。

エントランスからは、入口のガラス越しに広い駐車場と正面ゲートの様子が見えた。ゲートから敷地に入ってくる、濃紺の服を着た一団がいる。海保の作業服だ。先頭の一人に、四名ほどが付き従っている。

ゲート脇では、先ほど話をした警備員の二人が困ったような様子で見送っていた。

宗矢たちは海保の一団を出迎えるため、研究所の建物を出た。駐車場の中ほどまで進んだところで加賀谷が立ち止まり、宗矢と帆波はその隣に並んだ。やってきた一団と相対する形になる。

振り返ると、エントランスのガラスの向こうでは片岡と工藤が心配そうに見守っていた。

一団を率いてきたのは、以前『アークティック・アレス』の事件で会った人物だった。その男が口を開いた。

「第三管区海上保安本部、警備救難部の堀内です」

「環境開発規制庁、加賀谷です。ご無沙汰しています」

加賀谷の返した挨拶に、堀内は厳しい表情のまま黙っている。加賀谷は言った。「我々に、何かご用とか」

「『アークティック・アレス』の積荷が、こちらへ搬入されていると思います」

堀内がいったん言葉を切る。頷いた加賀谷に、堀内は続けた。「その積荷には、密輸入の疑いがあるとの情報が入りました」

「それでしたら、我々も調べていたところです。シロだとわかりました」

「ほう……。捜査への省庁間協力、ということでいいのでしょうか？　ありがとうございます。ならば、その件は後ほど我々も確認させてもらうとしましょう。しかし、本題はそれではありません」

「と、いいますと？」

「他にも情報が入りましてね。『アークティック・アレス』を乗っ取った水先人と、その直後に事件を起こした我々の身内、原口諒の関係についてです。二人とも、ＥＤＲＡによってもはやこの世にはいませんが」

宗矢の隣で、帆波が身体を硬くするのがわかった。

「原口のほうの死因は、我々によるものではないのでは？　まあ、捕まえたことが遠因というこじつけは成り立つかもしれませんが」加賀谷が皮肉混じりで答える。

「いえ……。最後まで聞いていただきたい。我々が新たに得た情報では、水先人の奥村翔太を扇動し、船を乗っ取るための武器を渡したのは、原口ということだったのです。事件直前の四月九日、原口の出張記録が人事システムに残っていました。基本的に内勤である彼が出張したのは、事件前の一ヵ月間でこの日だけです。記録されていた行先は、奥村が所属する水先人会の事務局でした。そこで奥村と会い、密かに武器を渡していたと推測されます」

「なるほど。どこから得た情報かは知りませんが、それが我々とどんな関係が」

「あなた方のお仲間も、関わっているからですよ」

――？

勝ち誇るように言う堀内の言葉に、宗矢は戸惑った。どういうことだ。

「あなた方ＥＤＲＡの職員が、原口とつながっていた。はっきり言えば、原口に、水先人の奥村を扇動するよう命じたのは、その職員だ。原口は、プライベートで弱みを抱えていた。何かしら、それ絡みで脅していたのでしょう」

「そんな犯罪を、うちの職員がおこなったと？」

「東京湾海上交通センターのサーバー室に、原口は自分のマグカップを残していました。そのマグカップから、指紋が検出されたのです。そちらの職員のね」

環境開発規制官は、警官と同様、全員が指紋登録をしている。

「そしてその職員は、原口と以前、別のところでも接点があった。省庁は異なるが、同期として研修を受けている」

「まさか」帆波が、顔を青ざめさせながら呟いた。

「そうだ」

堀内の視線が、帆波を見据える。

「佐倉帆波。君は原口を使って、水先人の奥村を扇動させ、『アークティック・アレス』を乗っ取らせた。それが失敗に終わると、原口とともに逃走をはかった。原口は君を拉致したわけではなく、一緒に逃げようとしたんだ。だが君は周囲の誤解に乗じ、原口を単独犯に仕立て上げた。彼の自殺も、真実が漏れることを恐れた君が始末したのでは？」

「そんなことは……していません！　なんでわたしが」

帆波が必死な様子で叫ぶ。「同期といっても省庁は違うし、会ったのは研修の時だけです。それに指紋は、原口を探しに行って部屋を調べているうちについてしまったんだと思います」

「本当にそうか？　さっき言わなかった証拠がもう一つある。原口の過去の日報データに、八王子の合同庁舎で作業したという記録が残っていた。ＥＤＲＡの勤怠システムを調べさせてもらったが、この日、君も八王子に出張しているな。そして、やはり合同庁舎の出張者用作業スペースを利用していた」

「え？　そこで原口に会ったことはありません。いつですか。確認してください」

「該当する時間帯に、君と原口の二人がそのスペースを利用した記録があったんだよ」

――言いがかりだ。

宗矢は声を上げて反論したかった。だが、堀内の話を覆せる証拠は手元にない。

宗矢には、ただ歯ぎしりすることしかできなかった。

堀内の冷たい視線から帆波を守るように、加賀谷が一歩前へ出た。

「一つうかがいたい。なぜ、わざわざここに来てその話を？」

「『アークティック・アレス』の積荷と、佐倉帆波が関係している可能性を考慮してです。それに、そちらのホームグラウンドで話すのは避けたかった。試合は中立地でやりたかったんですよ」

「我々が組織ぐるみで犯罪をおこなっているとでも？」

「可能性の話です」

「拒否したならば」

加賀谷の言葉を聞いた堀内が合図をすると、後ろに控えていた海保の職員たちが一斉に腰の拳銃を抜いた。宗矢たちへ狙いを定めてくる。武装した環境開発規制官を相手に、彼らも本気だということだ。

「政府機関同士で争いたくはないのです。弁明は後ほどゆっくり聞くとして、とりあえずは同行願いたい」

第四章 下北原生自然環境保全区域

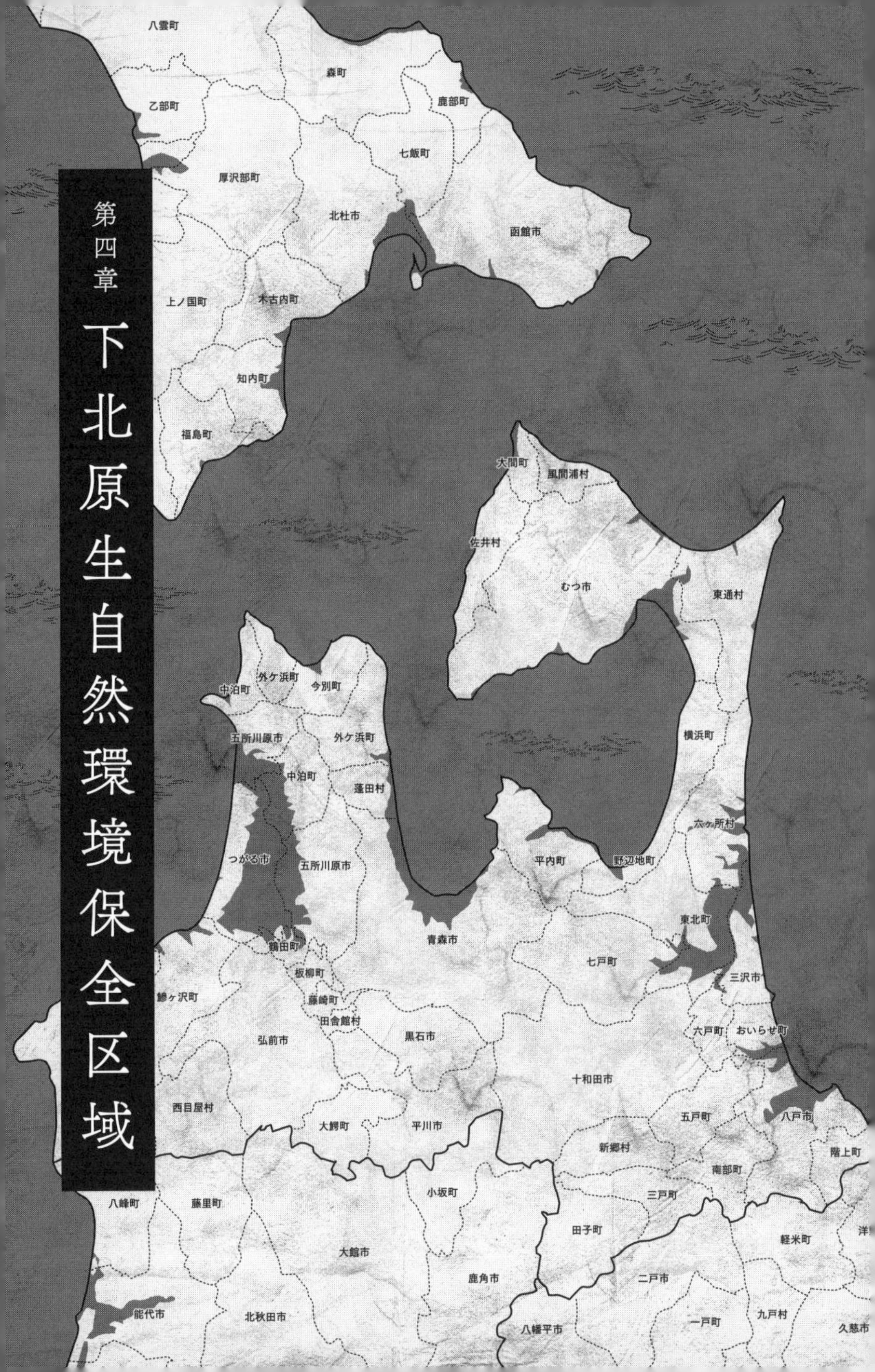

青森県、下北半島。

　まさかりの形をした半島の、「まさかりの柄」の部分は両側から海に侵食されていた。特に半島の付け根にある小川原湖はかつての倍以上に拡大し、あと少しで半島を本土から切り離すほどになっている。

　柄の部分の沿岸部を通っていたＪＲ大湊線や国道二七九号、三三八号、三九四号は各所で寸断され、半島の中心都市、むつ市への交通路は失われてしまった。むつ市自体も、かなりの面積が水没している。それゆえに半島の住民は全員が移住し、今では全域が原生自然環境保全区域に指定されていた。

　一方、下北半島には以前から原発や原子燃料サイクル施設などのエネルギー関連施設が多数存在しており、これらは引き続き稼働させる必要があった。そのため施設を運用する職員と警備要員、そして航空宇宙自衛隊のレーダーサイト要員だけは駐在を続け、他にも環境省の職員が保全区域の調査に時折訪れている。

　調査の拠点としているのは、まさかりの柄と刃の間のくびれた部分、丘の上にある海上自衛隊樺山(かばやま)送信所の跡地だった。

　もとは旧日本海軍の飛行場で、海自が無線送信所として使用していたものだ。むつ市大湊の港と航空基地が失われたため海自は下北半島から引き揚げ、送信所跡地については環境省と環境開発規制庁に移管されたのである。

送信所時代には無線アンテナが並んでいたかつての滑走路を復活させ、ヘリコプターの離着陸を可能にするとともに、周辺にはプレハブが何棟か建設されていた。

その施設に、環境開発規制庁航空隊のスバル・ベル412EPXヘリコプター「みどり1号」が着陸したのは、昨日のことだ。乗ってきたのは、怜の率いるNCEFチームAの六名、そしてNGO「インターエネシス」の久住だった。

怜たちはこれから二週間にわたって半島をパトロールし、不審者を捜索する予定である。パトロールは空から実施する他、陸上からもおこなう。それには、ヘリに吊り下げて運んできた汎用軽機動車を用いることになっていた。

汎用軽機動車は、川崎重工のミュールという小型四輪バギーがベースの車両である。陸上自衛隊がV－22オスプレイの狭い機内にも搭載可能な車両として採用したもので、NCEFでも少数を導入していた。

軽自動車ほどの大きさで、屋根を取り外せるパイプフレーム構造になっており、乗車可能人数は最大六名。オスプレイよりも小さな412EPXの場合、機内には搭載できないが、軽量であるため吊り下げて運ぶことはできる。下北半島の道は海面上昇により各所で寸断され、林道や登山道のような悪路を進まねばならない箇所もあることから、汎用軽機動車の小ささと走破性に期待して持ち込んだのだ。

「今朝はいい天気ですが、持ちますかね」

怜の隣に来て、青空を見上げた久住が言った。怜はプレハブの建物を出て、外の様子を見ていたところだった。

シベリア、サハ共和国でも会っている久住は、環境省の城からの要請で同行していた。不審者は、下北に建設中の再生可能エネルギープラントの反対運動関係者という可能性もあるからだ。久住はインターエネシスの職員として、反対運動との調整役をしているという。

「予報では、この後崩れるそうです」怜は答えた。

到着した昨日は、ひどい雨だった。

梅雨というものが日本の気候から姿を消して久しい。しとしとと降る六月のやさしい雨は今や、過去を描いたフィクションの中にしか存在しない。この時期は、延々と続く猛暑日の間に、時々暴風雨が襲ってくる季節になってしまった。

今は青空にぎらぎらと太陽が輝いているが、昼からまた天気は下り坂になり、線状降水帯が発生すると予報されていた。スバル・ベル412EPXは全天候飛行能力を備えるとはいえ、あまりに悪天候の場合、低空での捜索にはリスクがある。

目の前の駐機場に、ヘリの姿はない。早朝から一回目のパトロールに出ているのだ。

「天候が許せば今日二回目の空中パトロールを実施しますが、その際にはわたしも乗っていきます。今日のうちに、空から一通り見ておきたいので」

「それ、私も同行できますか」

「久住さんには、ここで待機していただくつもりだったのですが」

「エネルギープラントの建設予定地を確認したいんです。足手まといにならないように気をつけますので、お願いします」

「そうですか……了解しました。ただし、二回目を飛ばせるかは天候次第です」

怜は一瞬だけ考えてから、久住の要望を受け入れることにした。

ヘリは、あと一時間ほどで戻ってくる予定だ。それから給油や乗員の休憩をしている間に、二回目のパトロール実施の判断をすることになる。ここ樺山ではヘリは露天駐機しているが、荒天が予想される場合は、内陸部にあり施設が整った三沢基地へ退避させなければいけない。

ここに格納庫がないのは、なかなか不便だ。

そう考えて、怜は数日前のことを思い出した。

立川基地の格納庫で、ヘリに積み込む荷物の準備をしていた怜たちのところへやってきた、若い男性の環境開発規制官のことだ。

作業が落ち着くのを待って声をかけてきた男は、やや緊張した面持ちをしていた。

「失礼します。NCEFの新島班長でいらっしゃいますか」

「そうですが」

「取締部捜査課第三班の、日高宗矢です。新島班長のチームが下北へ派遣されると聞きました。それに関し参考情報があり、おうかがいしました」

それから、その日高宗矢という男は、成田の湯谷製薬研究所での出来事を教えてくれた。ある一族に密かに伝えられてきた、下北の山奥に自生する地衣類、オオウラヒダイワタケの亜種の話だ。薬用になるというそれを、外国の製薬会社も欲しがっているらしい。

怜は宗矢の話を聞きながら、パトロールに出るきっかけになった情報との関連性を考えた。

――下北に現れた不審者は、その外国の製薬会社の関係者という可能性はないだろうか。

「パトロールにあたり、留意します」

お願いしますと頭を下げた男の顔には、見覚えがあった。

「『アークティック・アレス』の時に会いましたか」

「はい。一瞬だけですが。新島さんに救出された佐倉は、私の同僚です」

「彼女は元気ですか」

「それが……」

そこからの話には、さすがに驚かされた。

EDRAの職員に、海上保安庁から疑いをかけられた者がいるという噂は耳にしていた。まだ捜査中であるため監視つきの自宅謹慎を命じられているというが、その職員がまさかあの時救出した女性の規制官だったとは。そんなことをしそうな人物には見えなかったが。

「私や、同僚たちは、何かの間違いだと考えています。いろいろと手は尽くしていますが、今のところ反証は見つけられていません」

宗矢の眼差しからは、必死さが伝わってきた。本人は気づいていないのかもしれないが、この若者はたぶん、あの女性職員に何か特別な感情を持っているのだろうと怜は思った。

「了解しました。できることがあれば、連絡します」

そうして怜は、宗矢の電話番号を自らの携帯端末に登録した。

海保の一部職員が、ＥＤＲＡによい感情を抱いていないのは怜も知っている。だからこそ、疑わしい環境開発規制官がいて、ある程度の証拠があるというだけで、犯人と決めつけているのではないか……。

「どうされました？」

気づけば、久住が顔を覗き込んでいた。思っていた以上に長く考え事をしてしまったようだ。

「申し訳ありません。……ところで久住さん、オオウラヒダイワタケというのはご存じですか」

怜は、何げなく久住に訊ねた。サハ共和国で、久住が植物に興味があるように言っていたのを思い出したのだ。

「へえ。新島さん、お詳しいんですね」

久住は食いついてきた。関心のある話題を振られたからだろう。「ここ下北半島にだけ自生する地衣類です。新島さんもご興味をお持ちなんですか」

「いいえ、特にそういうわけではないのですが」

そういえば、イワタケが何の薬になるのかということまでは聞いていなかった。宗矢との話の途中で、坂井隊長から呼ばれたのだった。

その時、プレハブの建物から隊員の一人、チームＡのサブリーダーである小松海斗が飛び出してきた。

「ヘリから連絡がありました。不審者が目撃されたという集落跡に異常は見られず。しかし半島北西部で、山中にハイカーのような人影を視認したそうです。引き返したものの見失ったとのこと。帰投中で燃料が残り少ないため、それ以上の捜索は断念しています」

「そうか。二回目のパトロールを前倒しできないか」

「厳しそうです。気象担当から、この後急速に天候が悪化すると報告がありました。ヘリは三沢に退避させたほうがよいかと思います」

怜は、空を見上げた。先ほどよりも雲の量が多くなり、西の空は暗くなってきている。風も強さを増してきたようだ。

「人影を見たという場所を知りたい」

怜は、小松とともに建物の中へ戻った。久住もついてくる。

指揮所では、大きなテーブルに広げた地図を数名の隊員が取り囲んでいた。

「このあたりです」

小松が、地図の一点を指し示す。下北半島北西部、今はあまり意味を持たない行政区でいえば佐井村の、海岸から三キロほどの山中だった。連なる山々の標高は五〇〇〜六〇〇メートルほど。決して高いわけではないが、ところどころで等高線の間隔が狭まっており、急峻な地形もあることがわかる。悪天候下でヘリを飛ばし、仮に発見したところで、着陸やリペリング降下は難しそうだ。

しかし、それほど遠くない地点に林道が通っている。そこに怜は目をつけた。

「車を出そう」

怜は、汎用軽機動車で向かうことを即断した。「わたしが出る」

誰を同行させるか——。

「小松、ついて来い」

「はい」

元気よく返事をした小松の隣で、久住が言った。

「私も行きます」

「ヘリとは、わけが違います」

「その付近には、無人の風力発電設備がある。人影が反対派の人物だとしたら、私が交渉にあたることもできます」

「……了解しました。ただし、行動中はこちらの指示に従ってください。小松、車を準備しろ」

＊＊＊

宗矢たち捜査課第三班は帆波の無実を証明しようと、密かに行動していた。海上保安庁からかけられた帆波の容疑については、誰一人信じていない。

堀内が今回の措置を強行した背景には、海保内部に存在するＥＤＲＡへの不信感もあったのだろう。それでも海保上層部からは証拠不十分と指摘されたようで、帆波はまだ起訴されていなかった。

一方、ＥＤＲＡの上層部も、軋轢を恐れてなのか海保に対し強く出られずにいた。捜査はすべて海保に委ね、帆波は自宅謹慎とされている。その周辺は海保およびＥＤＲＡの監察官によって見張られており、連絡を取ることはできなかった。

帆波が自宅謹慎を命じられて既に三日が経つが、海保の捜査が進展したという話は聞こえてこなかった。さらなる証拠が見つからないのかもしれない。あるいは、あえて捜査を長引かせることで嫌がらせをしているのか。ＥＤＲＡの側も、大ごとになるのを避けたがっているようだ。

世界がこんなふうになった今でも、相変わらず組織のメンツが大事なのか。宗矢はうんざりしていた。

もっとも、それは組織のずっと上にいる人々に対する感想だ。関東規制局の現場職員たちは皆、帆波の無実を信じており、捜査課のメンバーは非公式な捜査を続けている。赤間局長も、捜査を黙認していた。捜査課第三班は抱えていた案件を他の班が引き受けてくれたため、加賀谷以下の全員が総力でこの件にあたっている。

「きちんと調べれば、あの程度の証拠は覆せるはずです。海保の連中、ちゃんと裏を取ったんでしょうかね。もしかしたら、裏を取ったら違っていて、言い出せないでいるとか」

立川基地、合同庁舎内の小さな会議室。朝のミーティングの席上である。柄にもなくまくしたてた宗矢を、「希望的観測はやめよう」と悠真がとりなした。

「それはそうですが……」

気をそがれた宗矢に、「落ち着いて」と声をかけた美咲は、皆に向けて続けた。

「日高くんがあの程度の証拠というのも、当然です。そもそも海保の情報源って、どこの誰なんでしょうね。その情報源に信憑性がないと証明できれば、海保の原口が水先人の奥村を扇動してたという話も、帆波ちゃんが原口と関係していたという話も、どれも成り立たないことになりませんか」

「その人物を探し出すというわけだな」加賀谷が頷く。「海保の内部情報に手をつけることになるぞ」

「やってみせますよ」美咲は自信に満ちた声で答えた。


宗矢と悠真は、『アークティック・アレス』に東京湾口で乗船した水先人、奥村翔太について調べを進めた。船を乗っ取り、NCEFによって射殺された犯人である。

海保の情報源である人物は、帆波と原口が関係しているという話と同時に、原口が奥村を扇動して武器を渡したとも伝えていたらしい。

海保がまともに捜査しているならば、その話の裏を取っているはずだ。だが念のため、宗矢と悠真は水先人会の事務局を訪ねることにした。

水先人は、個人事業主である。東京湾などの水先区ごとに組織された水先人会を通して仕事を受けることが、法律で定められている。原口は水先人の管理業務を担当していたのだから、水先人会とも日頃から連絡は取っていただろう。水先人会の事務局に、原口と奥村の関係を知る者がいるかもしれないと宗矢たちは考えたのだ。

悠真をハイエースの助手席に乗せ、宗矢の運転で出発した。捜査にあたっては、作業服ではなくスーツ姿だ。ベレッタPx4拳銃は、ズボンの内側に隠すインサイドホルスターに収め携帯している。

立川から南へ下道で向かった先、新横浜に水先人会の事務局はあった。かつての横浜港から、海面上昇により移転したものだ。横浜の港湾機能の中心は、今や新横浜付近に移っていた。川幅を広げた鶴見川を航路に、大型船がここまで入り込んできている。新横浜公園一帯はもともと雨水をためる遊水池としての機能を持っていたが、そこからもう水は引くことがない。広い水面に巨大な船のように浮かぶのは、スタジアムとしては使われなくなりネーミングライツを解消した横浜国際総合競技場だ。

丘陵地帯の住宅地を移転させてつくられた仮設港の一角、事務局の入ったビルの前に、宗矢はハイエースを駐めた。

受付で奥村に関して話を聞きたい旨を申し出ると、「ああ、またですか」という対応をされた。

「『アークティック・アレス』の事件の直後にも、お話ししましたけど」

応接スペースで対応してくれた担当者は、面倒臭さを隠さずに言った。

何度も申し訳ないが、自分たちは海保ではなく環境開発規制庁で、あらためて調べなおしているのだ、と説明する。

「それ、二度手間じゃないですか。縦割り行政ってやつじゃないですかね。このご時世だってのに、未だにそんなことしてるんですか」

「本当に申し訳ないです」

言い分はあるものの、宗矢と悠真はとにかく謝った。

宗矢は頭を下げたまま訊いた。

「それでも、あらためて奥村の話を聞かせていただけませんか」

「仕方ないな。彼は、そうだな……ちょっと変わってたね。大異変の後だからしょうがない面もあるけど、ああいう人が入ってくるようになって正直困ってたんですよ」

それから担当者が話してくれた内容は、海保の発表どおりのものではあった。奥村は人付き合いのよいほうではなく、対人関係のトラブルをしばしば起こしていたということだ。金銭的にも困っている様子だったらしい。

そうして次第に社会への不満を高め、失うものもなくなった奥村が、原口に焚きつけられて犯行に及んだというのが海保の出した結論だった。奥村が主張していた外国人船員の待遇改善などは、事件を起こすにあたっての言い訳に過ぎないというのだ。

なお奥村とともに『アークティック・アレス』に乗船したもう一人の水先人は、当日初めて組んだ相手で、奥村のことをまったく知らなかったというのは海保の報告にあったとおりだった。

「奥村は、水先人に登録した時から外国人船員の待遇がどうとか、青臭いことを言っててねえ」

担当者は愚痴るように言った。

その点を、原口に利用されたのだろうか。

――いや待て。今、「登録した時」と言わなかったか。原口に扇動される前から、外国人船員の件を問題視していたのなら。

宗矢が訊いてみると、担当者は思い出しつつ答えてくれた。

「うーん……。まあたしかに、前からそんな話はちょくちょくしてましたよ。主義主張が激しいというか……いつも正論ばかり吐いててね。他の人とよくぶつかってたのは、そのせいもあると思いますよ」

前からそういう傾向があったのなら、それは短絡的な犯行の言い訳ではなく、まさにそのために犯行に走ったといえるのではないか。

海保は、情報源とやらの話を鵜呑みにし、結論ありきの、形ばかりの捜査で済ませてしまったのではという疑念が増してきた。

宗矢は原口の写真を取り出し、相手に見せた。もう一つ、確認したかったことだ。

「この人物が、海保側の担当としてこちらにも来ていたと思います」

「ああ、えーと、原口さん。この人、あれでしょう」

どうやら、原口の起こした事件については耳にしているらしい。宗矢は訊ねた。

「原口は、『アークティック・アレス』事件前の四月九日、この事務局に来て奥村と会っていたと思います。その時に、武器を渡していたのかもしれません。どんな様子だったか、おわかりになりますか」

「……？　ここには、しばらく来ていませんでしたよ」

「どういうことですか。原口は、担当ではなかったと？」

「いいえ。時々は来てましたけど、そんなにしょっちゅうではないですよ。少なくとも三月以降は見かけなかったと思うなあ。それに、うちはあくまで水先人を取りまとめる事務局であって、水先人と海保が直接やりとりするような案件では、ここで会うことはありません。この事務局で原口さんと会ってるのは、うちの担当者だけです」

——おかしい。四月九日に原口がここへ出張したという記録が、海保のシステムに残っていたのではなかったか？

「原口が最後にいつ来たか、わかりますか」

担当者は面倒くさそうな顔をしたが、宗矢の真剣な様子を見て、いちおう確認してみます、と自席へ戻っていった。

隣に座っている悠真が、小声で言った。

「原口は業務上単独で動くことが多かったから、システムの記録を証拠にしているというのが海保の言い分だった。奥村の四月九日の行動や武器の出所も不明で、このままでは証拠不十分という指摘もあったのに、ここへ来て実際に確認することもしなかったようだな」

「やっぱり、適当な捜査で長引かせるつもりだったんですかね……」

やがて、担当者はノートパソコンを抱えて戻ってきた。応接スペースのテーブルで、来客の記録を見せてもらう。

「さっきお話ししたとおり、四月九日には来ていませんよ」

帰りの車を走らせている間に、立川で作業中の美咲から連絡が入った。

ＳＮＳ上に、奥村が別名でつくっていたアカウントを見つけたという。本人の個人情報とは紐づけられていないが、書き込みの内容、特に貼られていた写真を分析すると、明らかに水先人の仕事をしていなければ撮影できないものらしい。他にもいくつか照合した結果、奥村本人のアカウントとみて間違いないという話だった。

これも念入りに捜査すればわかりそうなことだが、海保はやはり本腰を入れていなかったのだろうか。

そのアカウントを見る限り、奥村は短絡的な犯行に及ぶ人物どころか、むしろ社会問題に対する意識の高さが感じられると美咲は言った。批判している対象には、外国人船員の待遇も含まれていた。

奥村は、報道されているような人物ではなかったのかもしれない。あの時、ＮＣＥＦが奥村を射殺さえしていなければ……。

いや、それは仕方がなかったのだ。俺だって帆波にそう言ったではないか。

運転しながらしばらく考え続けていた宗矢は、自らの推測を助手席の悠真に話した。

「海保の情報源が言っている、原口が奥村を扇動したという話は、システムに残っていた原口の出張記録で裏づけられたことになってましたよね。それが否定されたわけです」

「そうなるな」

「だったら、美咲さんが言うとおり、情報源には信憑性がないことになりますよね。帆波と原口が関係していたという話も嘘だったってことです」

「この段階では、まだ言い切れないだろう。原口についていえば、本人が故意に違う内容でシステム入力していた可能性もある。たとえば、他の場所で奥村と会っていたのを隠すために、あえてあの事務局へ行った体裁にしたとか……。あるいは、単にシステムへの入力が面倒で、前の行き先をコピーして登録したか。俺らだって、そういうことはあるだろう」

「ああ……」

言われてみれば、宗矢も交通費や経費の精算で身に覚えがある。

「事件の前に、原口が奥村と会っていたという話を覆すことにはならない」悠真は言った。

「それなら原口が四月九日、実際にどんな行動をしていたか調べるのはどうですか。その日、原口が奥村以外の相手と会っていたと証明できれば」

「奥村とは勤務時間外に会っていた可能性は残るが……とにかく、一つずつ潰していくか」

悠真が頷いた。

車を反転させ、再び水先人会の事務局へ戻る。担当者には「またですか」と、うんざりした顔で出迎えられたが、それでもなんとか頼み込み、調べてもらった。四月九日、仕事が入っていないなどの理由で原口と会うことが可能だった水先人についてである。

該当者は、二十名ほどいた。

最後に、宗矢は訊ねた。まだ何かあるのか、という顔をされても遠慮はしない。

「この事務局で原口が会っていたのは、担当者の方とおっしゃっていましたよね」

「ええ」

「その方にもお話をうかがいたいのですが……」

「原口さんとやりとりしてたのは邑田(むらた)さんっていう、定年後に再雇用してた人だったんだけど、あの事件の後で再雇用期間も終了しましてね。いま引き継いでる人は、原口さんとは面識がないと思いますよ」

「そうですか……」

「そういや、奥村を水先人に登録した時の担当も邑田さんだったから、いれば何か話してもらえたかもしれませんがね」

宗矢は、悠真と顔を見合わせた。

「その人は、今どこに」


宗矢は、再びハイエースを走らせている。

水先人会の事務局担当者によれば、退職した邑田という担当者は、この時間は自宅近くで釣りをしていることが多いらしい。聞き出したその釣り場へ、宗矢と悠真は向かっているのだ。

助手席では悠真が、立川にいる加賀谷と美咲へ連絡し、状況を伝えてくれている。

原口と会った可能性のある二十人には、加賀谷と美咲が手分けして確認を取ってくれるという。

港北インターチェンジから、未だに維持されている第三京浜道路に乗った。

運転席側の窓をちらりと見遣ると、すぐそこまで入り込んだ海面がきらきらと輝いていた。

＊＊＊

下北半島。

「まさかりの柄」と「まさかりの刃」の中間にある樺山送信所跡を出発したＮＣＥＦの汎用軽機動車は、刃に相当する部分の中央、恐山山地を貫く県道二八四号を西へ向かっていた。

山あいの細い道であり、整備もされなくなったため至るところで土砂崩れが起きている。しかし海沿いの国道は各所で水没しており、半島西部へはこの道を行くしかなかった。海辺にある佐井村の中心地へ出た後は、すぐに別の県道四六号に入り、再び山間部へ分け入ることになる。標高はそれほど高くないものの、山は深かった。

汎用軽機動車は逆輸入車であるため、左側に運転席がある。その運転席で小松がハンドルを握り、怜は右の助手席に座っていた。久住は後部座席だ。予報どおり雨が降り出したのでパイプフレームに幌を張ったが、側面はがら空きである。強くなりはじめた風のせいで、雨が容赦なく吹き込んできた。頬を雨粒が叩く。

怜と小松は慣れたものだが、民間人の久住が心配になって振り返ると、案外落ち着いた様子だった。さすがに、海外の僻地での経験が長いだけある。

『この後、雨はますます強くなるとの予報です。線状降水帯が発生した模様。三時間後には、一時間雨量が一〇〇ミリに達する可能性があります』
樺山の本部から無線が入った。了解、と短く答えた怜は、膝の上に置いた防水タブレットから雨粒を払った。画面には、地図が表示されている。
ヘリが人影を目撃した地点は、県道四六号から分け入った林道沿いだ。近くまでは車で入ることができる。とにかく、そこまで行って捜索するつもりだった。
このペースなら、あと一時間ほどか。

＊＊＊

ハイエースの車内に、また美咲から連絡があった。悠真は「助かりました。ありがとうございます」と電話を切った後、宗矢に向かって頷いてきた。

ハイエースは第三京浜を京浜川崎インターで降り、府中街道を南へ向かっている。

南北に細長かった川崎市は、南側のおよそ三分の一、武蔵小杉付近までが海中に沈んでいた。

青空を映す水面から突き出した、何棟ものタワーマンションが見える。

水に浸かった等々力緑地付近が、今の多摩川河口であり海岸線だ。

宗矢は、緑地の手前の住宅地で車を駐めた。歩いていくと、大河と化した多摩川の流れに、等々力陸上競技場やとどろきアリーナの廃墟が浮かんでいるのが見えた。

かつては緩やかな下り坂だったであろう道路の真ん中に、小舟をつけるための木製のデッキが組まれていた。そこに一人、折りたたみ椅子に座って釣り糸を垂れる老人の姿があった。赤い帽子を被り、フィッシングベストを着ている。

——あの人だろうか。

宗矢と悠真は、歩み寄っていった。急ごしらえらしいデッキの上に足を踏み入れると、ぎしぎしと不安な音がした。

老人はちらりと振り返り、また釣り糸に視線を戻した。隣に立つ。老人が横に置いたバケツには、まだ何も入っていなかった。

「釣れませんか」

悠真が声をかけた。

「ダメだね」

顔を上げることなく、老人は答えた。帽子の下で、その目はじっと釣り糸の先の浮きを見つめている。老人は、釣り竿を握っていない左手で遠くの水面を指差して言った。

「昔はヘラブナだのクチボソだのを、あの辺にあった釣り堀で釣ったもんだけどね。海水が入った今じゃあ、釣れる魚も変わっちまった」

「釣り堀があったんですか」

「ああ。子どもが小さい頃、よく来たもんさ」

「お子さんは」

悠真の問いに、老人は首を振った。

「大異変の時の、洪水でね。もう、子どもって歳でもなかったが」

「そうですか……。申し訳ありません」

「海なんて心底嫌になってもいいのに、釣りに来てるのもおかしな話だ」老人はぼそぼそと言いながら、少しだけ竿を動かした。

　彼もまた、大異変で家族を失った大勢の中の一人なのだ。宗矢は、帆波のことを思った。同じような経験を持つ帆波が頑なに海を嫌う一方で、この老人は今でも海で釣りをしている。

　悠真が、老人の隣にしゃがみこんだ。

「海のせいではないでしょう。だからこそ、あのお仕事も続けてこられた」

　老人は横を向き、悠真の目を見つめた。

「警察かい」

「いえ、環境開発規制庁です」

　悠真はスーツの胸ポケットから手帳を取り出して見せた。環境開発規制官にも、警察官と同様の手帳がある。

「自然環境保全法にもとづき、捜査をおこなっています。ご協力願えますか、邑田雄一（ゆういち）さん」

「俺のことは、水先人会で？」

「そうです」

「……奥村君は、あんたらのお仲間に撃たれたそうだね」

「はい。環境緊急事態特別措置法により。やむを得ないことでした」

「いろんな法律ができたもんだ」

邑田老人は苦笑した。「あいつがとった手段は、たしかに褒められたもんじゃない。でも、あいつが言いたかったことはどうかな」

「外国人船員の待遇についてですか。法治国家として、法に反する、暴力的な手段を用いた訴えを認めることはできません」

「法の正義か。なら、あいつの正義はどうだ。それをまともに訴えても、相手にしてもらえなかったと思うが」

「まともではない手段を是とすることは、テロリズムの許容になってしまいます」

「そういう意味じゃない。ただ、正義の名のもとであいつが撃たれたってことに、ちょっとばかし複雑な気持ちになっただけだよ」

それを聞いて、宗矢は思った。皆が俺たちのことを、正義を盾に人を撃つと考えているようだ。そんな書き込みを、以前にSNSでも見かけた。あの時は反発を覚えたが、実際に俺たちはそうしているのだ。

「罪をおかした者は、罰せられる。社会の平安はそうして保たれています。そのために、認められた者には実力の行使が付託されているのです」

悠真は明快に答えた。スーツのズボンに隠した拳銃が、急に重みを増したように宗矢には感じられた。

「奥村の行為は、環境を深刻な危険にさらすものでした」

「近頃は、環境こそが正義の根拠だな」

老人は、皮肉っぽく続けた。「しかし環境保護ってのは、すべてに優先することなのかね」

「と、いいますと」

「いや、環境保護が間違っているとは言わないよ。なんていうか、言い方の問題さ。どうも俺には、上からの物言いに聞こえてならねえんだよ。まるで人間様が保護してやろうとでもいうようなね。人間ってのは、いつからそんなに偉そうな立場になったのかね。どちらかといえば、保護されているのは人間のほうじゃないのかねえ。だいたい地球の環境ってのは、何十億年の間にはしょっちゅう変わってたんだろう？　大昔、恐竜が生きていた頃は、今とはだいぶ違う環境だったっていうじゃないか」

「おっしゃりたいことはわかります。しかし、今起きている変動が過去のものと根本的に違うのは、その原因が人類によるものだということです」

「アントロポセン」

老人が呟き、悠真は軽く驚いた顔をした。その言葉は、宗矢も知っている。

地球の地質時代区分において、現代は新生代第四紀の完新世に属しているが、既に新たな時代に突入しているという説は大異変の前から唱えられていた。二十世紀中盤以降、人類の活動が地球の地質や生態系に大きな影響を与えるようになった時代。大異変の影響でまだ公式にはなっていないものの、その時代名は、人新世――アントロポセンと呼ばれていた。

「こんなじじいの口から出てきて意外だったかな」

「いえ……」

「人間は地質時代さえ変える力を身につけちまったってわけだが、これも地球の歴史の一コマであって、また何万年、何億年とかけて違う環境ができていくんじゃないかね。まあ、そのうちに人間は滅びちまうかもしれないけど、地球は人間がいなくなったところでたぶん痛くもかゆくもないよ。人間の言う環境保護ってのは、要は自分たちが住みやすい環境を維持しようっていうだけのような気もするね。それはたしかに人間にとっての正義なんだろうが……」

老人は話を広げすぎたとでも思ったのか、「ま、そうは言っても俺だって人間、人類の一員だ。ある程度は仕方がないよな」と自説の開陳を終わらせた。

悠真は何か言いたげではあったが、ありがとうございます、と礼をして話を戻した。

「海保の、原口とは面識があったそうですね」

「ああ。担当者としてやりとりしてたよ」

邑田がそう言った直後、釣り糸の先で一瞬だけ浮きが上下した。邑田もそれを見ており、釣り竿の振動も感じたはずだが、動かない。

悠真は続けた。

「海保の捜査で、そのことは訊かれなかったんですか」

「ちょうど退職の準備でバタバタしてた頃でね。職場に行く回数も減ってたし、向こうからも特に話はなかったから」

「なるほど。しかし、奥村のことも原口のこともよくご存じでしたのなら、何かしら情報提供をされてもよかったのでは？」

「それは申し訳なかったけど、さっきも言ったように、少々思うところがあるんでね。自分から言いつけに行くようなことはしたくなかったんだ」

「……わかりました。ではあらためてうかがいますが、奥村や原口についてご存じのことを教えてください」

「いろいろと調べたんだろう？　俺しか知らない話なんて、ないと思うがね」

「念のためです。まずは四月九日、どこで何をされていたか、覚えていらっしゃいますか」

邑田は、どうだったかな、と言いつつフィッシングベストから手帳を取り出し、ページをめくった。今どき珍しく、紙の手帳を持ち歩いているようだ。

「その日は……」

邑田は一瞬言いよどんだ後、口にした。

「後藤田（ごとうだ）さんという水先人の、個人事務所に行ってるね。ちょっとした手続きがあったんで、書類を持って……」

「そこで、原口と会っていますね」

悠真は、先回りして確認した。

ここへ来る途中、美咲から悠真にかかってきた電話。それは、原口と会った可能性のある二十人の水先人全員に、加賀谷と美咲が電話をかけた結果の報告だった。

後藤田のところに、四月九日、たしかに原口は訪れていた。そしてその場には、邑田もいたという話だったのだ。

「……ああ。ちょうどその日、原口さんも後藤田さんを訪ねてきていたな。海保から、水先人会を通さない案件の相談があったとかで」

「邑田さんは、後藤田さんの事務所にはどのくらいの間いらしたんですか」

「けっこう長くいたな。込み入った手続きでね。昼に行って、夕方までかかったと思う」

「原口は？」

「その間もずっといたよ。俺のより面倒な話らしくて、朝から来てたってことだった」

「ありがとうございます」

これで、美咲が後藤田から聞いた話は裏づけられた。四月九日の少なくとも日中は、原口と奥村は会っていなかった可能性が高い。海保の情報源による、水先人会の事務局で原口が奥村へ密かに武器を渡したという話の信憑性は低くなったわけだ。それならば、原口と帆波が関係あるという話も同様なのではないか。

悠真は言った。

「本日のところは、これで結構です。ご協力ありがとうございました。……それから、先ほどのお話ですが」

「何の話だったかね」

「奥村が訴えていた、正義の話です。彼の行動を法的に認めるわけにはいきませんが……だからといって切り捨てるのも、正義にもとると思います。あくまで個人的な意見ですが」

「個人的な意見でも、聞けてよかったよ。俺には、あいつが本当に船を沈めるつもりだったとは思えないんだが」

「それは、なんともいえません。実際に彼は拳銃とプラスチック爆薬を所持していました」

「そんなもん、どこで手に入れたんだ」

「申し訳ありませんが、捜査中のことに関してはお答えできません」

ふん、と老人は頷き、釣り糸の先を見遣った。浮きは、いつしか動きを止めていた。餌は持っていかれてしまっただろうか。

見上げれば、西から黒ずんだ雲が近づいてきている。全国的に天気は下り坂だという予報を、宗矢は思い出した。

「今日はもう、仕舞いかな」

老人は釣り糸を巻き上げはじめた。リールを回しつつ、誰にともなく呟く。

「奥村君の正義、人類の正義……。絶対の正義なんてもんは、ないんじゃないかねえ……」

それを聞いて、宗矢は思った。

世の中のいう正義に、俺は流されている。自覚もある。多くの場合において、その正義は間違ってはいないはずだ。だが、だからといって、ただ何も考えずに従うだけでいいのか。もし、それを支持する多くの人々が誤っているとしたら。

悠真が、無表情で邑田に答えていた。

「私には、わかりません」

＊＊＊

太陽が沈むまでには間があるが、雨の山中はもう十分に薄暗い。

下北半島北西部、県道四六号からさらに分け入った林道、舗装されていないダート区間である。ヘリが人影を目撃したと報告してきたのは、この付近だった。報告から既に半日以上が経過しているが、次第に激しさを増す雨の中、徒歩で山道を移動しているのならそれほど遠くへは行っていないだろう。

怜は、汎用軽機動車をできるだけ低速で走らせるよう小松に指示し、周囲の監視を続けていた。運転する小松も、後部座席の久住も、あたりに目を光らせている。人間が歩くほどの速さで進む汎用軽機動車のエンジン音は、幌に打ちつける雨音にほとんどかき消されていた。雨水は、幌を伝って車内にも流れ込んでくる。

小松が軽い調子で言った。

「しかし、ひどい雨ですね。このまま水槽に沈められるみたいだ。陸自にいた頃の、水陸機動団の訓練を思い出します」

その話は、何度も聞いていた。上陸作戦用の水陸両用車が沈没した時に備え、模擬車両とともにプールに沈められる訓練をしたという。

「あと、爆発から水中へ逃げる訓練とかもしましたよ。水中だと、爆発の衝撃とか熱がかなり減じられるとか。本当に爆発させて試したわけじゃないですけどね」

小松のおしゃべりを、このくらいはいいかと怜はやめさせずにいた。だが、久住へのサービスのつもりもあるのか、小松は長々と話し続けている。

怜は、車の外へ視線を向けたままひと言だけ口にした。

「小松」

すぐに察した小松が「あ……すみません」と詫びてくる。

「まあまあ」と間に入った久住を、怜は手のひらで制した。視界の隅を、何かがよぎったように思えたのだ。

顔をそちらに向け、目を皿にする。林道から小さな谷を挟んだ向かいの斜面、生い茂った樹々の間だ。

「止まれ」

怜の言葉に、小松がブレーキを踏む。

怜は双眼鏡を取り出し、対岸に向けた。

――いる。

谷向こうの樹間に、不自然な形状が見える。暗緑色のテントだ。軍用のようでもあるが、バードウォッチング用のテントには鳥を脅かさないために迷彩を施されているものもある。民間人の可能性も捨て切れない。

下方の谷筋からは、轟々と水音が聞こえてくる。

怜は決断した。

「谷向こうに、テントらしきものがある。わたしが確認してくる。小松は、車をバックさせてさっきの転回可能地点で待機しろ。久住さんは、小松と一緒にいてください」

「了解。気をつけて」

小松に頷くと、怜はすばやく装備を身につけた。二〇式小銃もスリングで背負う。

車を降り、谷底の渓流へ向かって斜面を下った。雨に濡れた落ち葉で足元が滑るため、慎重に足を運ぶ。川は普段なら小さな流れなのだろうが、かなり水かさが増して飛沫を上げていた。石を伝って渡河する。

怜は対岸の斜面を、木の枝を踏んで音を立てぬよう注意しつつ登っていった。暗視装置の補助なしでも、テントの位置はわかった。

大きさからして、一人用か二人用。暗緑色のフライシートに、アウトドアメーカーのロゴがあった。やはり民間人か？　だが油断はできない。小銃を背中から回し、装弾する。

樹々の葉に当たる雨粒が、複雑なリズムを奏でていた。葉にたまった水は時折こぼれ落ち、ヘルメットの上で弾ける。

怜はすばやくテントに近づくと、膝を立てて小銃を構えた。

テントの入口は開いていた。中には、十代とおぼしき少女の驚いた顔があった。

さらに激しさを増した雨が、汎用軽機動車の幌をドラムロールのように叩く。窓のない側面からは、雨粒混じりの風が容赦なく吹きつけてきた。

後部座席の怜は風上に座り、できるだけ隣の少女に雨が当たらないようにしている。これほど降り出す前に、テントから連れ出せてよかった。

怜たちに後部座席を譲った久住は、助手席に移っている。運転席の小松は本部と無線交信していた。

無線を切った小松は、皆に言った。

「この周辺のピンポイント予報によれば、これから一時間ほどが雨のピークになるようです。その後は雲が抜けますが、それまでは今の位置でじっとしていたほうが無難です」

怜は、タブレットの地図を確認した。いま汎用軽機動車が停車しているのは林道の途中、転回ができるよう幅が広くなった部分で、周辺に崖や川など危険度の高い地形は存在しない。この天候の中を下手に動いて、土砂崩れに巻き込まれるなどのリスクを負うことはないだろう。

それに、少女を確保したのだから、任務はほぼ達成したともいえる。

怜は、隣の席で黄色いレインウェアのフードを被った、小柄な少女を見た。

小田桐葵（おだぎりあおい）と名乗ったその少女は、山の斜面に張ったテントで一晩を過ごすつもりだったという。テントの張り方や装備から、まったくの素人ではないことは想像がついたが、それでも大雨の中を置き去りにはできない。何より、ここは一般人の立ち入りが禁止された地域なのだ。事情を聞かせてもらう必要がある。

そうして怜は、葵のテントの撤収を手伝い、一緒に車へ戻ってきたのだった。

だが、いま小松が無線で確認したとおり、雨はこれからピークを迎えるという。それまではここでじっと待機するしかない。

とりあえず、彼女の話を聞こう。怜は、あらためて問いかけた。

「小田桐葵さん、十七歳か。高校生？」

「はい」

少女は、小さく頷いた。あか抜けない印象だが、切れ長の目はメイク次第で化けそうだ。雨で濡れた頬に、後れ毛が貼りついている。

震えているのは、寒いからか。夏とはいえ、ずっと大雨に打たれるテントにいたのだ。怜は自分の荷物からタオルを取り出し、無言で渡した。

「あの……」

運転席の小松が、おずおずと口を挟んだ。

「何だ」

「班長、ちょっと怖いです」

「怖い？　わたしが？」

「申し上げにくいのですが」

小松と久住は、顔を見合わせて苦笑した。

「……そうか。すまなかった」

こういった子に対する接し方など、すっかり忘れてしまっていた。もっと小さな子に、やさしく呼びかけていたこともあったはずなのに――。

助手席の久住が自分のリュックからチョコレートを取り出し、どうぞ、と葵に渡した。

受け取った葵が、ぎこちなく笑う。

「さすが、用意がいいですね」小松が言った。

いやいや、と答えながら久住がリュックの口を閉じる。保冷バッグのようなものが見えた。チョコレートはその中にでも入れてきたのだろう。

「ではあらためて。ここで何をしていたのか、聞かせてくれ……るかな」

「…………」

葵は、じっと黙り込んでいる。怜は、笑みを浮かべようと努力した。その顔を見た葵が、ますます萎縮した様子になる。

「ああ、えーと……小田桐さん」

小松が運転席から呼びかけた。葵の顔が、小松へ向く。

「怖い思いをさせてごめんな。でも、あのままテントにいたら、この雨の中でもっと怖いことになってたよ」

「それは……そうですね」

葵が口を開いた。「助けてくださって、ありがとうございました」

「あ、それはいいんだ。僕らの仕事だから」

「わたし、このまま捕まるんでしょうか」

「捕まる?」

「ここは……立ち入り禁止の区域ですよね」

「わかってたの」

葵はこくり、と頷いた。すみません、とか細い声が聞こえる。

「それはよくなかったが、捕まることになるかどうかは、君次第だ」

怜がぴしりと言うと、小松に「班長」と注意された。

「……すまない。葵……ちゃん、どうしてここに来たか、わけをきちんと教えてくれないか……な。それ次第では、問題にせず済ませられるかもしれない。ただし、嘘はつかないこと」

再び笑ってみせる。今度は、うまくいった気がした。

「あの……ええと……」

葵は言いかけては口ごもることを何度か繰り返した後、懇願してきた。

「……他の人には、言わないでほしいんです」

場合による、などと答えてはいけないのだろう。「わかった」と怜は頷いた。

葵はもう一度迷ったような間を空けてから、ようやく口にした。

「イワタケって知ってますか」

その言葉に、怜は聞き覚えがあった。

あの若い環境開発規制官、なんといったか——そう、日高宗矢だ。格納庫を訪ねてきた彼が教えてくれた、成田の湯谷製薬研究所で聞いたという話。

下北の山奥に自生する地衣類、オオウラヒダイワタケの亜種が、ある一族に密かに伝えられてきたという。

——もしかして、この少女は？

怜は葵の顔をまじまじと見つめた。

その時、それまで黙っていた久住が、助手席から振り返って言った。

「イワタケっていうと、地衣類だね」

葵が頷いて答える。

「はい。この近くには、オオウラヒダイワタケっていう下北にしかない種類のイワタケが生えてるんですけど、それと似た種類のイワタケがあって。それを採りに来てたんです」

「それは、希少種じゃないのかな」

久住が言うと、葵は小さくなって言い訳をするように答えた。

「すみません……たぶんそうだと思います……。でも、何百年も前からうちだけに言い伝えられてる場所で、ちょっとずつ採ってきたんです」

——やはり。この少女は、日高宗矢の話に出てきた一族の者ではないだろうか。

怜は葵を脅かさないよう、なるべく穏やかに訊いた。

「わざわざ、何のために採るの？」

「煎じて飲むんです。お医者さんの薬みたいに直接効くわけじゃないけど、飲むと気持ちが落ち着くっていうか……。滅多に使っていいものじゃないから、なくなった時だけ採りに来てました」

「薬というより、リラックス効果のあるお茶みたいなものかな」

「でも何百年か昔にあった、ひどい流行り病には効いたそうです。庄屋だったうちの家ではそれ以来、またその病気が流行ったら村の人たちを助けるために、薬として準備しておくように言い伝えられてきたんです。うちはもともと佐井村に住んでたのが、野辺地へ集団移住することになって」

下北半島の付け根にある野辺地町には、半島内から多くの者が移り住んでいた。

「その後も、採りに来ていたの？」

「いえ。移住してからは初めてです。わたし一人だけで来たのも……。祖父が病気で寝込んでしまって、イワタケを心配してるので……」

祖父のためにということか。怜は何げなく、「それをどこかの会社に売るってことはない？」と訊いてみたが、考えたこともありません、という答えが返ってきた。

少女は真剣な様子で首を振っている。おそらく本心だろう。わざわざ立ち入り禁止区域に入ってくるような面はあるものの、それを除けば至って普通の女子高生のようだ。話していればわかった。

もう一つ、気になった点を訊ねる。

「おじいさんのために採りに来たということだけど、ご両親はどうしてるの？」

葵は俯きながら答えた。

「父は、大異変で亡くなりました。母は……その前に出ていきました」

「出ていった？」

「もともと都会の人でしたから、田舎の風習になじめなかったのかもしれません。わたしはまだ小さかったから、よくわかりませんけど」

葵の声が、心なしか固くなっている。幼い自分を残していった母親への、複雑な感情があるのだろう。

日高宗矢が言っていた湯谷製薬の研究者はもしかして、とは思ったが、今ここでその話をするのはやめておいた。

何はともあれ、ある程度は話が見えてきた。

ずっと昔から続く小田桐家では、イワタケが数百年前に下北や津軽で流行した疫病に効くと知っていて、代々守ってきたのだ。湯谷製薬の研究者――おそらく小田桐家と関係している――によれば、その疫病は、中世温暖期に解けたシベリアの凍土から漏れ出したウィルスによるものだったらしい。それはつまり、温暖化が進んだ現代において、ウィルスが再び放たれる可能性があるということだ。

湯谷製薬の研究者はそうした事態に備え、小田桐家と同様の薬を研究しているという。ただ、下北でのイワタケ採集は禁止されているため、近縁種で効果が出せないか模索していたのだ。

小田桐家に頼んで譲ってもらうことができないのは、家庭的な事情か何かがあるのだろうか。その点は、今は無理に確認しなくてもいい。

とにかくこの件は、後で日高宗矢に伝えておこう。

久住が、葵に質問していた。

「どうやってここまで来たの。野辺地に住んでるんでしょう」

「途中までバイクで、あとは歩いてきました。海沿いの道は寸断されてますけど、山の中に抜け道があるんです」

「バイクは？」

「途中に置いてきました。谷の向こうへは、バイクを降りないといけないので」

場所を聞いてみると、怜たちが汎用軽機動車でやってきた道を、反対側から来ていたようだ。

「後で回収してあげよう」小松が言った。これで一件落着とでもいうような、安堵した声だ。

――いや、ちょっと待て。

怜は、まだ終わったわけではないことに気づいた。

そもそも自分たちがこの下北半島に派遣されたのは、海沿いの集落跡の不審者や、不審な船が目撃されたからだった。葵は、山中をバイクでやってきたという。では、海沿いの不審者、不審船とはなんだったのだ。

＊＊＊

立川広域防災基地、合同庁舎。

定時を過ぎてもまだ多くの職員が残るオフィスに戻ってきた宗矢と悠真は、加賀谷と美咲が待つ会議室に飛び込んだ。

加賀谷たちの表情は明るかった。

宗矢が、原口と奥村が会っていなかったと確認できたことをあらためて報告すると、美咲は答えた。

「こっちでも、わかったことがある。海保の柳沢さんから聞き出したの。ほら、『アークティック・アレス』の時、現場でフォローしてくれた人。柳沢さんの話によると、ちょっと前に海保の人事システムでトラブルがあったんだって」

そういえば海自の三上艇長からも、海保の人事システムに改ざんされた形跡があったと聞いていた。美咲が言っているのは、同じ案件だろうか。

「で、柳沢さんに頼んでシステムをチェックさせてもらったの。出張管理モジュールの、原口の記録をね。そしたら」

美咲はもったいぶるように言葉を切った。

「そしたら?」

「まさに改ざんされてたのはそこ、原口の記録だった。四月九日の出張と、それより前、八王子の合同庁舎作業スペースの利用記録も」

「誰がそんなことを」

「真犯人じゃないかな。もしかしたら、海保がいうところの情報源と同一人物かもね」

「ありえなくはない」悠真が言った。

美咲は、話しながらも手元のノートパソコンを操作している。データを改ざんした人物を特定しようと、宗矢たちが到着する前から作業していたそうだ。

「原口に罪をなすりつけるためにデータを改ざんして、その上で帆波ちゃんも利用したとかね」

「利用、ですか」

――もしそうだとしたら、許せない。

「原口はあの時、帆波ちゃんを人質に交渉するつもりだったのかもしれない。だけど、真犯人は原口が死んだのをいいことに――それか、原口を殺して――、帆波ちゃんを原口の共犯扱いにした。帆波ちゃんには、うまい具合に原口との接点があったから」

「利用されたといえば……奥村もそうなのかもしれません。彼は、報道されているような人物とは思えないんです」

宗矢は、邑田老人から聞いた奥村の人物像を報告した。奥村は、もともと外国人船員の待遇について義憤にかられていたところを、利用されたのではないか。

「誰かに扇動されていたとしても、海保が言うような形ではなかったということか」

加賀谷は顎に手を当てて言った。悠真が、疑問を口にする。

「奥村に船を沈めるつもりがなかったとして……なぜ本物の拳銃や爆薬を持っていたんだ。そもそも、どこで調達したんだろう。原口も海保の職員とはいえ、そういった武器を入手できる立場ではないはずだ」

答えはない。武器の出所は、海保でも不明のままになっていた。

沈黙の中、美咲のキーボードを叩く音だけが響いている。

しばらくして、美咲が突然叫んだ。

「見つけた！」

海保の人事システムを改ざんした人物が見つかったのか。皆が、美咲の周りに集まった。

「システムのバックアップデータに、アクセス記録の痕跡を見つけました」

美咲はパソコンの画面を指差したが、コードの文字が並んでいるだけで宗矢にはさっぱりわからなかった。悠真も加賀谷も同様らしい。

「アクセスは、どこからだ」さすがの加賀谷も、しびれを切らすようにして訊ねた。

「……環境省です」

＊＊＊

夜に入って雨は小降りになったものの、気象担当によれば大気の不安定な状態は続いているという。夜間ではあるが今のうちにと、怜たちは拠点である樺山送信所跡地へ戻ることにした。

その前に未舗装の林道をいったん先に進んだのは、葵が乗ってきたオフロードバイクを回収するためだ。

木陰に隠すように駐めてあったバイクを、汎用軽機動車の後部に積み込む。荷台からはみ出してしまったが、ロープでなんとか固定した。

怜と小松が作業する間、葵と久住には車中で待っていてもらった。

ロープを結わえていると、久住が葵に話しかけるのが聞こえてきた。

「初めから、一人でキャンプするつもりだったの？」

「はい。祖父は寝込んでますし、イワタケの場所を知ってるのはわたしだけですから。それに、泊まりがけでないと無理なのはわかってましたので」

「さっきの場所の向こう岸にテントを張ってたってことは、イワタケが生えてる場所はここから近いのかな」

「この山の向こうです」

「ということは、海の側からも行けるの」

「行けなくはないですけど、山側からのほうが行きやすいんです」

そう言ってから、場所のヒントを話してしまったことに気づいたのか、葵は口をつぐんだ。

久住が、「ははは、大丈夫。誰にも言わないから」と笑っている。

その時、小松が最後のロープを結び終えた。

「予定より遅れましたね。本部へ連絡します」

小松は無線機を手にしてスイッチを入れたが、つながりにくいようだ。「向こうの、開けてるあたりへ行ってきます」と、小雨の中を車から少し離れたカーブの先へ歩いていった。

——そういえば、日高宗矢へも伝えたほうがいいか。

怜も、連絡する相手がいたのを思い出した。夜中ではあるが、任務に関することだ。それに移動中に通話すると途切れてしまうかもしれない。

自分の携帯端末を取り出した。アンテナ表示は一本だが、小松がいるほうへ少し歩くと、二本になった。携帯の電波も、カーブの向こうだと感度がよいようだ。

汎用軽機動車を振り返る。闇の中に、車のシルエットだけが見えた。久住と葵には、もう少しだけ待っていてもらおう。

数回コールした後で、電話はつながった。

「日高さん？」

『ふぁい……』

徹夜でもしていたのか、宗矢の声はひどく疲れた様子だったが、相手が怜だとわかると目が冴えたらしい。

葵から聞いた情報など、現状を伝える。

隣では、小松が本部と通話していた。

「はい……はい……あと三時間ほどで帰投します——」

その時、雨音越しにエンジンの音が聞こえた。

汎用軽機動車だということは、すぐにわかった。久住か葵が、エンジンをかけたのか。しかしなぜ？

宗矢への電話を切り、林道を駆け足で戻った。小松も、通話しながら後をついてくる。

カーブを曲がったところで、汎用軽機動車の車体が見えるはずだった。
だが——そこに車の姿はなかった。

＊＊＊

朝の立川基地、合同庁舎入口前の車寄せに、海上保安庁の白いワゴン車が止まった。

しかめっ面で助手席から降りてきたのは、第三管区海上保安本部・警備救難部の堀内だ。

庁舎の前に並んだ加賀谷以下、宗矢たちＥＤＲＡ捜査課第三班のメンバーに軽く一礼した後、堀内はワゴン車の後部座席のドアを外から開けた。

「どうぞ」

堀内が言葉をかける。出てきたのは、帆波だ。

帆波は車から降りると、宗矢たちのほうへと駆け寄ってきた。

こちらから進み出た美咲と抱き合う。

「よかった、よかったねえ」美咲の涙声が聞こえた。

二人の様子を硬い表情で見つめていた堀内は、加賀谷の前に歩いてくると、頭を下げた。

「申し訳なかった」

「わかっていただければ結構です」加賀谷が答える。

やはり、海保の人事システムに残っていた原口の記録は、改ざんされたものだった。第三班が調べ上げたその事実を伝えたことで、帆波の嫌疑は晴れたのである。

堀内は、ＥＤＲＡを敵視するあまり自分たちの目が曇っていたことを正直に詫びてきた。堀内の捜査方針を上層部もそれでよしとし、それ以上手間をかける必要はない旨を指示されていたという。

結局海保は、情報源の人物に踊らされていたわけだ。

その人物は、海保とＥＤＲＡの関係を見抜いていたのかもしれない。そして、原口と接点があった帆波をスケープゴートとして利用したのだろう。

「改ざんしたのは、本当に環境省の職員なのですか」

堀内が、加賀谷に訊ねた。まだどこか釈然としないような顔ではある。

その質問は、帆波にも聞こえたらしい。帆波は答えを待つように加賀谷の顔を見た。

改ざんした環境省職員の名を、宗矢たちは既に聞いている。帆波に伝えるのは忍びなかったが、この場で話すことに加賀谷は決めたようだ。

「アクセス履歴から判明したのは、環境省人事部の城という人物です」

加賀谷は、淡々と口にした。

もっとも、そんな加賀谷も、会議室で美咲からその名を聞いた時には絶句していたものだ。宗矢とて、初めはとても信じられなかった。

だが、城が犯人と仮定してさまざまな出来事を見なおせば、辻褄が合う点が多いのもたしかだった。そして環境省の記録を調べた結果、城と奥村の意外な接点が明らかになったのだ。

「そんな……」

帆波が、絞り出すように言った。「だって、城さんは」

「お前の気持ちはわかるが、彼である可能性が高い」

加賀谷は残念そうだ。

「疑わざるを得ない理由があるんだ。武石、頼む」

後の説明を任された悠真が頷き、帆波と堀内に続きを説明しはじめる。それは、宗矢たちが夜通し調べてきたことだ。

「城は、大異変が始まった頃、国際NGOのブルー・ピジョンから環境省へ転職してきました。その直後の一時期、下北半島に赴任していたんです。まだ海面上昇は始まったばかりで、住民の移住もおこなわれていませんでした。城が勤務していた下北のビジターセンターでボランティアをしていたのが、奥村です」

二人は、そこで接点を持っていたのだ。

環境省の人事ファイルには、奥村の記録も残っていた。当時、ボランティアの管理担当だった城が記載したものだ。

大学の海洋学科を卒業後、下北半島の観光船会社に勤めていた奥村は、仕事とは別に大学で学んだ海や魚の知識を社会に活かそうとボランティアを希望していた。環境や社会問題に意識の高い人物であったようで、その時は、下北半島のエネルギー関連施設建設で失われる自然環境に関心があったらしい。

一方で奥村には熱しやすく冷めやすい面や、思い込みが激しい面も見られ、すぐに義憤にかられ行動に走ってしまうことがあるというコメントも付記されていた。

下北のビジターセンターは大異変により閉鎖され、同じ頃に奥村も観光船会社の仕事を失った。ただしファイルには、奥村の今後の予定として東京湾の水先人に転職する旨が書かれており、彼の連絡先を城は把握していたようだ。今も奥村に連絡し、外国人船員の問題を吹き込める状況だったわけだ。

なお城には、下北の他にもう一ヵ所赴任した場所があることも判明した。数年前、北海道の根室に駐在していたのだ。

今では根室も下北のように交通機関が寸断されて半孤島化し、環境省や自衛隊など一部の公的機関職員のみが住む土地となっている。ただし北方領土に近いという土地柄、ロシアンマフィアの影がちらついているという噂はしばしば囁かれていた。

ウクライナ戦争と大異変を経て混乱に陥った旧ロシア連邦諸国では軍の管理が緩み、武器が大量に流出していた。中でも無政府状態となった北方領土はマフィアが実権を握っており、そこから武器を世界中に売りさばくルートがあるという。根室にいれば、彼らから武器を入手することは比較的容易だ。

説明を聞いて、帆波は肩を落とした。

「まだ、はっきりしたわけじゃないでしょう。城さんがやったというのは、推測でしかない」

力なく呟いているが、状況証拠が揃いつつあるのはたしかだ。

堀内が、加賀谷に訊ねた。

「その城という人物は、今どこに」

帆波を連れてきた時に比べると、口調に力が戻っている。城が本当に犯人なのであれば、自分たちを嵌めた相手を、なんとしても挙げたいと考えているのかもしれない。

「今日は、環境省には出勤していないようです。捜査課の別の班が彼の自宅へ向かっています」

「我々も、できる限り協力しよう」

そう言った堀内に、加賀谷は原口が入院していた病院の再捜査を要請した。原口の死因を、あらためて調べるためだ。

「至急対応する」と答えた堀内が、車に戻って部下へ指示を飛ばす。

その時、宗矢のスマホが着信音を鳴らした。

NCEFの新島怜からだ。夜中にも一度かかってきていたが、途中で切れてしまっていた。

「はい、日高です」

『NCEF新島。さっきはすまなかった』

怜の声から、異様な緊迫感が伝わってくる。それから聞かされた内容は、驚くべきものだった。

「誘拐?」

宗矢の上げた素っ頓狂な声に、その場にいた皆が振り返ってきた。宗矢は、会話が皆にも聞こえるようスピーカーに切り替えた。

どうやら、怜が下北で出会った小田桐葵という少女が、久住というNGOの職員に連れ去られたらしい。

少女は、湯谷製薬の工藤の身内ではないかと怜は推測していた。

『久住が葵さんを連れていったのであれば、イワタケの場所へ案内させるためだと思う。その場所を知りたい』

イワタケの場所を知る人物がもう一人いることを、怜は思い出したのだという。工藤だ。

「わかりました。工藤さんへ連絡を取ってみます」

宗矢からも、この機会に怜へ伝えるべき件があった。帆波の疑いが晴れたことを話すと、怜は良かったと言ってくれた。城が『アークティック・アレス』事件に関わっていた可能性があること、そして城がかつて下北半島に赴任していたことも伝える。

——そうか。

宗矢は怜と話しながら、工藤と城のつながりにも思い至った。

工藤が大学の助教としてあの学術雑誌にイワタケの論文を書く前に、彼女は下北の家を何らかの理由で出てきている。城が下北に駐在していた時期は、それより少し前だ。城は当時、下北で工藤と出会っていたのではないか。そこで工藤からイワタケの話を聞いたのかもしれない。

さらに怜と話すうちにわかったのだが、少女を拉致した久住は、城の依頼により怜たちに同行した人物だという。

工藤と城、城と久住。すべては、つながっているのだろうか。

電話の向こうで怜が言った。

『「インターエネシス」について洗ってくれないか。久住が所属しているNGOだ』

スピーカーから流れる声を聞いていた悠真が、繰り返した。「インターエネシス……？」

「どうした？」加賀谷が問いかける。

「さっき、城の根室赴任中のことを調べていた時……」

環境省根室事務所の関係先の一つに、その名があったというのだ。

少し考えた後で、加賀谷は悠真に言った。

「根室へ飛んでくれ。インターエネシスと城の関係を直接調べるんだ。向こうにいる環境省の職員は、捜査は専門外だ。お前が行ったほうが早い。今なら、『みどり2号』が空いてるはずだ」

環境開発規制庁航空隊は、立川基地に二機のヘリコプターを配備している。一機は怜たちとともに下北へ派遣中だが、もう一機は待機していた。

「航空隊には俺から話をつける。急いで準備しろ」

了解、と悠真は駆け出していった。

怜との電話はまだつながっている。切ろうとしたところで、帆波に止められた。先ほどから湯谷製薬へ電話をかけていたのが、ようやくつながったらしい。聞き出した話を、その場で怜に伝えるつもりのようだ。

「朝早くに申し訳ありません。環境開発規制庁の佐倉と申しますが、工藤様は……」

帆波が話している横で、今度は加賀谷の端末が鳴った。すかさず耳に持っていった加賀谷が、珍しく大声を出す。

「何？　自宅にいない？」

城の自宅へ急行した、捜査課第二班のメンバーからだという。城は、逃走したのだろうか。

そして、帆波の声が混乱に拍車をかけることになった。

「えっ、工藤さん、出勤されていないんですか？」

＊＊＊

雨の中、退避先の三沢基地から呼び戻されたヘリコプター「みどり1号」が高度を下げてきた。

この山間に着陸できるスペースはないため、道路上でホバリングする。ホイストと呼ばれる装置から吊り下がってきたロープで、怜と小松は一人ずつ引き揚げられた。

ヘリのキャビンには、二名のＮＣＥＦ隊員が乗っていた。怜を含め派遣された六名のうち、ここにいない二名は、他の方面への出動に備え本部で待機している。

怜は隊員の一人に訊ねた。

「捜索は」

「難航しています」

久住と葵の乗った汎用軽機動車は、忽然と姿を消していた。

汎用軽機動車に、現在位置を知らせるような機器は搭載されていない。未舗装路のタイヤ跡も、大雨に流されてしまっていた。

久住が葵を連れ去ったのであれば、狙いはイワタケだろう。彼女に、イワタケが生えている場所へ案内させるつもりなのだ。葵を拉致するほどの理由がそのイワタケにあるのかはまだわからないが、怜の直感はそれが重要なものだと告げていた。

イワタケの自生地を知るもう一人の人物、湯谷製薬の工藤も行方不明になっているという。宗矢によれば、研究所に出勤しておらず、本人の電話もつながらないというのだ。

そして、『アークティック・アレス』事件の背後には環境省の城がいる可能性が高いらしい。城は、かつて環境省の仕事で下北に赴任していた。その時にイワタケのことを知ったのではないかというのが、宗矢の推測だった。

どうやら、事件はつながっているようだ。しかし城の件は宗矢たちに任せるしかない。こちらは、葵と久住の捜索に全力を投入すべきだろう。

だが、どこをどうやって探すべきか？

葵は、イワタケの自生地は彼女がテントを張っていた山の向こうと久住に答えていた。ならば、それは県道四六号の西側、海までの間の山中と考えられる。車道沿いではないだろうから、汎用軽機動車はどこかに置いて徒歩で移動しているはずだ。空からの捜索では、見つけるのは難しいかもしれない。

だが……たしか久住は葵に、海の側から行けるのかとも問いかけていた——。

怜は、機長に言った。

「海岸線へ向かってくれ」

＊＊＊

捜査課の会議室で、宗矢と帆波は千葉県警からの連絡を待っていた。湯谷製薬の工藤を捜すため、県警に協力を要請したのだ。

捜査課第三班のメンバーのうち、悠真は根室へ向け既にヘリで発っている。

加賀谷と美咲は捜査の一部を他の班へ依頼するため席を外しており、いま会議室に残っているのは宗矢と帆波だけだ。

会議テーブルを挟んで向き合った二人は、電話を待ちつつ過去の資料をあらためて確認していた。二人きりになるのは、この日の朝に帆波の容疑が晴れて以来初めてだ。

宗矢は資料から顔を上げ、テーブルの向こうに声をかけた。

「帆波」名前を呼ぶ時、妙に緊張した。

「ん？」

ノートパソコンに向かっていた帆波が、視線を上げる。

「海、まだきらいか」

「……うん。それがどうしたの」

「原口のことを調べてる時に会った人がいてさ。邑田さんっていう、水先人会を退職した人。その人、お子さんを大異変の洪水で亡くしてるんだ」

帆波の表情が硬くなる。それでも、宗矢は話を続けた。

「だけど、その人は今でも海で釣りをしててさ。本人が言うには、海が嫌になってもいいのに、釣りに来てるのもおかしな話だ、って」

「ふうん……」

視線を落とした帆波は、宗矢の言葉の続きを待っているようでもあった。

「たぶん、あの人なりに乗り越えたんだと思うんだよね。だからさ」

「だから?」

「だから、そのうち帆波も、乗り越えられるんじゃないか、海も、その名前も好きになれるんじゃないかって……」

——何言ってんだ俺は。

宗矢は後悔した。そっと帆波の顔色をうかがう。

帆波は、小さく呟いた。

「そんな簡単なことじゃない」

それはそうだよな。帆波からしたら、あんたに何がわかるって話だ。

宗矢は、それきり言葉に詰まってしまった。消え入りたい気分だ。

しばらく黙っていると、帆波のくすりと笑う声が聞こえた。

顔を上げると、帆波が見つめている。

「なんだよ」気持ちとは裏腹に、少し不機嫌な声が出てしまう。

「よくわかんないけど、心配してくれてるのだけはわかった」

そう言って、帆波はもう一度笑った。

「お、おう……」

ちょうどその時、会議室の扉が開いて加賀谷と美咲が戻ってきた。

加賀谷は席に着いたが、美咲は入口で立ったまま、宗矢と帆波のことを交互に眺めている。

「どうしたんですか」

「ん？　あ、いや、別にぃ」

美咲は唇の端をわずかに上げつつ、自分の席に着いた。なんだか気持ちが悪いが、加賀谷の手前、それ以上の無駄話は憚られる。

その少し後で、待ちかねていた電話がかかってきた。千葉県警の成田署からだ。

パトロールの警官が工藤のアパートを調べに行った結果、不在だったという。しかし鍵がかかっていないなど不審な点も多く、周辺で聞き込みをおこなったところ、夜中に男性と口論する声を聞いた者がいたらしい。

城がやってきて、工藤を連れ去ったのだろうか。

そうだとすれば、何のために。久住と城がつながっているのなら、イワタケの場所に案内させるつもりか。だが久住は既に小田桐葵という少女を拉致している。今さら工藤を連れていく意味があるのか。

そのことを話し合っていると、今度は湯谷製薬成田研究所の庶務担当者から電話があった。

工藤は、やはりまだ出勤してこないという。ただし勤怠システムを調べたところ、昨晩、工藤のIDカードで研究所内に入った記録が残っていたそうだ。データでは深夜に入室し、わずか十分ほどで退室しているということだった。

その時間は、先ほど警察からの報告にあった、工藤宅から口論らしき声が聞こえた後だ。城が、連れ去った工藤に何か大事なものを研究所から持ち出させたとは考えられないだろうか。

美咲が、別の考えを口にした。

「あるいは、工藤さんと城はグルだったたか」

「まさか……」

宗矢はその考えに抵抗感を抱いたが、加賀谷は頷いた。

「可能性は否定できない」

「でも、城さんがそんなこと……」

帆波は表情を曇らせた。やはりまだ、城を犯人と見なすことに抵抗があるのかもしれない。

「でもね、帆波ちゃん」

美咲が諭すように言った。「城は、あなたを利用したんだよ」

城が、赤間を通して帆波の情報を得たらしいことは、赤間本人に確認済みだった。

赤間は、ブルー・ピジョン出身者の集まりで城と会った際、お気に入りの職員である帆波の話をしていたのだ。それは、環境省に戻りたがっていた帆波本人が希望したことでもあった。帆波が赤間に話すのを、隣で宗矢も耳にしている。

加賀谷が赤間に電話で確認したところでは、赤間は城に、帆波から聞いた話を一通り伝えていたらしい。海保の原口が帆波と同期であり、一緒に研修を受けたこともだ。

それを知った城は、原口に拉致された当人である帆波をうまく利用できると考えたのか。

「そう……ですね」

帆波は、自らを納得させるように頷いた。「こうなったら、城さんにちゃんと説明してもらいましょう」

「ああ。とにかく、奴の行方だ」

加賀谷の言葉に、宗矢は答えた。

「成田から工藤さんを連れ出したとして、どこへ向かったかですよね」

「城と久住が仲間なら、下北と考えるのが妥当じゃないかな。そこで合流するとか」と、美咲。

それもあり得る。久住は葵という少女を連れて、まだ下北にいるはずだ。足としては、NCEFから奪った車しかない。そう遠くへは行けないだろう。

そして城は工藤を連れ、飛行機か鉄道か車かはわからないが何らかの交通機関で久住のところへ向かっているのではないか。

「推測の域を出ないが、可能性はある。しかし房総島から鉄道はつながっていないし、空港にも定期便はない。房総を船で出た後、本土で乗り換えたとして……まずは、空港と駅の情報を確認してくれ」加賀谷は美咲に命じた。

「了解です」

美咲がさっそく何か調べはじめる。国内の各空港や主要駅の監視カメラ映像を入手し、精査するという。航空便の搭乗者名簿をチェックする作業は、宗矢と帆波も手伝うことにした。

宗矢は、次々に美咲から送られてくる名簿データを確認していった。城と工藤は別々に動いているかもしれず、偽名を使っている可能性もある。ほとんど全員が疑わしいが、今朝になって急に予約を入れてきた人物は多くない。

手を動かしつつ、宗矢たちは現時点の推測を共有した。

いくつか未確認の部分はあれど、イワタケをキーにすれば辻褄は合ってくる。

下北に赴任中、工藤からイワタケとその効能の話を聞いた城は、それが今後重要な薬となり得ることを知り、利潤を得ようとしたのではないか。

そのことを城は根室で知り合ったインターエネシスの久住に話し、二人は共謀したのだろう。城が手配すれば、久住はNCEFに同行して立ち入り禁止区域の下北に入れる。そこへ城が工藤を連れて合流し、イワタケを入手するのだ。下北に葵という少女が現れたのは想定外だったとしても、それも久住は利用したと考えられる。

工藤の存在は薬をつくる際にも必要だが、さらにその先、薬を売るところまで見越すと、城と久住の二人だけでは難しい。バックには大きな組織がついているのかもしれない。

このストーリーなら、工藤は城たちの仲間とは考えづらいと宗矢は思っていた。何もここまでせずとも、湯谷製薬で完成させた薬を持ち出せばよいのだから。

そもそも、湯谷製薬で薬の開発を進めていた工藤は、城と久住にとって邪魔な存在だったろう。

そういえば湯谷製薬の片岡は、原料として輸入しようとした地衣類が、ことごとくタイレルファーマ社によって買い占められたと言っていた。バックにいるのは、タイレルファーマという可能性もある。

『アークティック・アレス』のシベリア産地衣類だけは買い取れなかったため、城と久住は強硬手段に出たのだろう。そこで使ったのが、奥村と原口というわけだ。

城が下北で知り合った奥村は、格好の人材だったはずだ。水先人の仕事をしている彼が、正義感が強く熱しやすい性格であることを城は知っていた。そこで外国人船員の低待遇問題をネタに憤らせ、『アークティック・アレス』に乗船して事件を起こすよう仕向けたのだ。奥村は捨て石だったともいえる。奥村自身がどう考えていたかはわからないが、彼は爆弾で自爆するか、NCEFによって射殺されるしかなかった。環境破壊に直結する行為をすればそうなることまで、城は想定していたのかもしれない。

「奥村の行動で船が沈めばシベリア産の地衣類は失われるのだから、それでよし。沈没による環境汚染のことは気にしていなかったのではないでしょうか。奥村が射殺されて船は無事だったとしても、湯谷製薬への荷物の搬入は遅らせられます。その間に計画を進めればいい」

宗矢が一通り考えを述べると、加賀谷が疑問を口にした。

「一つ、気になる点がある。奥村が持っていた拳銃や爆弾のことだ。城が根室で入手したものだとしても、そんなものを持って来られたら、さすがに奥村は怪しんだんじゃないか。ましてや、いくら正義感が強いといっても自爆まではしないだろう」

「奥村を扇動したのは」

美咲が口を挟んでくる。「久住だったのかもしれません。城から紹介されたとかなんとか、言いようはあると思います。それに武器だって、あくまで脅しのためのダミーなどと言えば」

「ところが、じつは本物だったってことですか。つまり、奥村も騙されていたと」宗矢は言った。

「そう。ダミーと聞かされていた爆弾が爆発して、船を沈めてたかもね。奥村が死んで、証拠がなくなることまで見込んでいたのかも……」

「本当なら、ひどすぎる」帆波が呆然と呟く。

「原口のことだって、そうかも」

船の爆破を阻止される可能性を低くしようと、連絡を遅らせるのに原口を使ったのではないか。環境省の人事部で出向者の管理をしていた城は、各官庁の人事システムにアクセスできる立場だった。原口は、弱みを握って扱いやすい人材としてあらかじめ目をつけていたのだろう。そして『アークティック・アレス』に乗船した奥村との連絡を取らず、ＥＤＲＡへの連絡も遅らせるよう強要した。口封じのため、あの場で始末するつもりだったのかもしれない。それを察した原口は帆波を人質に取って逃げ出したのだ。だが結局、原口は病院で消されてしまった。

その原口と同期だったことが、帆波の不幸だった。海保とＥＤＲＡの反目までも利用し、帆波はスケープゴートにされてしまった――。

この推測で、説明は可能だ。

しかし、下北へ移動しているはずの城と工藤は、まだ手掛かりすら見つからない。

しばらく黙っていた加賀谷が、口を開いた。

「日高、佐倉」

「はい」二人は、声を揃えて返事をした。

「下北へ行ってくれ。向こうで、城を待ち構えるんだ。久住を捜すのも、NCEF任せにはしない。俺と市川は、さらなる事態に備えてここで待機する」

「了解」美咲が答える。

だが、宗矢には一つ懸念があった。

「立川にいるヘリは、二機とも出払ってますよ。みどり1号はNCEFと一緒に下北ですし、2号はさっき武石さんが根室に乗っていってしまいました。今から飛行機か新幹線を手配しても、間に合うかどうか」

加賀谷は、珍しくにやりと笑って答えた。

「俺たちに借りがある連中がいるだろう」

＊＊＊

「みどり1号」は、雨に煙る海岸線を、北から南へ舐めるように飛んでいた。視界は悪いが、かなりの低空飛行であるため、海岸の様子は打ち寄せる波の飛沫まで手に取るようにわかる。

開いたスライドドアから、怜は機外へと鋭い眼差しを送り続けていた。手元には、広げた地図がある。

「仏ヶ浦まで飛んだら、もう一度同じルートを戻ってもらえるか！」

エンジンの轟音に負けぬよう怜が大声を出すと、機長は苦笑いしつつ答えた。

「やれやれ。新島さんを乗せるといつもこれだ。相変わらず人使いが荒い」

もちろん、技量を信頼されてのことだとは彼にもわかっているだろう。

悪天候下、山中を徒歩で移動しているはずの久住と葵を空から見つけるのは困難と思われた。他の方法はないかと考えた怜は、そもそも自分たちが下北へ派遣された理由を思い出したのだ。

目撃されたという、海沿いの集落の不審者、そして不審船は、久住の仲間ではないか。久住と城が共謀している可能性が浮上しており、背後には大きな組織が存在しているかもしれないという。そうであれば、さらに多くの人間が関わっていてもおかしくはない。船で上陸した仲間と脱出する時のため、久住は葵に海からのルートを聞き出そうとしたとも考えられる。

その船が、海岸線のどこかに隠されているのではないか。

ヘリから見下ろす海面は、他の地域と同じように数メートル上昇している。下北半島西岸にいくつかあった小さな漁港は、いずれも水没していた。しかし小型ボートの類なら港を使う必要はない。上陸後に海面から引き揚げ、隠しているとしたら。

やがて前方の霧の中に、独特の形をした断崖の影が見えてきた。仏ヶ浦だ。

仏ヶ浦は下北半島西岸、佐井村南部の海岸沿いに、二キロほどにわたって続く険しい海蝕崖だ。かつては有名な景勝地だったが、観光客の姿は当然ながら見当たらない。

そそり立つ奇岩の隙間にボートのような影がないか、怜や他の隊員たち、副操縦士までもが双眼鏡で捜索したが、それらしきものは見つからなかった。

「今のコースを戻りますが、いいですね」

機長が確認してくる。

頼む、と言いかけて、怜はふと地図上の一点が気になった。

仏ヶ浦桟橋とある。漁港ではない。海上から仏ヶ浦を遊覧する船が、観光客を一時的に上陸させるための小さな桟橋だ。

海面上昇により桟橋自体は水中に没しているだろうが、船を着けやすい地形なのかもしれない。

「すまない。もう少しだけ南へ行ってくれ。高度を下げて」

怜は、機長に頼んだ。

「了解」

ヘリは一段と低空を飛びはじめた。汀(みぎわ)に寄せる波しぶきがはっきりわかるほどの低さだ。

前方、海霧の中に灰色の固まりが見えてきた。岬のように突き出た大岩である。地図によれば、桟橋があったのはこの付近だ。海に呑まれた桟橋は確認できない。

「あの岩のあたりを、できるだけ低速で飛べないか」

「やってみましょう」

岩の周囲では、海から寄せる風が複雑に渦を巻いているようだ。ヘリの機体を安定させるため、機長は両足の間のサイクリック・スティックを小刻みに動かし、両足のアンチトルク・ペダルを踏む力も微妙に調節している。

時折大きく揺れながらも、ヘリは人間が歩くほどのスピードで、大岩に近づいていった。

全員で、その周辺を注視する。

怜は、大岩が影を落としている箇所に双眼鏡を向けた。ヘリの振動が伝わって揺れる視界の中、暗い影の奥を覗き込む。特に黒く見える部分があった。

と、その部分は、影ではなかった。黒いゴムボートだ。形からすると、船底が硬質素材の複合艇。特殊部隊が潜入行動などの際に用いるものである。

「見つけた」

だが、海岸線は岩場だらけで、着陸はできない。リペリング降下も難しそうだ。

「さっき、駐車場が見えました。そこならば」

機長が言い、ヘリは高度を上げた。近くの崖の上に、観光客用の小さな駐車場があった。駐まっている車も、人の姿も見当たらないが、怜は部下の隊員たちに戦闘準備を命じた。

「装塡」

怜と小松、ほか二名の部下が、二〇式小銃に五・五六ミリ普通弾の三十発入り弾倉を装塡する音が響く。装備を詰めたバックパックも背負った。

スバル・ベル412EPXヘリは着陸時に車輪ではなく、スキッドという橇のような降着装置を用いる。スキッドが接地する衝撃が伝わると同時に、怜以下NCEFの四名は次々にヘリから降りた。全周を警戒するよう円陣を組みつつ、駐車場の隅へ移動する。

その間に、ヘリは上昇していった。敵対する何者かがいれば攻撃してくる可能性もあるためだ。機長には、上空で警戒にあたるよう指示していた。

続けて怜は二人の部下に、海岸に降りてボートを調べるよう命じた。

自身と小松は、駐車場周辺で不審者の痕跡を探す。間もなく、駐車場から内陸部へ向かう遊歩道に足跡を見つけた。雨でぬかるんだ道に、複数名分のコンバットブーツらしき跡がついている。

やがて、ボートを捜索した二人も成果を持ち帰ってきた。

「ボートにマークなどは入っていませんでしたが、あの型を使っているのはブラウンウォーターだけのはずです。民間軍事会社ですね」

PMSCとは、委託を受けて軍事に関する業務を代行する会社である。後方支援だけでなく直接戦闘にも対応し、正規軍を派遣しづらい際に活用されることが多い。派遣先で問題を起こしても国として責任を負わずに済み、社員に死者が出ても公式な戦死者にならないなど、依頼主にとってのメリットがあり、二〇〇〇年代以降に急成長した。依頼主は国家だけではなく、企業や武装勢力などの場合もある。

ブラウンウォーターは、アメリカに本社を置くPMSCだ。かつてはアメリカやヨーロッパ各国の軍を得意先とし、公にできない汚れ仕事を担ってきたが、ロシアの同業者ワグネルと並んであまりにも問題を起こしすぎたことで批判を浴び、欧米諸国との取り引きは解除されてしまった。また異変戦争では正規軍同士の衝突が多くPMSCの出番は少なかったこともあり、最近は「民主的ではない」国との契約が中心になっている他、一部のグローバル企業の後ろ暗い仕事も請け負っていると聞く。

久住は、ブラウンウォーターに関係していたのだろうか。

ボートで上陸した数名は、ここから徒歩で内陸部に向かったらしい。久住と合流し、ボートで脱出するつもりか。心配なのは、葵の身の安全だ。イワタケを手に入れた後は、用済みとされてしまわないだろうか。

怜たちは、足跡を追った。

数十分ほど歩いているうちに雨は上がった。遊歩道は、本格的な登山道になっている。海岸線をだいぶ離れたところで、ヘリから連絡があった。

この先の、登山道と林道が交わる付近に、車らしき影を見つけたというのだ。

怜たちがその地点に急ぐと、道から外れた場所に汎用軽機動車が乗り捨てられていた。久住と、ボートで上陸した連中はここで合流したのかもしれない。

海岸から内陸に入った、低い山が連なるエリアだった。上空を、みどり1号が旋回している。

ヘリからは、周囲に人影は見当たらないという。

汎用軽機動車には、木の枝による偽装が施されていた。乗り捨てる際に空から見えにくくしようとしたのだろうが、機長の目はごまかせなかったようだ。荷台に固定したはずの葵のオフロードバイクは、なくなっている。久住はバイクで山中を移動しているのか。

突然、怜たちのいる場所とそう離れていない森の中から、何かが白煙を曳いて上昇していった。

空中で角度を変え、奇妙な形の煙が伸びていく。

「ミサイル！　退避！」

怜は無線機でヘリに呼びかけた。

探している相手は、個人で持ち運べる小型の地対空ミサイルまで装備していたのだ。携帯式防空ミサイルシステム＝ＭＡＮＰＡＤＳとも呼ばれるもので、アメリカ製のＦＩＭ－92スティンガーが有名である。

ヘリの側でも、警報装置によりミサイルの飛来を探知していた。赤外線誘導を妨害するため強烈な光を放つフレアを次々に射出しつつ、回避機動に入っている。

いわゆる第三世代以降のＭＡＮＰＡＤＳであれば、赤外線の他に可視光イメージでも誘導されるのでフレアが効かない場合もある。幸い、発射されたミサイルは旧式だったようだ。フレアに目をくらまされ、空中で爆発した。

だが、ヘリにはいささか近すぎた。

『破片を食らったようです』

ヘッドセットに、機長の報告する声が入ってきた。落ち着いて聞こえるが、ヘリの機体は煙を曳いている。

「また撃たれる可能性がある。退避しろ」

怜が言うと、機長は悔しそうに返してきた。

『了解。こいつがＵＨ－60（ロクマル）Ｊだったら、あの時みたいにドアガンを叩き込んでやるところですが』

「昔話はいいから、早く逃げるんだ」

みどり1号は、ふらつきながら山の向こうへ姿を消した。

ヘリは心配だが、おかげで相手の居場所を知ることができたともいえる。

そして、相手の練度も。

攻撃されたわけでもないのに、盛大な煙を曳くミサイルを先に撃ち、自らの位置を暴露してしまうとは。はっきり言ってプロとはいえない。

以前のブラウンウォーターは特殊部隊上がりの隊員が多くを占めるエリート集団だったというが、異変戦争後は事情が変わり、食いはぐれた犯罪者なども雇っているらしい。

怜は、傍らの小松に指示した。

「ドローンを準備」

了解、と小松が自分のバックパックから、小さなコンテナを取り出した。中には、おもちゃのようなドローンが入っている。

実際、それは市販の製品をベースに改造したものだが、昨今はドローンに関していえば軍用も民間用もそれほどの違いはない。

ドローンが兵器として本格的に実戦投入されるようになったのは、アゼルバイジャンとアルメニアが衝突した、二〇二〇年のナゴルノ・カラバフ紛争が最初とされる。

それまでも多くの戦争で偵察ドローンなどは使われていたが、この紛争においてアゼルバイジャン軍は攻撃ドローン、自爆ドローンなどを活用し、アルメニア軍を圧倒したのである。そして二〇二二年に始まったウクライナ戦争では、ウクライナ、ロシア両軍が民生品を改造したドローンを大量に投入した。ドローンを敵兵の上空へ密かに接近させ、小型爆弾を投下する映像が何度となくSNSに出回ったものだ。その後の、数知れぬ紛争でも同じことは繰り返された。

かつては、二〇三〇年代後半ともなればドローンなどの無人兵器はさらに進化し、もはや人間同士が戦うことなどなくなるのではとさえ考えられていた。しかし、大異変がすべてのスケジュールをご破算にした。未だに戦場で最後の勝敗を決するのは歩兵の血であることに変わりはなく、ドローンは戦闘の凄惨さを増す役割にとどまっている。

怜は別の隊員に命じ、対ドローン用の電波妨害装置を作動させた。対空監視も厳密におこなわせる。気づかぬうちに爆弾を食らって吹き飛ぶ映像をSNSにアップされることなど、御免被りたい。

今のところ空に相手ドローンの姿はなく、小松が操るドローンは静かにミサイルの発射地点へと接近していった。

小松の手元、端末の画面に、ドローンのカメラからの映像が表示されている。可視光線の他に赤外線サーモグラフィも併用しているため、森の中に潜む人物がはっきり見えた。確認できるのは三名。可視光映像では、全員がダークグリーンの戦闘服を着ているのがわかる。迷彩ではない。

PMSCに所属する兵士――正確にいえば社員は、迷彩服を着用しないという暗黙の了解がある。傭兵と見なされた場合、ジュネーヴ諸条約第一追加議定書の「傭兵は、戦闘員である権利又は捕虜となる権利を有しない」という条文に該当し、捕虜になった際の安全が保証されないためだ。あくまで警備員であるという建前である。

一応、ブラウンウォーターはその建前を守っているようだ。

久住と葵の姿は、見当たらない。葵がいないのなら、遠慮は無用だ。ただし、自分たちの目的は敵の殲滅ではない。

「閃光発音筒で制圧する。投下用意」

怜は、ドローンに搭載した閃光発音筒を準備するよう小松に命じた。

小松以外の二人の部下には、相手に接近するよう指示する。二人が山中を進んでいく間も、相手はまるでその場にいろという命令を受けたかのように動かずにいた。

二人の部下から配置についたとの連絡が入ると、小松はドローンの位置を微調整した。

「投下します」

画面の中、閃光発音筒がくるくると回転しながら小さくなっていく。それはうまい具合に樹々の間をすり抜け、三人の兵士の中間地点へと落ちていった。

閃光発音筒が見えなくなって数秒後、画面がぱっと白く光った。少しだけ遅れて、鋭い爆発音が聞こえてくる。

カメラの絞りが自動調整されると、三人の兵士はなぎ倒されたように横たわっていた。閃光発音筒は音と光だけで相手の能力を奪うもので、殺傷能力はない。三人は、わずかに痙攣するような動きをしている。

すぐに二人の部下が駆け寄っていくのが画面に映った。突きつけられた銃に、兵士たちは抵抗するそぶりを見せない。特別司法警察職員の権限において、ＮＣＥＦは彼らを逮捕した。

怜と小松がその場に駆けつけた頃には、捕らえた三人は意識を回復していた。彼らは、やはりブラウンウォーターの所属だった。シベリアの少数民族出身で、もとはロシア軍にいたそうだ。ウクライナ戦争、そしてそれに次ぐ異変戦争を通じてロシア軍では兵士の脱走が相次いでいた。故郷に戻れない彼ら脱走兵はロシア連邦の崩壊でいよいよ食い扶持をなくし、流れ流れてＰＭＳＣに雇われる者も多いという。

素人同然の戦術しか身につけていないのは、ロシア軍時代まともな訓練を受けたことがなかったためだ。

聞き出したところによれば、彼らにヘリを撃つよう命じたのは久住だった。やってくるのは日本の警察で、大した武器も持っておらず弱いから、攻撃すれば慌てて逃げていくはず、迎えが来るまで待機せよと言われたそうだ。

他に行く当てもなく、ろくな訓練も受けないまま任務につかされた彼らは、久住の話を信じるしかなかったのだ。

そのレベルの兵士を特殊作戦に投入するとはブラウンウォーターの見識を疑うが、もしかしたら初めから捨て駒にするつもりだったのかもしれない。

怜は、少しだけ彼らの境遇に同情した。

彼らを囮にして、久住は逃走したのだろう。葵が無事かどうか心配だった。

＊＊＊

立川広域防災基地の駐機場脇には、カマボコ型の格納庫がいくつか並んでいる。ＥＤＲＡ航空隊の一つ隣の格納庫前では、海上保安庁のＡＷ１３９ヘリコプターが発進準備を整えていた。夏の陽射しを照り返す、白い機体が眩しい。

宗矢と帆波、そして海保の堀内が乗り込むと、ＡＷ１３９はローターを回転させはじめた。腕を大きく振ってサインを送る地上誘導員（マーシャラー）に従い、離陸する。

目的地は、下北半島。

宗矢と帆波は、そこで久住と合流するであろう城を待ち構える任務を帯びていた。ＥＤＲＡ航空隊が立川に配備するヘリは二機とも出払っており、他の基地からヘリを呼んでいる暇はないため、加賀谷は海保に協力を要請したのだった。

その後の捜査により、城の足取りは徐々に判明してきている。

成田署の捜査員によれば、今日の未明、成田空港から離陸した小型機があったという。わずかだが周辺に残っている住民が目撃したのだ。

その小型機に、城と工藤が乗っている可能性がある。

該当するフライトプランは国土交通省に提出されていなかったが、関係各機関へ確認したところ、航空宇宙自衛隊のレーダーサイトが未明に福島県太平洋岸を北上する不明機を一瞬だけ捕捉し、海保などに照会をかけていたことがわかった。

小型機は、福島より北側のどこかを目指していたものと考えられた。そこで各県の警察にも協力を要請してさらなる目撃情報を探すと、宮城県利府町の「利府森郷(もりごう)場外離着陸場」跡に、明け方に着陸してすぐ飛び去った小型機があったと判明したのである。

この場外離着陸場は地元の飛行クラブの専用飛行場で、現在はほとんど使われなくなっていた。大異変のため飛行場より南の地域は水没しているが、北側は以前のままだ。北へ向かう道の先には、東北新幹線の古川駅がある。東北新幹線は、大異変後も大宮から北で運行していた。

そして今、海保ヘリ機内の宗矢と帆波のところに、加賀谷から捜査の進捗を知らせる連絡が入ってきた。

最初に、加賀谷は言った。

『工藤を連れていったのは、城でほぼ決まりだ』

古川駅前の監視カメラに城と工藤らしき人物が映っており、二人を乗せたタクシーも見つかったという。そのタクシーは早朝、利府の町外れを流していたところを男女二人組に拾われ、古川駅へ向かっていた。運転手の証言と車内を映したドライブレコーダーによって、二人が城と工藤であることが確認できたのだ。

『例の小型機の件は少し時間がかかりそうだが、新幹線車内の防犯カメラ映像はもうじき解析が終わる』加賀谷が伝えてくれた。

どの列車に乗ったかはそれでわかるだろうが、おそらくは青森方面へ向かっているはずだ。下北で久住と合流するものと考えられた。

ヘリの機内、向かいの座席に座る堀内のところにも、どこかから連絡が入ったようだ。ヘッドセットのマイクに手を掛け、通話している。交信を終えた堀内は、宗矢たちに話しかけてきた。

「報告があった。原口が入院していた病院の、再捜査の件だ」

原口の死因について調べなおすことを、海保は約束してくれていたのだ。

「どうだったんですか！」

ヘッドセットで会話できるとはいえ、エンジンの轟音が響く中ではつい大声になってしまう。

「原口が死んだ日、何者かが病室に侵入していた形跡を発見したそうだ」

監視カメラの映像や病院職員への聞き込みから、それは久住の可能性が高いという。

久住は入院患者を装い、病棟の奥にまで入り込んでいたのだ。そして原口を屋上に連れ出し、突き落として殺害、飛び降り自殺に見せかけたものと推測された。

「佐倉さん、申し訳なかった」

堀内が、あらためて頭を下げる。

「いいんですよ」

帆波は微笑んで答えた。「あとは、加賀谷にビールでもおごってあげてください。あの人、結局はお酒で解決したがる人なんで」

堀内が、まるで昭和の人間だな、と苦笑する。

怒りもせずにこれでチャラにするとは、帆波も昔に比べればずいぶん落ち着いたと宗矢は思ったが、口にはしなかった。

その時、再び加賀谷から宗矢の端末に着信があった。

「噂をすればですね」と言いながら電話を受けると、珍しく慌てた加賀谷の声が聞こえてきた。

「どうしましたか」宗矢も、真面目な口調に切り替える。

『日高、とにかく急いでくれ。できるだけ早く、久住を見つけるんだ』

「何かわかったんですか」

『ああ。根室の武石から連絡があった。久住の奴、とんでもないことを企んでいたようだ』

＊＊＊

「なんだって?」

怜は、手元の端末に向かって訊き返した。

仏ヶ浦近くの、ヘリから降りた駐車場である。捕らえたブラウンウォーターの兵士たちは拘束し、部下の隊員たちが見張っていた。

樺山送信所跡の本部へ戻ろうにも、ミサイル攻撃からなんとか帰投した「みどり1号」は修理ができるまで飛ばせないし、回収した汎用軽機動車には全員は乗れない。樺山に待機していた隊員に車を調達させて、迎えに来てもらうしかなかった。

それを待っている最中、オンライン会議の要請が入ったのである。

端末の画面は分割され、坂井隊長、捜査課第三班の加賀谷、市川美咲、武石悠真、日高宗矢のそれぞれが映っていた。

全員が立川基地にいるわけではなく、悠真は捜査のため根室におり、宗矢は海保のヘリに乗って、無事に自由の身となった佐倉帆波とともにこちらへ向かっているということだ。

今は画面の向こうで、美咲と悠真が驚くべき報告をしてきたところである。

根室に残った各政府機関が把握している非公式情報、そして美咲が調べたインターエネシスに関する各種情報を総合すると、インターエネシスとブラウンウォーターに接点があることが見えてきたという。

インターエネシスはもともと、現在の組織とまったく関係のない人物が脱炭素エネルギー関連事業のため創設したNGOだった。二十年ほど前につくられ、いつしか休眠状態になっていたものが、数年前に役員を一新した上で復活していたのだ。ただし活動の実態はなく、書類上では他の団体の実績をつぎはぎしていただけらしい。

新しい役員の名簿には、ブラウンウォーターとの関連が噂される人物が複数確認できたそうだ。

『つまりインターエネシスは、実質的にはブラウンウォーターが運営していると考えられます。彼らが名前を出さずに動ける団体とするために、乗っ取られたようなものです』画面の向こうで、美咲が言った。

「それでよく資源エネルギー庁の再審査が通った」

呆れた怜に、美咲が答える。

『法人格は昔きちんと活動していた頃のものですし、調べる中で何人か議員の名前が出てきました。環境系の団体と組むのは国民受けがよくて票につながりますから、審査に圧力をかけたのかもしれません。後で何かあっても、内容などいちいち確かめない、などと逆ギレされて終わりでしょう。昔からよく聞くパターンです』

そして悠真からは、根室の裏社会での噂について報告があった。何らかの大型資材が、数カ月前に不審な船で北方領土から日本国内に運ばれたというのだ。その船は、インターエネシスとの間でエネルギープラント資材輸送の傭船契約を結んでいたらしい。

悠真は言った。

『あくまで噂ですが、それはロシア軍残党から流出したミサイルだということです。9M729――NATOコードネーム「SSC－8スクリュードライバー」。地上発射型巡航ミサイルです』

本当ならば、インターエネシス、つまりその裏にいるブラウンウォーターがミサイルを入手し、日本国内に隠しているということになる。

怜は急いで小松を呼び、捕らえたブラウンウォーターの兵士たちにミサイルのことを訊ねさせた。しかし、誰も知る者はいなかった。嘘をついているのではなく、おそらく本当に知らないのだろう。囮として使い捨てられた兵士たちに、久住が真実を伝えていたとは思えない。

その後も情報共有をおこなった結果、城たちのバックにいる組織はグローバル製薬会社のタイレルファーマ社と推測された。これまで捜査線に上がってきた組織で、ブラウンウォーターのようなPMSCと契約できるほどの規模といえばここだけだ。

グローバル企業とＰＭＳＣのつながりは珍しくない。ＰＭＳＣが日本国内で暗躍するケースも、自動車会社の元社長の密出国事件など、過去に実例はあった。

イワタケの薬で利潤を得ようとしたのは城だと考えていたが、それもタイレルファーマ社の意向だったという可能性はある。タイレルファーマ社は、学術雑誌に載った工藤の論文で、永久凍土に潜む過去のウイルスとその治療薬のことを知ったのだろう。

故意にブラウンウォーターを下北に出没させてＮＣＥＦをおびき寄せたのも、タイレルファーマ社ではないか。その際に久住を同行させれば、立ち入り禁止の下北に堂々と入ることができる。そして城に連れてこさせた工藤に、イワタケの場所を案内させるのだ。イワタケを入手した後は、ブラウンウォーターの護衛の下でどこかへ高飛びし、そこで工藤に薬をつくらせるというわけである。

ここまで周到に準備を進めてきた彼らだが、葵を誘拐したのは予定外の行動だったのかもしれない。工藤以外にイワタケの場所を知る人物、葵が出現することは想定していなかったのだろう。それゆえに城が工藤を連れ出すタイミングが早まり、やむを得ず小型機をどこかから調達したり、タクシーを使って移動したりするなどのほころびを見せているとも考えられた。

とにかく、城と久住を捕らえ、それぞれが人質にしている工藤と葵を救出せねばならない。

『ちょっと待ってください』

手元で何か調べていた美咲が声を上げた。『ＳＳＣ－８スクリュードライバーの最大射程は二五〇〇キロと推定されています。仮に下北から撃てば、東シベリアは射程圏内になります。ということは……』

美咲の後を悠真が継いで言った。

『ミサイルでシベリアの永久凍土を融解させ、ウイルスを放出しようとしているとは考えられませんか』

『それなら、わざわざミサイルなど使わずとも、爆弾を直接設置すればいいだろう』

加賀谷は疑義を呈したが、悠真がすぐに答える。

『シベリアの奥地まで爆弾を運んで設置するよりも、ミサイルを撃ち込んだほうが早いです』

『そんな規模の爆発を起こさせるとしたら……』

宗矢の呟きに、怜は短い答えを返した。

「核弾頭」

凍りついたような沈黙が降りてくる。

怜の脳裏に、サハ共和国の「死の谷」の光景が浮かんだ。どこまでも続くタイガ。地の果てのような土地で、核ミサイルのために戦い、死んだ人々。

「……そこまでして、薬を売りたいのか」

怜が呟くと、悠真が思い出したように言った。

『そういえば、タイレルファーマは何年か前、ガウスXに買収されていました』

誰もが知る巨大企業の名に、宗矢が反応する。

『CEOのイーサン・ホールドマンって、例の、ノアの方舟の話をしてる人ですよね』

最近さまざまなメディアで紹介され、徐々に賛同者を増やしつつあるその主張。

地球の人口は、大異変、そしてそれにともなう戦争で減ったとはいえまだ多すぎる。ノアの大洪水は続いているのだから。方舟の乗客を減らさねば、船ごと沈んでしまう――。

それにしても、賛同する人々は自分が船に残れることを無邪気に信じているのだろうか。怜は思った。

加賀谷が、吐き捨てるように言う。

『そのために、ウイルスをばらまくと？　イーサン・ホールドマンは、人口削減が正義だとでもいうのか』

「正義か。便利な言葉、魔法の言葉だ」怜は呟いた。

第五章 津軽要塞

津軽海峡の黒い海面に、無数の白波が立っている。

強い風は、低気圧の置き土産だ。空一面を覆う、重たい暗灰色の雲。小さなちぎれ雲が、かなりの速さで流れていく。

その中を、海上保安庁のＡＷ１３９ヘリコプターは、時折の突風に揺さぶられつつ高度を下げていた。

青森県の形を下北半島とともに特徴づけているもう一つの半島、津軽半島。その北端、竜飛崎に近い高台の駐車場へ着陸するところだ。

宗矢たちを乗せて立川から下北へ急行したＡＷ１３９は、仏ヶ浦で怜たちＮＣＥＦの隊員と捕らえたブラウンウォーターの兵士らを回収し、昨日の夕方、樺山送信所跡の拠点へ戻っていた。

そして夜が明けた今、給油を終え再び出動しているのだった。環境開発規制庁航空隊のヘリ「みどり1号」はブラウンウォーターのミサイル攻撃で損傷し、未だに修理中である。その状況下で飛来した海保のヘリは、渡りに船とばかりにＮＣＥＦの足になっていた。

継続してヘリを借りることは加賀谷から要請していたが、帆波も「まだ借りは完全に返してもらっていないような気がしますね」と微笑んで堀内に迫っていた。やはりチャラにしたのではなかったようだ。学生時代に比べて、そんなに落ち着いたわけではなかったらしい。笑みを漏らした宗矢を、帆波はにらみつけてきた。

今、このAW139ヘリには、宗矢と帆波、そして怜のほかNCEF隊員二名が乗り込んでいる。残りの隊員と海保の堀内は、他の場所で動きがあった場合に備え樺山の拠点に残っていた。

宗矢が怜と対面するのは、立川の格納庫で話をして以来だ。ヘルメットを被りなおすため髪をほどいた怜の姿に、つい見とれてしまった。隣に座る帆波の視線に気づき、慌てて目をそらす。

やがて、ヘリは駐車場に着陸した。

ローターの轟音に耳を塞ぎながらヘリから降りると、離れたところで宗矢たちを待っていた人物がいた。環境省の職員だ。

職員の案内で、皆は駐車場の近くに建つ「青函トンネル記念館」へ歩いていった。

「カメラに映っていたのは、三時間ほど前ということでしたね」

怜の質問に、職員が頷く。

津軽半島でも、沿岸部に集中していた人口のほとんどは青森市や弘前市へ移住し、半島全域がほぼ無人地帯となっている。しかしここ竜飛崎は北海道へ渡る鳥の中継地であるため、環境省の職員が定点観測をおこなっていた。野鳥を脅かさないように注意深く偽装されたカメラの一つが、閉鎖中の青函トンネル記念館へ侵入する二つの人影を捉えていたのだった。

環境省から環境開発規制庁へ転送されてきた映像は、一人がもう一人を銃で脅しているようにも見て取れた。そしてその二人の背格好から、これは久住と葵である可能性が高いと考えられた。

ここまでは、葵のバイクを使って来たのだろう。葵は、抜け道で下北半島の奥までやってきたと言っていた。その道を逆にたどったのだ。

久住は記念館に入って、どうするつもりなのか。

怜と二名の隊員はあっという間に準備を整えると、二〇式小銃を構え館内に突入していった。

いつ銃撃戦の音が聞こえてくるかとはらはらしつつ待っていると、数分ほどで小松という隊員が建物から顔を出し、宗矢たちを呼んだ。

連れられていった先、記念館とつながったもう一つの建物は、青函トンネル記念館駅というケーブルカーの駅だった。

ケーブルカーといっても、ここから登る山などはない。逆に、地中深くへと潜っていくのだ。このケーブルカーは、青函トンネル工事の際に作業員や物資を運ぶため建設されたものだった。十四度の勾配の斜坑で青函トンネル内に設けられた「竜飛定点」――ケーブルカーの駅名としては「体験坑道駅」へと下っている。

室内の空気が、わずかに動いているのを感じた。斜坑から、冷たい空気が漏れ出しているのだ。

「一両しかないケーブルカーの車両が、下の坑道駅まで降りていた。久住が使ったんだと思う。今、部下に調べに行かせている」怜が言った。

「じゃあ、久住は青函トンネルを歩いて？」

トンネルの先の北海道は、本州同様に多くの沿岸都市が放棄されていたが、内陸には人々が住み続けている。その北海道への貴重な交通路として、また通信ケーブルや送電線などのライフラインとして、青函トンネルは今も関係各機関の懸命な努力で維持されていた。

宗矢は、壁に貼られた時刻表に目を遣った。青函トンネルは、日中は新幹線、夜間は貨物列車が往復しているものの、大異変前に比べれば本数は減っており、特に夜間は数時間にわたって列車が通らない時間もある。

「久住たちがここに入ったのは三時間前。ちょうど列車が来ない時間を狙ったんだろう。おそらく、葵さんを連れてトンネルを抜け、北海道へ渡ったんだと思う。記念館に現れたと聞いた時、その可能性は疑っていたが……」

怜の話の途中で、NCEFの隊員、小松が割り込んできた。

「下から連絡がありました。線路保守用の車両がなくなっているそうです」

斜坑を徒歩で降りていった隊員が確認したところ、青函トンネル内の側線に留置されているはずの、線路を保守点検するための車両が見当たらないという。側線から本線へ出るポイントも、手動で切り替えた形跡があったそうだ。

保線車両はバッテリーを搭載しており自走できる。三時間以上が経過した今では、久住は津軽海峡を渡りきり北海道に入っているだろう。

皆は、青函トンネル記念館の会議室に戻った。隊員たちが通信機器を広げ、臨時の指揮所を開設する。

ＪＲから入手したトンネル出口の監視カメラ映像をチェックする作業を、宗矢と帆波も手伝った。久住が、この記念館からトンネルに入っていったのは間違いない。トンネルを出る様子は出口のカメラに映るはずだった。

本州側から出てくることは考えづらい。それなら、初めからトンネルに入る必要はないからだ。念のため本州側、北海道側それぞれの出口の映像をチェックしたが、久住がトンネルに入ったと推定される時間よりも後に、どちらの側からも出てきた人や保線車両はなかった。

それと並行し、怜は北海道警察へ協力要請をおこなっていた。

ここ竜飛定点と同様、斜坑でトンネルとつながった施設「吉岡定点」が、北海道の福島町にあるのだ。

北海道側にNCEFの隊員はいないため警察の手を借りることにしたのだが、福島町はやはり海面上昇で人口が激減しており、すぐに対応できる警官の数にも限りがあった。報告が来るまで少し待たなければいけない。

その間も会議室内には、緊迫したやりとりが響き続けた。

城と久住、そして彼らがどこかに隠しているはずのミサイルを捜索するため、怜は立川にいる坂井隊長を通し自衛隊にも協力を要請していた。ミサイルがシベリアに向けて発射された場合、解けた永久凍土から太古のウイルスが放出されてしまう恐れがある上、発射地点の日本が国際社会の誤解を受ける可能性もある。そうした事態は、絶対に避けねばならない。

「情報収集衛星はどうなってる」怜が、隊員の一人に訊ねた。

「引き続き、内閣衛星情報センターに衛星の使用許可申請中です」

「まだ受理されないのか。空自の偵察機は」

「三沢からグローバルホークを上げてくれるとのことですが、少し時間がかかるようです。ちょうど今、坂井隊長とつながりました。話されますか？」

「ああ。……隊長、時間がありません。万一に備え、空自には爆装した戦闘機を準備するよう追加要請してください。……はい、事態は深刻です」

ミサイル発射を断固として阻止するため、怜は爆撃による破壊すら想定していた。坂井隊長は一瞬躊躇する様子をみせていたが、最終的には自衛隊に掛け合うことになったようだ。

怜と坂井の話に耳を傾けつつ、宗矢は必死で考えていた。

久住が入手したであろうイワタケをもとに、工藤に薬をつくらせるとして、その場所はどこだ。北海道と見せかけて、国外にでも出るつもりだろうか……。

やがて、北海道警察からようやく連絡が入った。怜や隊員たちと一緒に、スピーカーから流れる報告の声に聞き入る。

福島町を管轄する松前警察署のパトカーが吉岡定点を調べに向かったところ、この記念館と同様の施設「トンネルメモリアルパーク」の裏手、坑道出口の鍵が内側から壊されているのを発見したという。

久住は、そこから地上へ出ていたのだ。トンネルの出口映像に映らなかったわけだ。

それならばどこへ行ったのかという疑問への答えは、案外すぐにもたらされた。

近くの吉岡漁港に係留していた漁船が消えたと、漁師から松前署に通報があったらしい。漁獲量は激減したとはいえ、このあたりでもまだ細々と漁業は続けられている。

漁船を持っていったのは、おそらく久住だ。

間を置かず、函館からも漁船がなくなったという情報が入ってきた。そちらは、城かもしれない。新幹線を利用すれば、既に函館には到着している時間だ。

それにしても、彼らは漁船でどこへ向かったのか？

海外という可能性もある。消えた漁船の大きさなら、ウラジオストクあたりまでは渡れるはずだ。あるいは、千島列島か。

いずれにせよ、船でしか行けない場所だろう。

そこまで考えたところで、宗矢は思い出した。

立川のオフィス。隣の、帆波の席にちょくちょく立ち寄っていた赤間局長。

赤間局長は、城と同じNGO、ブルー・ピジョンの出身だった。当時のことを、度々聞かされたものだ。そしてその中に、ブルー・ピジョンが設置したソーラーパネルの話があった。場所はたしか……北海道。それも。

『海面上昇で、船でしか行けなくなっちゃったんだけどね』

たしか、赤間はそう言っていた。

北海道の、船でしか行けない場所のソーラーパネル。

そうだ。ソーラーパネルの下に置いたものは、飛行機からも衛星からも見えなくなるのではないか――。

「帆波」宗矢は呼びかけた。

「ん？」

「赤間さん、城と同じNGOの出身だったよね。ソーラーパネルの話、覚えてる？　あれ、北海道のどこに設置したか、聞いてるかな」

あの時は、具体的な場所の話になる前に、別の話題に移ってしまっていた。

「……そうか」

帆波も察したようだ。「そこまで聞いてなかったけど、赤間さんに連絡取ってみる」

帆波がかけた電話は、すぐにつながった。赤間は責任を感じているらしく、立川にずっと詰めているのだ。

赤間を慰めるように話していた帆波が、電話口へ訊き返した。

「函館、ですね」

帆波が宗矢に向きなおる。

宗矢のほうでは、美咲を呼び出していた。美咲に、ブルー・ピジョンが国内各地に設置したソーラーパネルのこと、そのうちの一つが函館にあったらしいことを伝え、詳細を調べてくれるよう依頼した。

数分ほどで、美咲から折り返しの連絡が来た。

『函館山ね』

開口一番、美咲は言った。

函館市街地の南西にある函館山は、海面上昇により今では陸地と分断され、函館沖に独立島として浮かんでいる。

『昔は国有地だった山中に、大異変後の規制緩和で外国の企業が購入した土地があるの。南向きの、千畳敷と呼ばれている斜面で、たしかにソーラーパネルを設置するには良さそうね』

「外国の企業ですか？　NGOのブルー・ピジョンではなく」

『ブルー・ピジョンは自前で購入せず、その企業を通していたみたい。この企業、ちょっと怪しい感じね。もっと調べたら、間に何社も介して変なところにたどり着くんじゃないかな』

美咲との話が終わった後、途中からやりとりを聞いていた怜が言った。

「函館山か。すぐに向かおう。引き続き、海保のヘリを使わせてもらう」

てきぱきと指示する怜に、小松が意見した。

「ここに誰も残さないわけにもいかないかと。万一、北海道に渡ったのが陽動だとしたら」

「そうだな……。船山(ふなやま)を残す。小松はわたしと来い。もう一人二人、連れてくればよかったな。わたしの判断ミスだ」

怜が珍しくぼやくのを聞いて、宗矢は帆波と顔を見合わせ頷きあった。怜に声をかける。

「私たちも行きます。人手は必要ですよね」

怜は少しだけ黙り込んだ。宗矢たちにはここにいてもらい、隊員を連れていくことも考えたのだろう。だが万一久住が戻ってきて戦闘になった場合、隊員を残しておいたほうがいいという結論に達したようだ。

「頼む」

＊＊＊

ＡＷ１３９ヘリコプターの薄暗い機内。

簡素なシートには、怜とＮＣＥＦ隊員の小松、そして宗矢と帆波が腰掛けていた。

ヘリは津軽海峡の対岸、函館山へ時速三〇〇キロ近い全速力で向かっているところだ。

そこに設置されたソーラーパネルの下に、ミサイルが隠されているのかもしれない。城と久住が漁船を奪ったことも考慮すれば、彼らも函館山を目指している可能性が高いと考えられた。

怜たちは、ミサイルがすぐにでも発射される危険性があると認識していた。

当初は、ミサイルにより永久凍土が融解すればウイルスが放出されてしまうのだから、城たちはまず薬をつくるはずだと推測していた。しかし、ミサイルが見つかってしまえば意味はなくなる。そこで、先に発射した上でどこか安全な場所で製薬することもあり得るという結論に達したのだ。

核搭載可能な戦略ミサイルはセキュリティ上、一人だけでは発射できない。一人では手が届かない、離れた場所の二つのキーを同時に回すといった作業が必要である。

久住が、イワタケさえ手に入れてしまえば用済みの葵を連れ回している理由は、無理やりキーの操作をさせるためか。その場合は城と合流せずとも、久住と葵にミサイルのところまでたどり着かれたら終わりだ。城と工藤についても、同じことがいえる。

とにかく早く、彼らを見つけ出すしかない。

ＮＣＥＦの坂井隊長からは、怜が依頼していた航空宇宙自衛隊への要請に関して返答があった。

『発射阻止が難しい場合に限り、爆撃の許可が出た。政治判断だ。日本から発射されたミサイルがシベリアで核爆発を起こす外交面のリスクを説いたら、なんとか理解してくれた』

「ありがとうございます」怜は答えた。

『三沢の第三航空団が、Ｆ－35戦闘機を二機準備している。搭載するのは、ＬＪＤＡＭ（エルジェイダム）誘導爆弾を各機二発ずつだ。発進要請は、お前が現地の状況を判断し、北空（北部航空方面隊）の航空方面隊作戦指揮所（ＳＯＣ）に直接おこなえ。指揮命令系統をいろいろすっ飛ばすことになるが、緊急事態だ。北空ＳＯＣが爆撃を許可すれば、投下もお前が指示するタイミングでおこなわれる。コールサインは、ＳＯＣが「トレボー」、Ｆ－35は「ワイバーン」だ。いずれも携帯無線機からつながる』

「了解しました。ＬＪＤＡＭということなら、地上からのレーザー照射ができれば確実です」

『目標指示装置を持っていないだろう』

「陸自の函館駐屯地にあります。用意してもらってください。駐屯地を経由して、東から函館山へ向かいます」

『装置は使えるんだな』

「わたしの前職はご存じでしょう。それと……」

『まだあるのか』

「念のため、各機が搭載する爆弾のうち一発は、サーモバリック弾としてもらってください」

『サーモバリック弾？　なぜだ』

「あくまで仮定ですが、ミサイルの弾頭に核ではなくウイルスが積まれているとしたらどうでしょう。ミサイルで永久凍土を解かしてウイルスを飛散させるというのは、やや悠長です。ウイルスを先に調達し、ミサイルでどこかの都市に撃ち込んだほうが確実とも思えます」

『……たしかにそうだ。その場合、通常の爆弾ではウイルスを焼き尽くせない恐れがあるというわけだな』

「はい。三沢にはサーモバリック弾が備蓄されているはずです」

怜の目前で、ウイルスごとオロム村を焼き尽くしたサーモバリック弾。かつては一部の国しか保有していなかったが、異変戦争を経て今では自衛隊も装備していた。

『しかし、えらい話になったもんだ。特措法の特別条項を適用するそうだが、それでも後で法解釈やら何やらをあれこれ言われると思うと、頭が痛い』

「申し訳ありません」

『……まあいい。死ぬなよ』

坂井はそう言って交信を終えた。

もっとも、すぐに爆撃するわけにはいかない。工藤と葵が人質に取られているのだ。

怜は、小松や宗矢たちに作戦を伝えた。

城や久住が既に函館山に到着していたら、接近するヘリは見つかってしまうだろう。下北で「みどり1号」を攻撃した携行式の対空ミサイルを、まだ久住が持っている可能性もある。だが、海上から密かに近づけるボートを今から手配する余裕はない。危険を承知で、ヘリからすばやく降下するしかなかった。昨今は海保のヘリにもミサイル警報装置やフレア投射装置は装備されているので、対応は可能だ。

降下にあたっては、二手に分かれることにした。小松と宗矢、そして帆波はともにソーラーパネル付近に降り、付近を捜索する。

怜だけは、単独行動だ。

宗矢と帆波は小銃ではなく自前のベレッタPx4拳銃を携行するが、他の装備はNCEFのものを渡した。各自、ヘルメットと防弾ベスト、携帯無線機、フラッシュライトを身につける。ヘルメットの内側にはヘッドセットを取りつけ、無線機とつないだ。

無線に関しては、全員に覚えてもらうサインを決めた。最終手段として戦闘機による爆撃をおこなう際には退避が必要だが、隠密行動中などで怜が声に出して指示できない場合には、歯をカチカチカチと三回鳴らすということだ。

「聞き取れますか」宗矢は不安そうだ。

「このマイクの性能なら十分聞こえるはずだ。声が出せないのは余程の場合だろうが、状況を読んでくれ」

「班長もご存じでしょうけど、俺、空気とか読むの苦手なんですよね」小松が言った。

「お前、そういうところだぞ。いいから読め」

やがて、前方の渡島半島が、その細部を見せはじめた。

函館湾の向こうに広がる函館平野は、南側の三分の一ほどが海に侵食されている。以前は平野から地続きだった函館山は完全に分離し、湾内に浮かんでいた。

低空で飛行するヘリは函館山に直接向かわず、函館山と本土の間にできた細い海峡の東、海岸沿いの陸上自衛隊函館駐屯地を目指した。かつて内陸にあった駐屯地は半分ほどが水に浸かっていたが、未だに機能している。

ヘリが着陸すると、連絡を受けていた陸自の隊員が、目標指示装置を怜に届けるため走り寄ってきた。

LA－16u／PEQハンドヘルド・レーザーマーカーというその装置は、小型の拳銃のような形をしていた。銃口にあたる部分にはレーザーを放つ半球状のレンズがあり、まるでおもちゃの光線銃のようでもある。実際、拳銃と同様にトリガーを引くことでレーザーが照射され、レーザーが示す標的へ爆弾が誘導されるのだ。小型拳銃ほどの大きさしかないレーザーマーカーは、怜が腰につけたタクティカルポーチの中にすっぽり収まった。

ヘリは、すぐに函館山へ向けて離陸した。海面に触れそうなほど低空を飛行する。

函館山は、もとは海底火山の噴出物でできた島に土砂が堆積し、五千年ほど前に陸とつながったものだ。今や、再び太古の形に戻ったともいえた。島には函館山という一つの山があるわけではなく、十三の峰によって構成されている。最も高いのは、もはや誰も訪れぬ展望台が設置された御殿山だ。大異変の前の標高は三三四メートルだったが、海面が変動した現在ではそれより十メートルほど下がっている。

函館山の東側から接近したヘリは途中で針路を変え、大きく北へ回り込むように近づいていった。ソーラーパネルは、南側の斜面にある。その付近にいる可能性が高い城と久住の目から、なるべく逃れるためだ。

「対空ミサイルに警戒」

「フレア準備します」

機長と副操縦士の会話が聞こえてくる。

かつて函館山の山麓から北には古い市街地が広がり、その先で造船所のドックが函館湾へ突き出していた。上昇した海面は伝統的な街並みのほとんどを呑み込み、大きな建物の屋根だけが見えている。山へと緩やかに延びる坂道の上のほう、ごく狭い地域だけは昔のまま残っているが、住民の姿はどこにもない。

家々の間には、打ち上げられた漁船や車などの残骸が散乱していた。その中に、妙に新しい、綺麗な姿勢で乗り上げた漁船があった。久住か城に盗まれた漁船かもしれないが、船名や船籍番号は見えなかった。

水没を免れた中学校の校庭で、ヘリがホバリングを開始する。怜は二〇式小銃と装備を背負い、ロープで降下した。

＊＊＊

ヘリの機内で宗矢は、ロープを伝い降下していった怜の姿を見ていた。数秒で校庭に着地するとすぐに駆け出し、建物の陰へ消えていく。

それを見届けたヘリは旋回し、離脱した。

島の北部から時計回りにおよそ四分の一周する。山頂の展望台へのロープウェイは、当然ながら運行を停止していた。張られたままのロープを回避しつつ、かろうじて海に呑まれていない山麓駅付近、函館公園の広場に向かう。ここからならば、ソーラーパネルが設置された函館山南側斜面、千畳敷と呼ばれるエリアへの登山道は複数ある。城たちが先に到着しているとしても、待ち伏せされる可能性を減らせるという判断だ。

宗矢と帆波はリペリング降下ができないため、機体を接地させて着陸しなければならない。

「着地後、三秒で離脱します。急いで」

機長が言うやいなや、ヘリは公園の広場に向けてぐんぐんと高度を下げていった。もともと低空を飛んでいたため、あっという間に接地する。

既に開いていた側面ドアから、小松を先頭に、帆波、そして宗矢の順で飛び降りるように機体を離れた。宗矢がキャビンの床から足を離してすぐ、背後でヘリの機体が上昇を始めたのがわかった。

「こっちだ！」

小松の誘導で、ローターが巻き起こす下降気流によろめきつつ走っていく。

公園の建物の陰に入る頃には、ヘリは全速で洋上へ退避していた。幸い、どこからもミサイルの白煙が伸びていくことはなかった。

だが、安心してはいられない。ここからは、自分たちが直接の標的となり得るのだ。

＊＊＊

怜は降下した函館山北麓からすばやく移動していた。

今は、宗矢たちがヘリを降りた地点から展望台を挟んだ反対側、入江山という低いピークにある、旧日本軍の観測所跡地に隠れている。

函館山はかつて、その全域が日本軍の要塞であった。

仮想敵ロシアの上陸に備えて一八九六年から計画が始まり、函館山全体に砲台や司令所、観測所などが建設されたのだ。一九〇二年に函館要塞として完成、一九一九年には津軽海峡の封鎖を目的とする津軽要塞の一部となったが、一九四五年の敗戦後アメリカ軍により解体、一般市民に開放された。

国有地であった函館山だが大異変後、環境利用に限定して一部の土地が売却対象となったため、国際NGOブルー・ピジョンにつながる企業が南側斜面を購入したというわけだ。

南側斜面の千畳敷に設けられていた戦闘指令所を始め、要塞の遺構は今でも山中の至るところに残っている。

怜は、かつての日本軍の兵士と同じように観測所の堡塁跡に身を潜めていた。ただし、周囲の様子を探る装置は帝国陸軍の時代から一世紀分の進化を遂げている。

いま操作しているのは、下北半島で使ったものよりもさらに小さな偵察ドローンだ。

作業中に、宗矢たちから着陸後移動中だという短い通信が入った。了解の返信をしているうちに、ドローンのコントローラー画面に映像が表示されはじめた。

島の西岸、海面上昇によりできた深い入り江に簡易な桟橋があり、漁船が接岸していた。桟橋も、そこから山中へと切り拓かれた道も、地図には載っていない。ソーラーパネル建設のためにつくられたのか、あるいは別の目的のためか。

漁船は、久住か城のどちらかが乗ってきたものだろう。一隻しか見当たらないから、もう一隻は先ほど見かけた残骸の中にあったのかもしれない。

生い茂るスギの林の、林冠すれすれにドローンを飛行させる。人の手が入らなくなった林は荒れており、登山道も倒木や土砂の流出によりあちこちで寸断されているのが見て取れた。

要塞の遺構に、動く影がある。怜はドローンの高度を下げ、木の枝に触れぬよう慎重に先へ進めていった。

――いた。

予想よりも、近かった。怜が身を潜めている観測所跡地から距離にして二百メートルほどか。

周囲の地面より掘り下げてつくられた、御殿山第二砲台の堡塁と思われる遺構。砲架の跡が残るその場所に、二人の人物がいた。久住と葵だ。久住は、堡塁の壁に開いた横穴から出てきたところだった。横穴は、地中をくりぬいてつくられた弾薬庫の跡だろう。奥まで続いているようだが、ドローンから中は見えない。

葵は両手を縛られ、久住はロシア製のＡＫ－12らしき自動小銃を構えている。久住は銃の他に、肩から小さなバッグを提げていた。

バッグには、見覚えがある。下北で久住が葵にチョコレートを渡した時、リュックの中に見えた保冷バッグだ。

葵がとりあえず無事なことには安堵したが、久住はいったい何をしようとしているのか。とにかく、久住を制圧し、葵を救出しなければ。

怜はドローンを回収すると、自分自身も砲台跡を見通せる位置を探した。

すぐに、絶好のポイントが見つかった。藪の中に潜み、久住たちのいる砲台跡を見下ろすことができる。砲台跡へと下る登山道が近くを通っていた。

久住たちは、砲台跡に留まったままだ。ヘリの音で追っ手が来たことを認識したのか、周囲を警戒している様子である。だが、こちらの存在にはまだ気づいていないようだ。

腹ばいになって二〇式小銃を構え、スコープを覗き込む。

距離はおよそ百五十メートル。狙撃としては至近距離といってよかった。使う小銃は、よく調整した自分の銃だ。風もほとんどない。

いつものように、一瞬だけ胸のペンダントを意識した。

――大丈夫。

自信はあった。

久住の額を、スコープの十字線に捉える。隣には疲れた表情の葵がいるが、万一外したとしても問題ない距離だ。

トリガーに指を添えた。あとは、それを引くだけだ。

その瞬間、スコープの視野に入った葵のことが気になった。

すぐ隣で久住が頭を撃ち抜かれたら……葵に拭い去りがたいトラウマを残してしまうのではないか。何しろ、彼女はまだ十代の子どもなのだ。

わずかに湿った人差し指を、親指とこすり合わせる。

あらためて、トリガーに指を掛けた。

呼吸に合わせ、静かに引き絞る。

十字線の先、久住が手にしていたＡＫ－12がはじけ飛んだ。その銃身が折れ、使い物にならなくなったことを瞬時に確認する。

少なくとも、これで久住が葵に危害を加えるリスクは減った。怜は二〇式小銃を手に立ち上がると、あえて久住にわかるように音を立てて登山道を駆け下りはじめた。

久住は、小さな保冷バッグをまだ肩から提げている。あの中に、武器が残っていないとはいえない。それを取り出す前に。

走りながら、威嚇するために小銃を単射で数発射撃する。

葵が、縛られた両手で頭をかばうようにしゃがみこんだ。

結局怖い思いをさせてしまった。申し訳ないが、もう少しだけ我慢してくれ。

怜は、久住の足元に向けて撃ち続けた。葵から遠ざけるためだ。弾着の煙の中を、久住が後ずさっていく。

おとなしく投降してくれ。子どもの前で、わたしに人を殺させないでくれ――。

射撃しつつ走り続けた怜は、ついに砲台跡にたどり着いた。堡塁は、周囲より低くなっている。葵と久住の間に飛び降りると、しゃがみこんでいる葵を守るように立ち、小銃を構えなおした。

突如現れた怜の姿を認識した久住は、ほんの一瞬笑みを浮かべた。

なぜ笑う、と怜が疑った刹那、久住はバッグを抱えたまま堡塁の壁に横っ飛びをした。

――しまった。

そこに、弾薬庫跡の横穴があったのだ。

だが、いくらなんでも帝国陸軍時代のものだ。今では封鎖されているのではないか。袋の鼠だ。

堡塁の壁に沿って横穴の際へにじり寄り、待ち伏せを避けるため小さなミラーで中を確認する。

ミラーに、怜が予想もしていなかったものが映った。

横穴の入口付近は弾薬庫として使われていた当時の石積みのままだが、ドローンから見えなかった奥のほうには、真新しい扉が取りつけられていた。

銀行の大金庫のような、重厚なつくりの鋼鉄の扉だ。怜は駆け寄ってハンドルに手をかけたが、びくともしなかった。扉は、完全にロックされていた。

「新島さん？」

後ろから声をかけられた。

振り向くと、怯えた顔の葵が横穴の入口に立っている。

怜は葵のところに急いで戻り、縛られた手をほどいてやった。

「大丈夫？」

葵は震えながら、小さく頷いた。

「久住は……この扉のことは何か聞いた？」

「地下に、シェルターがあるって言ってました」

「シェルター……密かにつくっていたのか。そこで誰かと会うような話はしてた？」

「はい。誰かはわかりませんがその相手を待って、ここに入るつもりだったみたいです。イワタケは……持っていかれました」

やはり、久住は葵を使ってイワタケを手に入れていたのだ。

それを渡す相手の工藤と城は、まだ来ていないようだ。久住が隠れたこの中は、シェルターだという。ミサイルの発射管制設備も兼ねているのだろうか。

だが、葵を置き去りにして一人で立てこもったのだから、ミサイルは発射できないのではないか？

＊＊＊

宗矢と帆波、ＮＣＥＦの小松は、函館山の東山麓からの登山道を、千畳敷と呼ばれる南側斜面へ急いでいた。斜面には、ブルー・ピジョンが設置したソーラーパネル群がある。おそらくそこに、ミサイルが隠されているはずだ。

途中、道の上に何か光るものを小松が見つけた。拾い上げ、皆で確認する。バッジだ。Ｙの字を中心にしたロゴマーク。見覚えのあるデザインだった。

「これ、湯谷製薬の社章ですよ」宗矢は言った。

「ということは、工藤さんか」

「何かの拍子に落としたものか、あるいはわざと落としたのか……」

「見つけてもらうためにか」

「はい。そうだとしたら、やはり工藤さんは無理やり連れていかれたんじゃないでしょうか。城に協力しているわけではなく」

いずれにせよ、工藤を連れた城がこの先にいるのは間違いなさそうだ。

その後、心配していた待ち伏せにも遭わず、千畳敷の手前までたどり着くことができた。小さなピークに登る途中、海のよく見える崖があった。思っていたよりも海面は近く感じられる。人が入らなくなったため最近の資料はなく、大異変前のものをあらかじめ確認してきたのだが、当時より海面が近いのは当たり前ではあった。

ピークに立つと、その先の斜面に、青空を映して輝くソーラーパネル群が見渡せた。いくつかは破損し、脱落している。

斜面の緑を切り開いて設置されたパネルだが、もともと函館は風の強い土地であり、気候変動で頻繁に暴風が吹くようになったため早々に放棄されてしまったのだという。

それほど広い場所ではなく、最初から発電量もたかが知れていたはずだ。そんなところにわざわざ建設したことも、怪しく思えた。ソーラーパネルは、あくまで表向きの理由だったのではないか……。

「見ろ。あそこに」

双眼鏡を覗いていた小松が指差した。斜面を下った三百メートルほど先、ソーラーパネルの手前に目を凝らすと、工藤を連れた城の姿が見える。

宗矢も、双眼鏡を構えた。

城と工藤は、地面を掘り下げて石やレンガで補強した遺構の中にいる。千畳敷の戦闘指令所跡だろう。遺構には、いくつか防空壕のような横穴があるようにも見えた。

城は、武器を持っていないようだ。その代わりに、肩から銀色のクーラーボックスを下げている。それほど大きなものではない。

少し不思議に思えたのは、工藤は人質であるはずなのに、特に手を縛られているなどの様子が見えないことだった。何かを話し合っているようでもある。

工藤は、逃げるつもりはないのだろうか。

斜面を下りている間に、小松へ怜から連絡が入った。怜のほうでは、葵を無事確保したものの久住には地下の施設に逃げ込まれたという。

城たちに近づいたため、小松は通信を切った。音を立てぬよう注意しつつも、早足で指令所跡へ接近していく。

「武器を用意して」

小松は小声で言うと、自分の二〇式小銃に弾を装塡した。短く前に突き出し、構えている。

宗矢と帆波もベレッタPx4を抜き、スライドを引いて弾を込めた。

「撃ちたくないな」帆波は小さく囁いてきた。

「そんなこと言ってたら、撃たれるぞ」

「そうだけど……。なんでわたしが拳銃なんて持ってるのか、いまだにわかんない」

「必要な時もある。今が、その時だろ」

二人の会話を聞いた小松が、指を口に立てるそぶりをした。

残りの百メートルほどは、黙ったまま小松を先頭に進んでいった。

城も工藤も、まったく気づいていない。後ろから回り込むように近づくと、宗矢たち三人は並んで銃を構えた。

銃口を城に向けた小松が、短く叫んだ。

「そこまでだ！」

＊＊＊

怜は、千畳敷へ向かう登山道を急いでいた。ところどころ破損しているとはいえ、もとは整備された道ということもあり、葵もなんとか遅れずに後をついてきている。

先ほどの砲台跡に残り、久住の立てこもった弾薬庫奥の扉を監視する選択肢は捨てていた。小松から状況報告を受けて確信したのだ。千畳敷の戦闘指令所跡にも、いくつか横穴があるという話だった。おそらく、久住が消えた扉の向こうは他の場所に通じているのだ。この函館山の山中には、要塞の各砲台や観測所をつなぐ地下通路が存在するという。あの扉は最近取りつけられたものだろうが、その際に地下通路も整備されていたとすれば。

久住は通路を使って、千畳敷に向かったのではないか。

やがて、樹々に覆われた小さなピークが見えてきた。

ピークから一段下がったところには、やはり要塞の遺構らしいレンガ造りの建物があった。観測所か何かだろうが、ここまでに見てきた砲台跡などに比べれば小規模なものだ。

登り詰めたピークの先、下りの斜面にはソーラーパネルが広がっている。パネルは何カ所か脱落しており、稼働状態にないことが見て取れた。

登山道から少し外れたあたりは、崖になっていた。打ち寄せる波の音が聞こえてくる。海面は意外に近いようだ。

ソーラーパネルの手前にも遺構があり、人影が見えた。

葵には念のためここで待っているように言い、怜は一人で近づいていった。

草むらに潜んで覗き見ると、一足先に着いた小松たちが城に銃を突きつけていた。城の隣には、女性の姿がある。怜は初めて見るが、おそらく工藤という研究者だろう。

両手を上げた城は、肩にクーラーボックスを掛けていた。そういえば、久住も保冷バッグを提げていたが、いったい何だろうか。

久住の姿は見当たらない。間に合ったのだ。このまま城を取り押さえることができれば。

怜は軽く安堵しつつも、同時に違和感を覚えた。城は手を上げさせられながらも、ずいぶんと余裕のある表情を浮かべている。

ドローンを飛ばす暇はないが、小松たちが装着したヘッドセットのマイクを使えば会話を聞き取れるはずだ。彼らのうちの誰でもいいから、無線機のスイッチを入れてくれればよいのだが。

とりあえず自分の無線機を操作していると、いつの間にか怜の隣に来ていた葵が叫んだ。

「お母さん！」

泣いているような声を出し、工藤のところへと斜面を駆け下りていく。怜には、止める暇もなかった。

——お母さんということは、やはり。

察していたとおりだ。

怜は急いで葵の後を追おうとしたが、立ち止まると再び木陰に隠れた。

——久住が現れていないのに、いま姿を現すべきではない。

＊＊＊

そこまでだ、と銃を突きつけた宗矢たちを前に、城はゆっくりと手を上げた。

工藤は、どこかほっとしたような表情を浮かべている。彼女は城に協力していたわけではないのか。宗矢は少し安心した。

小松が、「城だな」と二〇式小銃の銃口を向けたまま声をかける。

城は頷いた。意外にも、それほど慌てた様子はない。どちらかといえば、余裕があるようにも見える。

その態度を宗矢が訝しく感じたところで、突然別の声が響いた。

「お母さん！」

声は、斜面の上から聞こえた。その方向を見ると、駆け寄ってくる少女がいる。

「葵ちゃん？」

宗矢の隣で小銃を構えたまま、小松が戸惑ったような声を出した。

「葵……」

工藤が驚いた顔で呟く。彼女にとって、少女の出現は想定外だったらしい。

城もまた、困惑しているようだった。走り寄った少女が工藤に抱きつくのを、呆然と目で追いかけている。

工藤は両手で少女を抱きとめながら、城に言った。「城さん、もうやめましょう」

宗矢は、状況がわからなくなりつつあった。

葵という少女は、先ほど怜が救出したはずだ。その怜は、久住が立てこもったという弾薬庫跡にいたのではなかったか。葵は、そこから一人でここまで来たのだろうか。怜はどこにいるのか。

そこで、ようやく無線機の存在を思い出した。本来なら怜の部下である小松が連絡するべきだろうが、いま小松は、城に一番近い位置で小銃を構えている。宗矢は、自分の胸に取りつけた無線機のスイッチを入れた。感度を最大にセットする。

小松が、城に訊ねた。

「ミサイルはどこだ」

「ミサイル？」

手を上げたまま、城はぽかんとした顔をした。本当に何も知らなそうな表情だった。

「どういうことかな」

逆に訊かれるとは誰も思っていなかった。小松が、いらだちも露わに答える。

「……ここに隠していたミサイルだ！　それを発射するつもりだったんだろう。シベリアの永久凍土を解かして、ウイルスを放出するために」

数秒ほどの間を置いて、城は笑い出した。

「そういうことか……ミサイルね」

宗矢は、帆波と顔を見合わせた。小松も、状況を測りかねている様子だ。

「そんなものはないよ」城は言った。

「ない？　じゃあ、何をしようとしてたんですか」宗矢は、思わず問いかけた。つい敬語になってしまった。

「これさ」

城は余裕のある声で言い、肩に掛けたままのクーラーボックスを揺らした。

「何のことだ」小松が鋭く訊き返す。

城は、クーラーボックスのストラップを肩から外した。持ち手を左手で摑み、高く掲げる。

工藤が叫ぶように言った。

「……城さん、こんなことは許されない。あなたの考えは全部が間違いじゃないと思うけど、やっぱり協力できない。ごめんなさい」

感情を爆発させるような、大きな声だった。工藤にしがみついていた葵が、びくりと身体を震わせる。

城は、どこか寂しそうに答えた。

「わかってくれたわけじゃ、なかったんだね」

「どうやって止めるべきか、ずっと考えていたの。結局、こんなところまで来てしまった。でも、そのせいで葵には怖い思いをさせたし、皆さんにも迷惑をかけることになった」

葵が、自分の肩を抱きながら話す工藤の顔を見つめている。

わけがわからず、宗矢は工藤に訊ねた。

「どういうことですか。成田で、話してくれなかったことがあるんですか」

「いえ……あの時は、何も隠すつもりはありませんでした。城さんが関係してくるとは思っていませんでしたから……。でも、一昨日の夜中、城さんが突然現れたんです」

それは、成田から連れ去られた時のことだろう。

工藤は話し続けた。

「城さんは、私に頼んできました。融解する永久凍土から放出されるはずのウイルスに備えて、薬をつくってほしいと。それならもう湯谷製薬でやっていると答えた私に、城さんは自分のところでつくるようにと言ったのです。何のことだか、最初はわかりませんでした……」

城は初め、工藤を連れて下北に行くつもりだったようだ。そこで久住と合流した上で、工藤にイワタケの場所まで案内させる計画だったのだ。計画を聞かされた工藤は、それをやめさせようと話に乗ったふりをした。

だが久住のところに葵が現れたことで、計画は急遽変更された。そこで工藤は葵の身の安全と引き換えに、やむを得ず研究所から資料を持ち出し、城と行動をともにしつつチャンスをうかがっていたのである。

「薬をつくろうとしていたのは、たしかなんだな。やっぱり、ウイルスを撒き散らす計画だったんじゃないか。ミサイルでなければ、どうするつもりだったんだ」

宗矢が問うと、城は面白がるような声で答えた。

「シベリアの永久凍土を解かすため、ミサイルを撃つという話だったね。だがあいにく、ミサイルなんてものはない」

「なら、どうすると」

問いに答えたのは、城ではなく工藤だった。

「城さんは、直接ウイルスをばらまくつもりなの。ここで」

「ここで？　ウイルスは……」

宗矢の言葉に応えるように、城はあらためてクーラーボックスを揺らした。皆の視線が、そこに注がれる。

「だから、これだよ」城は高らかに言った。

——まさか。

工藤が説明してくれた。「城さんは、その中にウイルスがあると言ってる。函館山の山頂に置いて、時限装置で開放するつもりだって。そうすればウイルスは函館特有の強風に乗って、まだ沈んでいない、人の住む市街地に広がっていく」

「でも、そんなことをしたら自分たちまで」

「城さんたちは、この山の要塞跡を改造していたの。シェルターとして」

工藤の視線が、堡塁の壁に開いた横穴に注がれた。

「そんなことを、城と久住だけで？　いや、裏にはタイレルファーマがいるってことか」

「そう。ここを買い取ったブルー・ピジョンの背後にも、彼らはいた」

そういうことか。ブルー・ピジョンは一時期、それまでとは異なる事業に手を出し、反発して辞めた職員が多かったと聞く。ＥＤＲＡの赤間局長もそうだ。

黙って工藤の説明に任せていた城は再び口を開くと、宗矢や帆波に向けて言った。

「……その時は、一緒に辞めた仲間たちと同じように、私も純粋な思いから反発していた」

「それなのに、どうして」

「異変戦争さ。シベリア、サハ共和国のオロム村」

宗矢の耳元、ヘッドセットの向こうで、ごく小さく息を呑むような音が聞こえた。携帯無線機は、先ほどからスイッチを入れっぱなしにしてある。

城は言った。

「聞いたことはないかもしれないな。報道はろくにされなかったし、そもそもあの頃は毎日、世界中で数え切れないほどの悲劇が起きていた……。小さな村が地図から消えたところで、気にする者はほとんどいなかっただろう。だがそれは、戦火によるものではなかった。異変による永久凍土の融解で、ウイルスが放出されたためだったんだ」

それから城は、オロム村の悲劇を語った。生き残った者まで含め、爆弾で消し去られたことを。

「そんなことが……。まさか、そこからウイルスを持ち帰っていた?」

自然と、城の手にあるクーラーボックスに目が向いた。

「いや。これは、あらためて手に入れたものさ」

どこで入手したかには触れず、城は続けた。

「この量では、とりあえずは函館市民を感染させるくらいしかできない。だが、それで十分だ。数百年前、永久凍土から漏れ出したウイルスはそれほど多くなかっただろう。それでも、大陸から津軽に至るいくつもの町を滅ぼしたんだ。現代では、感染経路は当時と比べるべくもない。オロム村を焼いたのは、感染阻止という点では正しかった。そのことを、タイレルファーマ――いや、親会社であるガウスXのCEO、イーサン・ホールドマンは知ったのさ。そして、それを調べている時にある学術雑誌の論文を見つけた」

城はそこで、工藤を見遣った。

「計画を練ったホールドマンは彼女を引き入れようとしたが、断られると別の手に切り替えた。彼女の交友関係を探り、目をつけたのが私というわけだ」

——交友関係。この二人は、いったいどういう関係なんだろうか。

工藤は、宗矢が浮かべた疑問の表情に気づいたのかもしれない。口を開いた。

「私と、城さんの関係ですか」

「はい」宗矢は頷いた。

「城さんは、下北の家で長く研究から遠ざかっていた私に、大学の仕事を紹介してくれました。それで私は、家を出てイワタケの研究を進められたんです。それに昔……研究者になろうとしていた学生の頃、私は城さんとお付き合いしていました。もう、二十年以上前のこと……」

そこまで言って、工藤は一瞬、心配そうに隣の葵を見た。葵は顔をこわばらせている。

城が、割り込んできた。

「その話はいい」

宗矢は想像した。二十年以上前、工藤は城ではない相手と結婚して研究者を辞め、下北に移り住んだのだろう。だがそこに十年前、城が赴任してきた。工藤が葵を置いて下北の家を出たのは、その後のようだ。城が研究の仕事を紹介し、家を出ることを勧めたのか。城と工藤は、その時に関係を再燃させていたのかもしれない――。

　城は言った。

「ホールドマンから声をかけられた頃の私は、正義というものに疑念を感じるようになっていた。……君たちは、感じたことはないか。この世界全体を覆う、正義の耐えがたい臭いを。環境保護こそ絶対の正義。環境のためなら何をしてもよいという世の中。そして、少しの反論も許されない雰囲気を」

　訴えかける城に、宗矢は答えた。

「そういう面があるのは否定しない。でも、環境を守るのは、我々人類の生存に関わることだ。やむを得ない」

「やむを得ない、か。だが、君は割り切れない思いになることはないのか。いつでも、絶対の正義を信じられるのか」

「それは……」

　宗矢は黙り込んだ。

「そうやって正義をふりかざす人間の多くは、少し前まではさんざん環境を破壊する側にいたんだ。その一人ひとりの行動が、今の世界を招いてしまった。それが今度は正義面して、生きるために木を切らざるを得ない者を断罪する。おかしくはないか？　私は赴任先の根室で、そんなことを身近な何人かに漏らしていた。その一人が、久住だった。彼の――インターエネシスの背後にいるものは、もう調べているかな。そうして私は、ホールドマンにとってちょうどよい人間がいることを教えてやったというわけだ」

ホールドマンは、「ノアの方舟」にも例えている自らの考えにもとづき、シベリアに眠るヴィリュイウイルスを放出して人口を削減する計画を進めていた。

実際にはそれ以前からも、ホールドマンは布石を打っていたという。ブルー・ピジョンに役員を送り込み、世界各地に発電拠点を設けたのもその一つだ。そしてウイルスの計画を始動させた後は、条件の合う拠点にシェルターを建設した。あらゆる事態を想定し、ウイルスのみならず核兵器にも耐え得るシェルターだ。特に函館のものは、内部に研究施設を設け、そこに研究者を収容して薬をつくらせる予定だった。函館山は今や無人であり、また国際海峡である津軽海峡に面しているため、他国の船を利用してアクセスしやすいという利点もあった。

城は言った。

「本当に人類や地球のことを思うのなら、何も考えずに正義面しているような人間こそ、方舟から下りてもらえばいいんじゃないか?」

それを聞きながら、宗矢はふと邑田老人の話を思い出した。

——絶対の正義なんてもんは、ないんじゃないかねえ……。

工藤が、真剣な顔で訴える。

「城さん、あなたの気持ちは利用されていたの。そんなふうに人間の数を減らすことなんて、許されるはずはない。……神様にでもなったつもり?」

悲痛な声で叫ぶ工藤を、隣で葵が心配そうに見守っている。

宗矢は思った。

城の言い分はわからなくもないが、やはり許されることではない。こんな計画は、止めねばならない。

城は、宗矢に落ち着いた声で呼びかけてきた。まるで宗矢の心を読んでいたかのように。

「……なら、私を撃つといい。それですべて終わりにできるだろう」

「そんなこと……。だったら、投降するんだ」

「ここまでして、この先のうのうと生きていられると思うか」

城は首を振り、クーラーボックスを高く掲げた。

「私を止めたければ、撃て。君は環境開発規制官だろう。環境という、この時代の誰もが認める正義の名において、人を撃つことが許されているんだ。皆、君の行動を支持するだろう」

城は、うっすらと笑みすら浮かべている。

——彼を、撃つ。撃たねばならない。それが世の中の正義だから。

宗矢は、ベレッタの重みを意識した。トリガーに指をかける。滑り止めのついたポリマー素材の、ざらりとした触感。

「撃ってはだめ」

帆波の、懇願するような声が聞こえた。

＊＊＊

怜は、携帯無線機を通して宗矢たちの会話を聞いていた。

腹ばいになって二〇式小銃の射撃準備をしつつ、交信先を切り替える。かつて先進個人装備システムの一環として開発が進められていた無線機は、接続する全部隊に直接連絡できた。

「レイヴン6よりトレボー」

北部航空方面隊の作戦指揮所を呼び出す。「ワイバーンの発進を要請する」

『いいのか？』オペレーターが訊き返してくる。

「念のためだ。その上で、すぐに爆撃の許可が下りるようにしておいてもらいたい。爆撃時にはサーモバリック弾を使用。以下、爆撃目標を伝達する」

怜は、千畳敷戦闘指令所跡の座標を伝えた。

Ｆ－35戦闘機が搭載するＬＪＤＡＭ誘導爆弾は、慣性航法装置《ＩＮＳ》とＧＰＳにより、あらかじめ設定した目標に対して半数必中界《ＣＥＰ》（投下したうちの半数が着弾する範囲）五メートルという精密な爆撃をおこなえるが、さらにレーザー誘導を併用することでＣＥＰ一メートルにまで縮小可能だ。

爆撃の効果を確実にするためには、できるだけ精度の高いレーザー誘導をおこなう必要がある。だからこそ、函館駐屯地でレーザーマーカーを受け取ってきたのだ。マーカーから目標へ照射されるレーザーに従い、爆弾は着弾することになる。照射するのは、怜自身だ。

「爆撃を要請したら、さっさと許可を出して」

無意識に緊張していたのだろうか。くだけた口調になった。

『任せておけ。そっちこそ、その時にはしっかり照準をつけてくれ』

話の通じる相手のようだ。怜はほんの少しだけ口元を緩めつつ、確認した。

「ワイバーンの空域到着までの時間は」

三沢基地は津軽海峡を渡ってすぐ、下北半島の付け根にある。戦闘機は発進すれば、それほどかからずに到着するだろう。怜の予想を裏づけるように、オペレーターは言った。

『およそ五分。爆撃要請があれば、許可はすぐに下りるようにしておく』

＊＊＊

「撃ってはだめ」

帆波の声に、宗矢は我に返った。

――俺は今、本当に撃とうとしていたのか。

城に向けた銃口を、わずかに下ろす。その時、ヘッドセットから怜とオペレーターの会話が聞こえてきた。

内容を理解し、呆然とする。

――新島さん、本気なのか。

やがて、オペレーターと異なる声が響いた。

『ワイバーン01、02。ランウェイ10、クリアード・フォー・テイクオフ』

F－35戦闘機のパイロットだろう。まさに今、離陸するところらしい。

宗矢は、ふいに思い出した。

そういえば、久住はどこにいるんだ。

＊＊＊

正義とは、魔法の言葉だと思っていた。でも、より正しくいうのなら、正義というのは呪いだ。

わたしはあの村を焼き尽くす炎を見た時から、正義の旗印のもとで人を撃ち続けてきたのだ。

怜は二〇式小銃のスコープを覗き込みながら、そう思った。

千畳敷を見下ろす、ピーク付近の草むらである。

宗矢が無線機のスイッチを入れてくれたおかげで、状況は把握できている。ミサイルがないというのなら、あのクーラーボックスさえ確保できればいい。地下を通ってくるであろう久住が現れる前に。戦闘機による爆撃は、最後の手段だ。

二機の戦闘機のうち、リーダー機のパイロットの声が、ヘッドセットから聞こえてきた。

『ワイバーン01、函館東方の待機空域に到着。指示を待つ』

「レイヴン6了解。待機せよ」

エンジンの爆音はまだ聞こえてこない。ここから山の稜線を挟み、二十キロほど東で旋回しているのだ。ジェット戦闘機にとって、二十キロという距離はないに等しい。爆撃の要請をすれば、許可が下りる時間を含めても数分で爆弾が降ってくるだろう。

怜はスコープの十字線に、城の頭を捉えた。

＊＊＊

城の足元に突然、土煙が上がった。ぴしりという着弾の音。

撃ったの、と驚いた顔をした帆波に、宗矢は首を振った。

そこからは、皆の動きがひどくゆっくりと感じられた。

困惑した表情を浮かべた城が、慌てて後ずさろうとして倒れ込む。それを見た小松が、城のクーラーボックス目がけて走り出す。

その意図を理解した宗矢が後に続いた時には、小松は既に城の手からクーラーボックスを奪い取ろうとしていた。

宗矢も小松に加勢し、倒れた城の上に飛びかかった。

クーラーボックスのハンドルは、小松が握っている。手を伸ばしてくる城に、再び渡すわけにはいかない。手足をばたつかせる城を、宗矢は渾身の力で抑え込んだ。

背中が急に重くなる。帆波も飛び乗ってきたのだ。

三人にのしかかられて暴れる城の手が、小松の手からクーラーボックスを弾き飛ばす。その拍子に、ロックが外れた。

クーラーボックスが地面を転がっていく。石に当たって跳ね、蓋が開くのが見えた。

皆が動きを止めた。

＊＊＊

怜のヘッドセットに、宗矢たちの声が聞こえてくる。

『中身は空っぽ？』

『どういうことだ！』

引き続き、ばたばたと格闘するような音。

そのうちに、城を完全に取り押さえたらしい。無線機のスイッチを入れた小松の声が呼びかけてきた。

『班長？』

それに、怜は答えない。答えられない。

腹ばいで二〇式小銃を構え、城の足元を撃ったばかりの怜は、無防備な首筋に銃口を突きつけられていた。

怜にM４カービン銃の狙いを定めているのは、久住だ。今も、小さな保冷バッグを肩から提げている。

『班長？　どうしたんですか』

再び小松の声が聞こえたが、怜は答えなかった。草むらの向こう、崖下に打ち寄せる波の音だけが周囲に響いている。

——要塞の構造図を頭に入れてくるべきだった。

久住は、やはり地下通路を通ってこちらに現れたのだ。このピークの手前の、小さな観測所の遺構。あそこにも地下通路の出口があったのだろう。そこから出て近づいてくる久住に気づけなかったのは、痛恨のミスだった。

砲台跡で久住が持っていたＡＫ－12は破壊したが、地下にＭ４を備蓄していたのかもしれない。

久住は左手を伸ばし、怜の二〇式小銃を取り上げた。右手のＭ４を怜に突きつけたまま、脇腹に挟んだ二〇式の弾倉を片手で抜く。装塡済みの弾もコッキングハンドルを操作して排出し、すべて遠くへ放り投げた。

それから久住はＭ４で怜を小突き、仰向けにさせた。怜の全身をチェックし、他に武器を持っていないことを確認している。

その音が、マイクを通して聞こえたのだろう。耳元で宗矢の声がした。

『なんか変な音がしなかったか』

『しっ！　よく聞いてて』

帆波の声。帆波は、怜の側の音声を工藤たちも聞けるように、無線機の音をヘッドセットではなくスピーカーから出力する操作をしたようだ。

——それでいい。こっちの話を聞いていて。

ずっと黙っていた久住が、ひと言目を発した。

「さっきは、城の頭を撃つつもりだったのか？」

「あなたが来たから狙いがそれた」

ふふ、と久住が笑う。

その会話を聞いた宗矢たちが、一斉に息を呑む気配が伝わってきた。こちらの状況は、理解してくれたらしい。

怜はできるだけはっきり発音することを心がけ、久住に訊いた。

「その保冷バッグ。ウイルスは、あなたが持っていたんだな」

「……一通り、知っているわけか」

久住は、怜が傍らに置いていたバックパックからドローンのコントローラーを取り出して言った。「これで向こうの話を聞いていたのか」

怜がドローンで城たちの会話を盗聴していたと思っているようだ。小松たちと無線がつながっていることに、久住は気づいていない。

「まあ、それなら話が早い。ウイルスはこのバッグの中だ。そして、時限装置はもう作動している。あと十五分。止めることはできない」

怜は、驚きに目を見開いた。

「だから、俺を倒してこれを奪おうとしたところで無駄だよ」

久住はにやにやと笑いながら、怜の身体を小突いてきた。

「あんた、相変わらず女優みたいな美人だな。一緒にシェルターに入れてやってもいいぜ。さすがの魔女も、死にたくはないだろう？」

「光栄にも、ノアの方舟に乗せてくれるというわけ」

「俺は選ばれた者だ。あんたも選んでやっていい。他の連中には船を下りてもらうがね」

「そんな船には、乗らなくて結構」

怜の答えに、久住が残念だと笑う。怜は続けて訊いた。

「城はどうするつもりだったの」

「……ここまでさ。ただ、信用させておくにはウイルスを預けているというポーズは必要だった。そのための、ダミーのクーラーボックスだ」

久住は「でも、これは本物だ」と肩の保冷バッグを示して見せた。

――おそらく、それは嘘ではない。だとしたらわたしの取るべき道は。

怜は口を閉じたまま、歯をカチカチカチと三度鳴らした。緊急退避の合図。

だが、ヘッドセットの向こうから反応はない。

――小松、何をやってる。

怜は、引き延ばすように話を続けた。

「NGOの職員が聞いて呆れる。あなたはブラウンウォーターの傭兵だったんだな」

「その言い方は正確ではないな。俺は単なる傭兵ではない。傭兵はクライアントの指示どおりに戦い、金をもらうだけだが、俺はクライアントの意向を見極め、時には提案し、ともに業務を遂行するパートナーでもある。コーディネーターというべきかな」

「そうして、一連の事件を仕組んでいたというわけか。『アークティック・アレス』の件も」

「ああ。あの船が積んでいたシベリアの地衣類も、もともとは湯谷製薬に先回りして買い占めるつもりだったんだがね。まとめて始末したい人間がいたので、あえて日本まで運ばせたんだ」

「原口と奥村は、初めから消すつもりだったのか」

「原口にはそれまで海保の内部情報を流させていたんだが、そろそろ潮時だったからな」

「奥村も都合よく利用したんだな」

「あれはおかしかった。正義感が強すぎると、見たいものしか見えなくなるらしい。ダミーと偽って爆薬と拳銃を渡した俺の話を、すっかり信じていたよ。どこかの段階で、全部脅しだったと言って自首するつもりだったようだ。どうせ死ぬというのにね。ああ、奴を撃ったのはあんただったか」

怜は、『アークティック・アレス』のブリッジに突入した時のことを思い出した。奥村は、咄嗟に拳銃を向けてきた。だから撃った。撃たなければ撃たれるのがこの世界の常識だし、何より彼は環境に対する脅威だった。

しかし、奥村にそれを使うつもりはなかったのだ。銃を向けてきたのも、素人がつい反応しただけだったのかもしれない。久住は、そうすることを見越していた。そして、わたしに彼を撃たせた。

怜は、自らを落ち着かせるため深く息を吸った。

もう一度、歯を三度鳴らす。

今度は、反応があった。気づいたのは、小松ではなく宗矢だった。

『今のって、さっき新島さんが言ってた緊急退避の知らせじゃないですか？』

『え？』

え、じゃないぞ小松……。戻ったら叱り飛ばしてやる。

――いや、もう戻ることは。

ヘッドセットの向こうから、慌てた声が聞こえてきた。城たちが準備していたシェルターに退避するつもりのようだ。それでいい。サーモバリック弾は強烈な熱と爆風により周囲を焼き払うが、核の使用も想定したシェルターなのであれば、そこに入るのが今取り得る最善の手段だ。

久住は、小松たちの動きに気づいていない。

彼らのためにもう少し時間を稼がねば。

怜はあらためて久住に問うた。

「そのウイルスは、どこで手に入れた」

「あんたも一緒にいただろう」

「……サハ共和国か。オロム村のウイルスは、研究用にあの国の国連施設に保管されていると聞いたが。それを持ち出したのか」

「国連の高官にも、ノアの方舟に共感している奴はいる。まあ、結局は金がものを言ったがね。ちなみにその金は、地元の権力者から武装勢力に流れて、調子に乗ったのか難民キャンプを襲っちまった。あんたが片づけてくれて、かえって助かったよ。礼を言う」

「…………」

「だがね」

久住は再び笑みを浮かべた。「あんたは腕はいいが、プロとしては致命的な弱点がある。わかるかな」

「知ったことか」

「あんたは、やさしすぎる。難民キャンプで敵を撃つ時にも迷いがあっただろう。さっきも、城の頭を撃てずに足元を狙った」

見抜かれていた。

久住が現れたから、狙いをそらしたわけではなかった。引き金を絞る瞬間、わたしは城の頭から足元へと狙いを変えたのだ。

「城のクーラーボックスが本物だったら、どうなっていたかな」

久住の指摘に、答える言葉はなかった。

「あんたは、俺のような本当のプロには勝てないよ。さて、あと十分くらいかな。そろそろ片づけようか」

久住が勝ち誇ったように言った時、その背後から音もなく突然現れた人影を怜は見た。

小松だ。城と宗矢、帆波も後ろから走ってくる。

どこから、と一瞬考えたが、すぐに答えはわかった。

千畳敷へ向かってきた久住は、その途中で小さな観測所の遺構から出てきた。通路は千畳敷まで続いているのだから、逆に千畳敷からやってきて観測所から出ることも可能なわけだ。

小松が、久住に飛びかかった。

久住が肩にかけていた保冷バッグが地面に転がる。怜は急いで起き上がると、そのバッグを奪った。

それを見た小松が「持っていってください！」と叫び、怜はその場から後ずさって離れた。

後から来た城も小松に加勢し、久住を抑え込もうとしている。久住がまだ持っているM４カービン銃を奪おうと、城は一瞬だけ手を離した。

その隙を、久住は逃さなかった。

久住は低いうなり声を上げて小松を突き飛ばし、狙いをつけずに連射した。

足を撃たれた城が倒れる。

その頃には、保冷バッグを抱えた怜は五十メートルほど遠ざかっていた。

怜の姿を見つけた久住が、M４を撃ちながら近づいてくる。

いいぞ。小松たちから離れろ――。

怜は木の幹に隠れつつ走った。銃声が聞こえる度に、木っ端がはじけ飛ぶ。

ヘッドセットのマイクに向かって、怜は叫んだ。

「小松！」

『はい！』

小松の声が耳元で響く。怜は確認した。

「お前たちが出てきた観測所の遺構にも、シェルターの扉はあったか」

『ありました』

「皆で急いで中に入り、しっかり閉鎖しろ。久住が戻ってきても、絶対に入れるな」

『……班長は』何かを悟ったような声で、小松が言った。

「早くしろ！」

宗矢が割り込んできた。『まさか、新島さん』

「どいつもこいつも、何度も言わせるな！」

怒鳴りつけると、小松たちはわかってくれたようだった。少しほっとして、ひと言漏らす。

「そうだ。小松、空気を読めるようになったな」

宗矢と小松が、負傷した城に肩を貸し連れていく音が、無線機越しに聞こえてくる。

その間も怜はシェルターからできるだけ離れようと、保冷バッグを抱えたまま木立の間を逃げていた。バッグの中の時限装置を見ることはできないが、久住の言葉どおりならばあと五、六分というところか。

久住は、自らの失策に気づいたらしい。怜を追うのをやめ、観測所の遺構へ走っていくのが見えた。だが、それより前に小松たちが扉を閉めていた。

『シェルターに入りました。扉を閉鎖します』小松の暗い声。

「頼む」

無線機は、工藤が娘を呼ぶ「葵！」という声も拾っていた。

――あなたの子を、しっかり守ってあげて。

怜は無線機の通信先を切り替えて話しかけた。

「レイヴン6よりトレボー。爆撃の許可を求む」

『いいのか。そちらは安全圏に退避したんだな』オペレーターが訊き返してくる。

「問題ない。早く！」

怜は叫ぶように言った。

作戦指揮所の司令が許可を下すのに、それほどの時間はかからなかった。オペレーターの、任せておけという話は嘘ではなかったようだ。

『爆撃許可、確認した。トレボーよりワイバーン、投下準備せよ。以後、レイヴン6からの指示に従え』

『ワイバーン01、了解。南から進入する。02、ついてこい』

怜は腰のタクティカルポーチから、拳銃型をしたLA－16u／PEQレーザーマーカーを取り出した。照射モードをハイパワーにセットし、背中側のベルトに挿す。そして、保冷バッグがしっかり閉じていることを確認した。

指示を出せば、二機のF－35がそれぞれ一発ずつ投下するLJDAMは、外部からの誘導なしでも、あらかじめ入力された座標――千畳敷の戦闘指令所跡にCEP五メートルの範囲で着弾する。だが、怜はそこから少し離れた場所に、レーザー照射での誘導をするつもりだった。

二発のサーモバリック弾頭により生み出される摂氏三千度にも達する高熱の炎は、半径数百メートルを舐め尽くし、保冷バッグごとウイルスをこの世から消し去るだろう。

もちろん、自分も一緒に消え去ることになる。

夫と息子のところに行けるのなら、それでかまわないか――。

波の音が聞こえる。もう崖の近くまで来ていたようだ。樹々はまばらになり、隠れる場所は少なくなっている。

シェルターに入ることを諦めた久住は、今度は再び怜を追ってきていた。

「新島怜！」

久住の呼ぶ声が響く。

「バッグを返せ！　時限装置を止める！」

「もう止められないと言っただろう」

そう答えた怜は保冷バッグを盾のように持ち、木陰から進み出た。

M4を構えた久住は、十メートルほどのところに迫っていた。怜の手に武器がないことを確かめ、ゆっくりと近づいてくる。それに気づいた小鳥が、葉を揺らして飛び去った。か細い鳴き声を、波の音がかき消す。

背後に広がる海の存在を、怜は意識した。

——そういえば小松は、水陸機動団の出身だったな。つい最近も水中訓練の話を聞かされた。小松たち、無事でいてくれればよいのだが。

久住が言った。

「止めようはあるんだ。返せ。あんたも死ぬぞ」

「…………」

「早く！」

久住が自分の腕時計を見る。焦ったように叫んだ。「あと二分しかない！」

「……わかった」

怜は、保冷バッグを久住に向かって投げつけた。

受け止めた久住は、バッグを地面に置くと急いで蓋を開けた。何かの装置が見える。

しゃがみこんで操作する久住を見下ろして、怜は言った。

「方舟とやらの正義を、信じているの」

「……さてね。俺にとっては、俺が生き残ることが正義だ。世界がどうなろうと、知ったことじゃない。そもそもこんな世界、どうなってもかまわないだろう？　正直なところ、そう思わないか？」

久住は、操作しながらうそぶいた。

「あと一分か。間に合いそうだ」安堵したような声。

なるほど。こんな世界か。たしかに、いっそ人間なんて滅びてしまえば、地球のほうでやりなおしてくれるかもしれない。

だけど。

怜は、胸元のペンダントを意識した。難民キャンプで出会った少年のことを思い出す。彼がこのペンダントを見て言っていたのを、職員が訳してくれた。

『それがワタリガラスなら、きっとあなたが世界を救う印だと言ってます』

――魔女でも、世界を救えるかな。

怜は口元のマイクに向かって呟いた。

「レイヴン6よりワイバーン、投下せよ」

『レーザー誘導は』

「今からする」

怜は、背中のベルトに挿していたレーザーマーカーを抜いた。

その動きに気づいた久住が顔を上げる。

久住からは、レーザーマーカーが拳銃に見えたのだろう。脇に置いていたM4を咄嗟に取り上げようとしたが、怜がトリガーを引くほうが一瞬早かった。

銃口部分の半球状レンズから射出された不可視のレーザーが、久住の目を捉える。

うおぅ、と声を上げ、M4を取り落とした久住は目を押さえてうずくまった。

その傍の保冷バッグにレーザーを向けた怜は、照射を続ける状態に切り替えた。一瞬だけ頭に浮かんだのは、環境開発規制庁の職員のくせに大変な環境破壊をすることになってしまうな、という思いだった。さっきの小鳥、無事に逃げてくれるといいけれど。

「レーザーオン。早く」

『いいんだな』

「だから何度も言わせない！」

『ワイバーン01、02、爆弾投下』

＊＊＊

航空宇宙自衛隊第三航空団に所属する二機のF―35AライトニングⅡ戦闘機は、それぞれの胴体下にある兵器倉ドアを開け、各機一発ずつ、計二発のLJDAM誘導爆弾を投下した。

爆弾の尾部セクションに内蔵された誘導装置が、あらかじめ入力された目標――千畳敷戦闘指令所跡へ向かう軌道を描くよう尾部の制御翼を動かす。

やがて、弾体の先端に取りつけられたシーカーが、自らが落ちていく方向に光るレーザーの反射を捕捉した。反射地点は当初の目標地点から数十メートル離れた点ではあったが、誘導装置のコンピューターは疑問を抱くこともなく優先順位を変更した。制御翼がさらに動き、爆弾をレーザーが示す点へ向かう最終軌道に乗せる。

LJDAMは二発とも、レーザー誘導時のCEP一メートルという性能を完璧に発揮した。着弾の寸前、シーカーは保冷バッグの形を捉えたが、コンピューターにはそれが何かを認識するほどの能力はなかったし、その必要もなかった。

近接信管が地表の反応を捉えた瞬間、サーモバリック弾頭が炸裂した。


***

腹に響くような、すさまじい振動が伝わってきた。全身を揺さぶられる。

天井から、ぱらぱらと破片が落ちてきた。大きめの破片が宗矢のヘルメットに当たり、こつんと音を立てる。

天井ごと落ちてくるのではないか、閉じ込められるのではないか、今にも扉を破って炎が吹き込んでくるのではないか。

いくらでも、恐ろしい想像は膨らんだ。

それでも、永遠に続くかと思われた振動は次第に収まっていった。

途中で何度か曲がりつつ、地下深くへと延びた通路の奥。シェルター内部の照明は消えている。帆波が点灯したフラッシュライトが、唯一の明かりだ。ライトからまっすぐ伸びる光線の中に、無数の埃が舞っていた。

床には、足を負傷した城が横たわっている。苦痛に顔をゆがめる城を、隣にしゃがみこんだ工藤が励ましていた。

小松は冷静に言った。

「彼の手当てが必要だ。手伝って」

帆波がライトを当てる中、小松はサバイバルキットから取り出した鎮痛剤を城に注射した。宗矢も手伝い、止血帯を巻いていく。

弾は貫通して動脈もそれており、命に関わるような怪我ではなさそうだった。

あとは専門の病院に任せればよいのだろうが、いきなり表に出るのは危険と考えられた。爆発でウイルスが焼き尽くされたかどうかはわからない。自分の身体で確かめるつもりはなかった。

地下ゆえに無線は通じず、携帯の電波も入らない。ただ、長期間こもることを想定したシェルターというからには、外部へ連絡するための何かしらの装置があるはずだった。

城に訊ねると、シェルターのさらに奥に通信機があるという。その場所を全員で探すと、たしかに見つかった。山中のどこかのアンテナにつながっているらしい。電源は問題なく入った。

小松が、下北にいるNCEFの残留部隊に連絡を取った。怜からの連絡はないという話だった。

「怒られてもいいから、班長を助けに行けばよかった……」

虚ろな表情で呟く小松に、宗矢がかけられる言葉はなかった。

やがて、生物兵器対応能力を備えた自衛隊の特殊武器防護隊が向かっているという知らせがあった。到着後、ウイルスが残留していないことを確かめるまで、しばらく中に留まれという。

灯り一つのシェルター内でそれぞれに座りこみ、ただ待ち続けた。

葵はまるで拗ねたように、離れたところで膝を抱え、目を瞑っている。

その葵に、工藤が話しかけるのが聞こえてきた。

「葵、聞いて」

葵は、ちらりと工藤の顔を見た。

「私が、下北の家を出た理由」

「……城さんでしょう。わかるよ。わたしだって、もう十七だよ」

葵のこわばった顔から、無理をして強がっているのが伝わってくる。

「そうじゃないの」工藤は穏やかに言った。

横になった城も、葵に声をかけた。「お母さんの話を、聞いてあげてくれないか」

困ったような表情を浮かべていた葵は、しばらくして頷いた。

そうして工藤は、葵の目を見たまま、皆にも聞こえるように告白を始めた。

「学生の頃、城さんとお付き合いしていたのは本当。でも、長続きはしなかった。その後、私は研究者になるつもりで大学院に進んだのだけど、アルバイト先であなたのお父さんと出会ったの。そして、あなたを身ごもった」

葵が驚いた顔をする。そのあたりの話は、あまり聞かされていなかったようだ。「彼の家は、下北の旧家だった。結婚は、研究者の道をやめて下北に行くことを意味していた。でも、私はそれでいいと思った。下北の家での暮らしは、実際に幸せだった」

工藤の語る真実は、意外なものだった。

「小田桐家に入った私は、イワタケの秘密を知った。ちょうどその頃、大異変は始まりつつあった。それで私は、いつか永久凍土が解け、イワタケの薬が必要になる日が来ることを確信したの。

私は、お義父さん――あなたにとってのおじいさん――に相談したわ。世界の人たちを救うため、イワタケの研究をさせてほしいって。でも、イワタケの存在は絶対に秘密だと認めてくれなかった。何百年も守ってきたものが採り尽くされてしまったらどうする、って。おじいさんの言うこともわかるの。それが、おじいさんにとっての正義だから」

葵は俯き、黙り込んでいる。その様子を見た工藤はいったん話を止めたが、葵は「続けて」と先を促した。

「そんな時に、城さんが下北にやってきた。城さんは、私が研究をやめたことを知ってひどく残念がった。そして、もしそのつもりがあるなら、大学でもう一度研究する場所を用意すると言ってくれた。城さんとの間には、何もなかったわ。むしろ私は、そのことをあなたのお父さんに相談した。彼は、私の話を信じてくれたわ。そんなある日、下北で大きな土砂災害が起きた。大異変がいよいよ本格化しているのは、誰の目にも明らかだった。そうして彼は、イワタケのサンプルをひそかに持たせて、私を送り出してくれたの。いつか世界のために必要になるだろうって。それからのことは、あなたも知っているとおり。怒ったおじいさんは、私とあなたのお父さんを離婚させた」

皆、話に聞き入っていた。

「その後、研究は順調に進んだわ。学術雑誌に論文を載せると、タイレルファーマがコンタクトしてきた。それを断って湯谷製薬に行ったということは、前に皆さんにお話ししましたね」

工藤は、宗矢と帆波を見て言った。

「……でも、お母さんがその研究をしてる間に、お父さんは亡くなった」

「そう。私はもう、研究を続けるしかなくなった」

それきり言葉に詰まった工藤の後を、横たわったままの城が継いだ。

「彼女には、申し訳ないことをしたと思っている……」

城の声には、後悔がにじんでいた。

工藤はそれからしばらく黙っていたが、やがて静かに言った。

「私たちは神様じゃない。方舟をつくったノアでもない。方舟に乗せる相手を選ぶなんてことは、誰にもできないの――」


自衛隊の特殊武器防護隊による環境調査が終わり、安全が確保されたという連絡が入ったのは夕方近くだった。

シェルターの扉を開けて表に出、最初に目に飛び込んできたのは、西日を浴びてオレンジ色に輝く巨大な積乱雲だった。

サーモバリック弾の炸裂によって、周囲の様相はまるで変わっていた。樹々はみな黒焦げの幹だけを残して燃え尽き、高熱にさらされた地面はガラス状になっている。

自衛隊員によると、久住が持っていた保冷バッグの小さな破片が発見されたそうだ。バッグが破壊されたのにウイルスが検出されないということは、焼き尽くされたと考えてよいだろう。

久住もおそらくは吹き飛ばされたのだろうが、遺体は見つかっていない。

「新島さんは……」

「班長……」

宗矢と小松が肩を落としていると、「勝手に殺すな」という声が響いた。

驚いて、あたりを見回す。

作業中の自衛隊員の間から、見覚えのある顔が歩み寄ってきた。セミロングの髪が、海水に一度濡れて乾いたようにばさばさに乱れている。

「新島さん！」

「班長！　生きてたんですか」

「だから勝手に殺すなと言った」

怜が憮然として答えると、小松は「あ……すみません」と泣き笑いの顔になった。

「どうやってあの爆発を」

驚いて訊ねる宗矢たちに、怜は爆発の直前に起きたことを話してくれた。

強烈なレーザー照射により、久住は目を押さえて倒れ込んだ。そして怜は、保冷バッグへ向けた状態でレーザーマーカーを固定すると、崖から海へと身を投げたのだった。

怜が水中深く潜っている間に、爆弾が炸裂したというわけだ。

怜は、小松に言った。

「お前の、水陸機動団での水中訓練の話を思い出したんだ。あの時、話をやめさせなくてよかった。実際に試したら、爆発からちゃんと逃げられることがわかったぞ。古巣に伝えておけ」

「……班長……本当によかったです」小松が声を詰まらせる。

「馬鹿、ＮＣＥＦの隊員が泣くな」

怜は小さく笑った。宗矢が初めて見る笑顔だった。

離れたところでは、城が担架に乗せられていた。工藤と葵が、その様子を見守っている。

城が葵に、お母さんを許してあげてほしいと話しているのが聞こえてきた。

葵は黙ったままだ。

母と子の和解には、しばらく時間が必要なのかもしれない。それでも、いつか少しずつでもわかりあえればいいと宗矢は願った。

気づけば、怜は人の輪から外れて崖のほうへ歩き出していた。爆弾が炸裂した際、飛び込んだという崖だ。

それを見ていた帆波が、後を追った。宗矢も追いかける。

崖の上に佇む怜に、帆波が声をかけた。

「新島さん」

振り向いた怜は、戦闘服の胸元から鎖のついた何かを取り出し、握りしめていた。

「あの、ありがとうございました。それと、申し訳ありませんでした。わたし、新島さんのことを誤解していました。人を撃つのは、やっぱり抵抗がありますけど……」

「帆波」

注意しようとした宗矢を穏やかに制し、怜は答えた。

「それでいい。あなたは、あなたの正義に従ってそう思っているんだから」

そう言った怜の手にあるのがペンダントらしいことに、宗矢は気づいた。

「それ、何かの鳥ですか」

怜は、手のひらを開いて見せてくれた。

「ワタリガラス」

「ワタリガラス……英語でレイヴンですよね。もしかして、新島さんのコールサインって」

帆波の問いに、怜が頷く。

「何か、由来があるんですか」

「大した話じゃない。これは昔、トルコでもらったもの。トルコのアララト山というところに、ノアの方舟が漂着したという伝説がある。ノアの方舟のもとになった話で、世界から水が引いたことを知らせたのがワタリガラス」

「じゃあ、新島さんにふさわしいですね」

「なぜ?」

「だって、世界を救ったんですから。同じようなものじゃないですか」

怜は、前にもそんなことを言われた、と微笑んだ。

「それなら、あなたたちは新しい世界をちゃんとつくりなおしなさい。ワタリガラスの仕事はここまで」

怜はペンダントを握りしめると、海のほうへ向きなおった。それきり黙り込んだ彼女が、どんな顔をしているのかはわからない。
その後ろ姿を見ながら、宗矢は思った。
――この人は、魔女なんかじゃない。
向こうでは、函館湾に沈むオレンジ色の太陽が、海の上に光の道をつくっている。
波間にきらめくその道を、三人はじっと見つめ続けた。

終章

三〇度を超す真夏日は続いているものの、少しだけ過ごしやすくなってきた、暦の上では秋になった週末。

ＥＤＲＡ捜査課のメンバーの半分ほどが、東京湾岸でおこなわれるイベントの警備任務についていた。加賀谷班長以下、第三班は全員が駆り出されている。

銀座からほど近い、かつての築地市場跡地で環境省が進めていた砂浜の復元実験。それが予想外に早く成果を収めたため、エリアを区切って一般に開放されることになり、今日がその初日なのだった。

今は警備ローテーションの交代時間にあたり、第三班のメンバーは砂浜から少し離れたテントで休憩していた。運動会の役員席に張られるようなテントの、環境開発規制庁と大きく書かれた白いカンバスが、陽射しを照り返している。

ガウスＸのＣＥＯ、イーサン・ホールドマンによる「方舟」計画は阻止され、公表された一連の出来事は世界中に大きな衝撃を与えた。

とりあえず事件は解決したが、ヴィリュイウイルスの脅威は去ったわけではない。温暖化がさらに進むようであればその出現は必須と考えられ、湯谷製薬では工藤を中心に急ピッチで薬の開発が進められているという。それにあたっては、葵もイワタケの提供などで協力していると宗矢は聞いていた。

もっとも、過去のウイルスがその一種類だけのはずはない。そもそも気候変動にともなう脅威は、想定すらしていなかったものが他に存在する可能性もある。

世界が「方舟」計画をどう受け止めたのかは、まだなんとも言えない状況だ。世論は大きく変わるのかもしれないし、それほどは変わらないのかもしれない。

ただ、世間には便乗して騒ぎを起こそうとする者もいることから、環境関連のイベントは従来よりもさらに厳重な警備がおこなわれるようになっている。そのため今回の警備には、警察や海保、EDRAが総動員されていた。

「堀内さんは、沖合の巡視船で直接指揮を執っているそうだ」

そう言った加賀谷の視線を宗矢が追うと、今は走る車もないレインボーブリッジの手前に、白い大型巡視船の姿がある。

「方舟」の件は関係する各官庁を大混乱に陥れたものの、数少ない良かった点の一つは、EDRAと海上保安庁の関係がわずかではあるが改善されたことだった。

加賀谷が巡視船に視線を向けたまま、悠真に小声で話しかけている。

「この前お前が言っていた件、堀内さんも俺も知らないことにする」

「ありがとうございます」

悠真は個人的に、外国人船員の待遇改善を求める運動を始めていた。ネット上での匿名の活動であり、職場には迷惑をかけないようにしているようだが、いちおう海保も含めて仁義は切ったらしい。

もしかするとこれが、邑田老人から正義について問われた悠真の、彼なりの回答なのかもしれなかった。

美咲や、ライターの一ノ瀬も協力しているというが、宗矢や帆波に悠真は声をかけてこなかった。そのため宗矢も気づいていないふりをしているが、美咲にそっと訊いたところによれば、後輩に青臭い奴だと思われるのを恥ずかしがっているそうだ。

「あれ、帆波ちゃんは」

テントの中を見回して、宗矢に訊ねてきたのは赤間局長である。責任者として赤間も現地に顔を出しているのだ。

赤間は、今でも帆波に会う度に申し訳なかったと繰り返している。

悪いけど、これでおしゃべりが減ればいいのだが、などと宗矢は内心思っていた。まあ、むしろ増えているのではあるが。

「ハイエースに荷物取りに行くと言ってました」

宗矢はそう答えた後、手伝ったほうがいいかと思いテントを出た。

少し離れた駐車場に着いたところで、大荷物を持ってよろよろと歩いてくる帆波を見つけた。飲み物が入ったリターナブル瓶ではちきれそうなエコバッグを、両手に提げている。

宗矢は、片方のバッグを横から摑んだ。

「無理すんなって」

「……ありがと」

「素直じゃん」

「言い方！」

帆波は怒った顔を見せたが、本気ではないことはわかった。すぐに笑いかけてくる。

上空を、ヘリが通過していった。「みどり1号」だ。航空隊とNCEFも、今日は警備に投入されているという。

ヘリを見上げながら同じことを考えていたのか、帆波が言った。

「怜さんや小松さんも、あれに乗ってるかもね」

帆波と怜は、今では時々やりとりをしているそうだ。

二人の考えはそれぞれ違うのかもしれないが、自分なりの信念を貫いているという点では、よく似ていると宗矢は思っていた。

正義とは何かということは、まだよくわからない。だが少なくとも、考えもなく流されて多数派につくだけということは、もうやめるつもりだ。

ヘリが飛んでいく空は、ここ数日雨が続いたためかよく澄んでいた。その空を背景にした、白いビル群。そしてそれらを包んで広がる青い海。

海を見ているうちに、つい口に出してしまった。

「そういえばさ」

「何？」

「帆波って、いい名前だと思うよ。なんていうか、似合ってる」

「何それ、まさか告白？」

「え？　あ？　いや、そういう意味じゃないよ」慌てて、早口になる。「ていうか……そうだ！　環境省へ戻るのはどうするんだよ」

「もう少し、付き合ってあげる」

帆波は自分で言ってから、ん？　と考えるような表情をした。

「ちょっと！　それこそそういう意味じゃないよ」

赤くなって言った帆波が、しばらく黙りこむ。

二人で歩くうちに、復元された砂浜が見えてきた。渚で子どもたちがはしゃいでいる。

「海も、悪くはないかもね――」

帆波がかみしめるように呟いた。

ふと、輸送艇から見た夜の人工海浜を思い出した。月の光に照らされた、小さな渚。

せめて今の子どもたちの、その子どもの世代には、もう一度砂浜を裸足で歩く感覚を味わってもらいたいと一ノ瀬は話していた。

予想を上回る早さで再生しつつあるといっても、多くの子どもたちは砂浜の熱さを知らぬまま大人になっていくはずだ。

それでも、いつかは。

宗矢は函館山の一件の後、伝説上のノアの方舟について調べたことがあった。

大洪水の神話は、ノアの方舟の他にも世界各地に残っているそうだ。一説によれば、それはかつて実際に起きた海面上昇を、人類が物語として記憶したものだともいう。

ならばこの時代も、いつか新たな神話として語られるようになるのではないか。

報いを受け、大地からぬぐい去られかけた人々が、行いを正して再び地に満ちる日は来るのだろうか。

たぶん、自分が神話の結末を知ることはない。だがその序章は、今まさに書かれようとしているところなのだ。

物語の行方を決めるのは、自分たちなのだろう。

《引用文献》

『旧約聖書　創世記　口語訳』六章七節（日本聖書協会）

《主要参考文献》

『２０３０未来への分岐点Ⅰ　持続可能な世界は築けるのか』ＮＨＫスペシャル取材班編（ＮＨＫ出版）
『地球に住めなくなる日「気候崩壊」の避けられない真実』
　デイビッド・ウォレス・ウェルズ著、藤井留美訳（ＮＨＫ出版）
『２０３０年　すべてが「加速」する世界に備えよ』
　ピーター・ディアマンディス、スティーブン・コトラー著、土方奈美訳（ニューズピックス）
『別冊日経サイエンス　№２３１　アントロポセン　人類の未来』日経サイエンス編集部編（日経サイエンス）
『大洪水が神話になるとき　人類と洪水五〇〇〇年の精神史』庄子大亮著（河出書房新社）
『シベリア神話の旅』齋藤君子著（三弥井書店）
『偽書が揺るがせた日本史』原田実著（山川出版社）
『Ｊシップス　２０２１年６月号』（イカロス出版）
『ＪグランドＥＸ　№16』（イカロス出版）
『分県登山ガイド01　青森県の山』いちのへ義孝著（山と溪谷社）

本書は書き下ろしです。
本作はフィクションです。登場人物、団体など、
実在するものと一切関係ありません。

［著者略歴］
斉藤詠一（さいとう・えいいち）
1973年東京都生まれ。千葉大学理学部物理学科卒業。2018年『到達不能極』で第64回江戸川乱歩賞を受賞しデビュー。近著に『クメールの瞳』『レーテーの大河』『一千億のif』がある。

環境省武装機動隊EDRA

2023年6月10日　初版第1刷発行

著　者／斉藤詠一
発行者／岩野裕一
発行所／株式会社実業之日本社
〒107-0062
東京都港区南青山6-6-22　emergence2
電話（編集）03-6809-0473　（販売）03-6809-0495
https://www.j-n.co.jp/
小社のプライバシー・ポリシーは上記ホームページをご覧ください。

ＤＴＰ／ラッシュ
印刷所／大日本印刷株式会社
製本所／大日本印刷株式会社

ISBN978-4-408-53835-8（第二文芸）